魚　獵

史邁　著

高寶書版集團

魚獵，通「漁獵」。
謂捕魚，謂貪色。
謂竊取，謂掠奪。

目 錄
Contents

第四章

目　錄
Contents

楔子

二〇〇三年，中國癸未（羊）年。

街道上摻雜著紅色鞭炮屑的髒雪還未化完，SARS爆發了。

平時十塊錢[1]一包的板藍根[2]漲到了四十，五塊錢一瓶的白醋幾乎一天翻一倍。

白醋漲到八十塊錢一瓶的時候，與鹽洋市相隔不遠的兩座漁村出生了兩個女孩。

大泉港的名叫何器，俞家臺的名叫俞靜，兩人前後相差一週。

羊年出生的女孩命苦。

這個說法最早好像是從清朝開始的。儘管沒有什麼依據，但信者眾多，尤其是

1 人民幣，後同。
2 一種中藥材，可清熱解毒、涼血利咽，常用於治療急性熱性病。

在鹽洋這種比較封閉的北方小城。

村裡的老人出於好心，說三月出生的孩子反而有福氣，因為驚蟄過後，萬物復生，所以一輩子總能逢凶化吉，平安順遂。

可惜的是，老人說錯了。

二〇二〇年七月，何器參加完高中畢業聚會後失蹤。三天後，沿岸橫七豎八的消波塊隨著退潮裸露出來，去岩石上耙海蠣子[3]肉的漁民在那裡發現了她。

何器靜靜地趴在一塊岩石上，尖銳粗礪的貝殼把她的四肢剮出一道道蒼白的口子，拇指大的螃蟹在她的髮絲中鑽來鑽去。那條昂貴的墨綠色長裙沾滿泥沙，纏繞在一堆亂蓬蓬的海藻裡。

她垂在沙灘上的右手隨著海浪輕輕擺動，遠遠看起來，像是在玩水。

3 即牡蠣，中國北方漁民稱之為海蠣、石蠣。

第一章

01 黑魚

冬天的海邊很少見到烏鴉了。

老俞盯著灰藻色的海面發愁。潮水還在漲，海浪每吞吐一次白沫，沙岸上就多一些保麗龍垃圾，見不到一星點死貝爛蝦。而且臨近年關，碼頭上的人空前地多，鳥就更不敢來了。

要是再找不到烏鴉，俞靜就真醒不過來了。

老俞臉上的褶子被海風吹成一張粗糙的漁網。他把尖頭的捲菸一口吸到底，彈進海裡，起身打了通電話。

一天前老俞獨自出海，想多打點海產賣了過年。這幾年休漁期越來越長，很多漁民養不起大船，都被馳航水產低價買走，等休漁期一過，開了海，又轉頭高價租給漁民。像自家這種幾十馬力的老破漁船沒有水產公司願意收，老俞也捨不得賣。他想，多出幾趟海，養活一家子也沒問題。

往回退二十年，那是大海和老俞的鼎盛期，俞家臺大小漁船加起來有上百條，老俞一百九的個子，身強力壯，熬幾個大夜都沒問題。跟村裡的老少爺們出趟海，每回都是滿艙而歸，隔三差五就能打上一條幾十公斤重的大魚。哪像現在，出一次海，拉回來的全是一些小魚小蝦，堆地上都沒人踩。

這次也一樣。老俞一天一夜沒闔眼，臉上沾滿了細小的魚鱗，渾身腥臭，手指頭凍得伸不直，就撈了幾十斤的東西，空碎貝殼占了一半，漁網也在打盹的時候被暗礁拉破了。

前兩天，幫工的大飛辭了職，去馳航水產當撿魚工，說那裡提供五險一金[4]。現在願意出海的年輕人越來越少，賺不到錢是一個原因，還有就是風吹日晒，一年到頭在海上漂著見不到人，一不小心就會打一輩子光棍。大飛一走，老俞一時半刻找不著人頂替，網破了也只能自己補。潮要落了，他心煩意亂，只想趕緊回家蒙頭睡一覺。

老俞開動了馬達，震得海面嘩啦作響。突然，一條大黑頭魚蹦上了他的船，把船艙砸得劈里啪啦響，消停了就鼓著兩扇寬鰓呼蚩猛喘。

4 中國勞動者的社會保險福利，「五險」包括養老保險、醫療保險、工傷保險、失業保險、生育保險，「一金」指住房公積金。

老俞在海上漂了半輩子，魚蹦上船的事不是頭一回見。但老話說「開船不吃自來魚」，說這種魚是龍王預付的買命錢，所以漁民見了基本上都是扔回海裡。

老俞掐起黑頭魚的鰓，掂了掂，有八九斤重。

他很久沒見過這麼肥的魚了。

臨近中午，細長的碼頭上早就撐起一排彩色的遮雨棚，擠得密不透風。畢竟到了年關，一年就這麼一回，各家都卯足了勁吆喝賣貨。

每頂遮雨棚下面都擠擠挨挨擺著幾隻大紅盆、幾個塑膠魚箱、沾滿魚鱗的電子秤，還有裹得鼓鼓囊囊、圍著彩色頭巾、臉皮皴紅的漁家婦女。等丈夫們把海產拉上岸，就一邊賣貨，一邊在冰水裡熟練挑揀，最大的梭子蟹扔到「九〇」的盆裡，小的就扔到「三〇」的盆裡，小黃魚在地上堆成小山。

日頭升起來，買年貨的人踩著髒水在雨棚下面鑽來鑽去。有人專門開車來俞家碼頭買海產，一是圖剛打上來新鮮，二是比海鮮市場便宜，買多了還能再搭一隻肥蟹。

老俞泊了船，拴好，把海產倒進鏤空的魚箱，再拎起一個小紅桶，大黑頭魚蜷在裡面艱難地喘著。他朝自家印著「娃哈哈」的綠色遮雨棚走去。

老俞遠遠看見只有幾個盆在那裡，沒瞧見人。他趕緊跑了幾步，才發現女兒俞靜又躲在貨箱後面，學著抖音上的尖臉小女生編辮子。她把又厚又長的頭髮分成十八綹，纏上小彩繩，一下一下扭成麻花，那認真勁像修文物似的，好幾個客人來問價也不搭理，讓人家挑完自己過秤。

老俞再一看，注活水的塑膠管翹得老高，水都噴到外面去了，紅盆裡的梭子蟹沉了底，全都一動不動。

他的火轟一下子就上來了。

俞靜是他的大女兒，也可以說是老二。老婆房玲第一胎是個兒子，出生三個月就染病死了。農村有規矩，小孩不能立墳頭，得去荒山扔掉，說是對下一胎好。老俞不忍心，還是幫他買了幾身小衣服，偷偷託人埋在後山上，每年清明都和房玲去燒點金紙。

一年之後就生了俞靜。

足月，順產，剛生出來就活蹦亂跳得像條泥鰍，哭聲特別大，不到一歲就學會走路了，像隻小狗似的天天跟在老俞後頭。而且學東西很快，動手能力極強，老俞和房玲在碼頭賣貨的時候，小俞靜就在旁邊的沙灘上玩，別的小孩堆沙堡，她拿著小耙子挖蛤蜊，一個下午就能挖一小桶。

房玲是個樸實的海邊婦女，兩隻腳從沒邁出鹽洋的地界，兩隻手除了扒拉海產不會幹別的，更別說編辮子這種精細活了。所以俞靜從小就是短髮，再加上天天吃海鮮，蛋白質充足，到了青春期，個子躥得很快，手長腿長，小學時就是女生堆裡最高的。碼頭上的人都說俞靜遠看像個假小子似的，要是再來一胎肯定是個男孩。

雖然是開玩笑，但回回都戳得老俞心裡一緊。

有時候俞靜趴在飯桌上做作業，老俞就會偷偷打量她。不仔細看還真像個小子，性格也像，可惜就不是。

老俞想再生個兒子。

這個念頭在海上的時候尤其強烈。要是老大沒死，現在就有個大小夥子跟自己一起打魚了，可以傳授他這些年自己一船一船撈上來的經驗，教他怎麼利用潮水走向撒網，怎麼判斷哪裡有最肥的魚。房玲和俞靜什麼都不懂，在家吃完飯就一起看電視，很少聊天。老俞總覺得說不出來的「話」是有形狀的，悶在肚子裡的話越來越多，撐得自己的肚皮也越來越大。要是再有個兒子，這些話就能一點一點順出來，否則只能跟著他百年之後爛到地裡。

他把這個念頭跟房玲一說，房玲也同意了。她一輩子沒自己拿過主意，結婚之前聽父母的，結婚之後就聽老俞的。

於是俞靜考大學那年，房玲就懷孕了。沒跟俞靜打過招呼，俞靜知道後也沒問什麼。老俞心想，這一點倒是像自己，不愛問話，遇到不懂的事就先裝到肚子裡自己琢磨，琢磨過來就琢磨過來，沒琢磨過來就算了。這樣挺好的，人一輩子不能每件事都想得明白。

房玲現在懷孕八個多月，肚子鼓得老大，有經驗的產婆看了都說是小子。老俞生怕有什麼閃失，不讓房玲碰冰水。剛好俞靜放寒假，就想讓她幫忙分擔一下家裡的活。

俞靜升學考成績不好，沒考上大學，去了市裡的職業學校學飯店管理。老俞記得她小時候明明成績不錯，還拿過幾張獎狀，也不知道是從什麼時候開始不愛讀書的。可能是高中，當時實驗高中為了方便管理，強制學生寄宿，兩週放一次假。從那時候起，俞靜的性格就變了，不再瘋瘋癲癲地到處亂跑，頭髮也越來越長，開始學別人穿裙子，畫眉毛，看起來確實有了女孩的樣子，但考試名次就像扔鐵錨似的，一溜煙就沉到海底。

考上職業學校之後就更放飛了。雖然學校離家不遠，坐一八路公車一個小時就能到，但俞靜只願意在寒暑假回來。每次回來頭髮都換個顏色，有一回整整數出四個顏色。房玲特別看不慣染髮，一開始還數落兩句，後來就不管了。俞靜在家裡也不願意和他們多說話，醒了就躺床上滑手機，餓了就下床找吃的，別說幫忙揀魚看攤了，吃完飯的碗都不願意洗。

眼見房玲肚子越來越大，坐著都費勁，老俞沒轍了，說可以發薪水給俞靜，賣一天貨給五十塊錢，她才不情不願地答應。

之前老俞老聽人說，兒女是父母前世的債主。他一點都不信，後來每回被俞靜氣到不行的時候他就在心裡默念這句話：「我上輩子欠她的，這輩子還清，下輩子就不用見了。」還真的滿管用，每次一想完，氣就消一半了。

但今天不行，默念一百遍也不行。

他把魚箱啪一聲扔到地上，俞靜嚇得一抖，趕緊收起手機，把腫得老高的右手戳到老俞面前。

「我長凍瘡了，不能碰冷水。」

老俞氣血翻湧，顧不得碼頭上人來人往，從桶裡抓起大黑頭魚就朝俞靜臉上用力甩去。

黑頭魚掉地上劈里啪啦蹦得老高，俞靜卻倒在一窪髒水裡不動了。

老俞這下也傻了。他以前也不是沒打過俞靜，但一下子抽昏的情況還是第一次。他趕緊去探了探鼻息，還有氣，但兩隻手臂就像兩條軟塌塌的海帶。

老俞駕著運貨的小三輪貨車一路風馳電掣把俞靜送去市立醫院，吊了點滴驗了血，一路查下來，除了臉上擦傷，還有點低血糖之外，也沒發現什麼大毛病，但俞靜就是醒不了，一直低燒。醫生建議再住院觀察兩天，老俞一問，算上藥費一天得花三四百，住幾天的話這一船的魚就白搭了。年前就這幾天能賣出貨，不能總這麼耗著。見老俞和房玲的臉愁成疙瘩，同病房一個老人提醒說這種情況海邊常有，可能碰了不乾淨的東西，不如去找二姑奶想想辦法。

二姑奶就是隔壁村「會看事的」，老家在四川，年輕時嫁到俞家臺，可惜命帶喪門，剋死了老公孩子，六十多歲的時候眼睛還瞎了，靠撿礦泉水瓶活到八十多，有一天突然能看見「東西」了。一開始就是幫人尋貓找狗，後來漸漸有了名氣，現在逢年過節門口能排起長隊來。平日裡都是取名、合八字、算風水的，一到開海的時候，大小船隊都會排隊請她來做法事。海邊的人多少都有點迷信，畢竟靠海吃飯，命都拴在桅杆上，就算不信也能圖個心安。但二姑奶有個規矩，要是碰上極難處理的情況，會先要請她的人找個偏門的「引子」。之前老俞村裡有人難產，二姑奶用菜頭蛇身上七寸的鱗當「引子」，作完法孩子就生出來了；還有七村村長找走丟的媽媽，二姑奶要了生過小孩的狸花貓後掌，沒過幾天，派出所就把他媽媽送回來了。

老俞裝了一箱二姑奶最愛吃的冷凍魷魚和一袋散菸絲就去了。院裡果然站了不少人，但二姑奶一天只看九個。老俞想辦法插了個隊，到他剛好第九個。

二姑奶聽他說完，深深抽了口長桿菸斗，軟綿綿的腮幫子縮成一團棉絮，菸頭裡灰黑的菸絲皺成暗紅色。二姑奶噴了一口白煙，往地上彈了彈灰。

「魂掉了。你去找隻烏鴉，剪三個指甲尖。今天晚上十二點，把院子騰出來。要快，過了這個時間，找誰都白搭。」

最後這句話把老俞嚇得不輕。可是這大冬天的海邊上哪裡找烏鴉呢？

老俞蹲在碼頭抽了三根菸，終於想到一個人。

鹽洋市唯一的一座公墓「千秋苑」建在西郊的後山上，墓地管理員叫宋大嘴。宋大嘴愛吃海產，嘴很刁，眼也利，聽說坐過牢，會看面相。他第一眼看到老俞的時候覺得煞氣太重，不實在。但觀察了幾次，發現老俞既不用假秤，也不往螃蟹裡灌水，從此他只認老俞攤子上的貨，一來二去就熟了。

宋大嘴聽老俞說完，拍胸脯說：「等著。」

鹽洋人極其重視死後的體面，再窮的人家上墳也會備上進口的蘋果、香蕉，油滋滋的肥肉、燒雞、蒸魚，一到冬天，烏鴉鳥獸都躲到後山上，靠這些供品過活。

天黑前，宋大嘴就網住了一隻烏鴉。

他把剪下來的烏鴉指甲包嚴實，裝進一個空菸盒，騎著電動車去碼頭給了老俞。

夜幕降臨，老俞家的大門敞著，外頭圍了些看熱鬧的村民。

俞家臺大多都是平房，中間有個院子，院牆之間拉起一張「網布」防蠅蚊，平時就可以在院子裡晒魷魚乾、墨魚乾。老俞家除了這些東西之外，晾杆上還掛著好幾串貝殼風鈴。房玲懷孕的時候手閒不住，就開始學做這個，把貝殼海螺洗淨晒乾、鑽孔、染色，用棉線穿成一串一串的，就可以賣到海邊的紀念品店。

門口的人堆裡探出一根黑亮的導盲杖，二姑奶跟著導盲杖鑽出來。她佝僂著腰走進院子，問老俞：「準備好了？」

老俞點點頭，把包在黃紙裡的烏鴉指甲遞給她。

二姑奶讓老俞把俞靜平放在地上。俞靜還是沒有要醒的跡象，臉色蒼白，手指冰涼。老俞眉頭緊鎖。

不知道是誰「噓」了一聲，門口嗡嗡的閒聊聲瞬間沒了。院子裡能聽到的除了呼呼的海風，就是遠處幾聲零星的狗叫，橫杆上的貝殼輕輕碰出脆響。

「滅燈。」

老俞趕緊把院子裡的照明燈關上，院子瞬間一片漆黑。

「哧——」二姑奶劃亮火柴，引燃事先準備好的一遝黃紙放進鐵盆，火光瞬間沖亮十幾平方公尺的院子。

二姑奶蹲下身子，把第一枚指甲尖放在俞靜的眉心，另外兩枚分別放在了她左右手心。

可能是火光的緣故，老俞發現俞靜的眼皮動了一下。

二姑奶用導盲杖頭在水泥地面上畫了兩個「十」字，一腳踏一個。然後開始用導盲杖使勁敲擊著地面，配合著節奏嘴裡念念有詞。

海風呼呼吹著，被網布篩進院子，貝殼風鈴開始嘩啦作響。

二姑奶的導盲杖越敲越快，念詞越來越急，風鈴聲也越來越大。老俞忍不住朝牆角看去，掛著海螺貝殼的風鈴垂線在急促地攪動，碰撞出亂糟糟的聲響。

「起來了起來了！」門口有人沒忍住叫起來。

老俞回頭，發現俞靜的上半身慢慢挺了起來，但眼睛還緊緊閉著。

她伸出手，用沙啞的聲音說：「我要喝水。」

二姑奶的導盲杖停下來，問她：「俞靜回來了？」

俞靜緩緩垂下雙手，沒說話。

二姑奶皺眉，又問了一遍：「俞靜回來了？」

俞靜喉嚨突然卡住，大聲咳嗽起來，震得五臟六腑發出悶響，然後急促地呼吸著，像快要窒息一樣。

二姑奶大喝一聲：「開燈！」

老俞趕忙打開高瓦數的照明燈，院子瞬間亮如白晝。

俞靜的動作停止了。過了一會，她緩緩睜開眼睛，慢慢掃了眼周圍，最後在二姑奶的臉上定了神。

二姑奶湊近，輕輕問：「俞靜回來了？」

俞靜搖搖頭，一字一頓地說：「我不叫俞靜，我叫何器。」

俞靜坐在沙發上捧著茶杯，一小口一小口抿著熱水，然後抬眼打量著客廳。

俞家的客廳本來不小，但是老俞和房玲節儉，捨不得扔東西，所以房間牆角都堆滿了生鏽的漁具家什，能坐的只有這張磨破洞的紅皮沙發和兩個馬扎[5]。

5 一種摺凳，前後兩腿交叉，上方綁上帆布條、皮條或麻繩，可合攏摺疊，便於攜帶。

老俞和房玲坐在馬扎上，老俞死死盯著俞靜，妄圖從她臉上找出一絲絲撒謊的痕跡。

「妳什麼時候生的？」

「二〇〇三年三月十五號。」

不對，俞靜是三月二十二號生的，比他第一個孩子晚三天。

「住哪裡？」

「我家在海韻花園第六大樓第三區一〇〇二號房。」

海韻花園，那是鹽洋市數一數二的高級社區，住的人大都非富即貴。

「妳父母呢？」

「我爸叫何世濤，是個廚師，我媽叫朱麗萍，早就跟我爸離婚了，後來去了日本……」不知為何，她的臉上閃過一絲悲傷。老俞沒注意，他在仔細回憶何世濤這個人，耳熟，之前總來碼頭買魚，非常挑剔，所以很多商販都不愛搭理他。

「俞叔叔，你不記得我了嗎？」

老俞被菸頭燙到了手，趕緊甩開，踩滅，才繼續抬頭看女兒。

不，不是女兒了。

雖然還是俞靜的臉——細長的眉毛像房玲，黑嘛嘛的皮膚和高額頭像自己，眼皮內雙，鼻尖一顆小痣，手上的凍瘡還很腫，但她看自己的表情完全變了。說話也是，文謅謅的，而且有一點口齒不清。俞靜從來不會這樣講話，也不會叫自己「俞叔叔」。

「其實我和俞靜小時候就一起玩了，我家以前住大泉港，後來不是拆了嘛……」俞靜喝了口水，繼續說。「您還送過我一個大海螺，上面寫著『一生平安』，後來搬家的時候不小心弄丟了。對了，俞靜呢？怎麼沒看見她？」

突然間，老俞想通了。這個死丫頭一定是在報復，報復他今天當眾打她，所以想出這麼一招來折騰他。

他用力壓抑怒火。「俞靜，這樣吧，我不讓妳幹活了行不行？從現在到開學，妳愛睡到幾點就睡到幾點，我不管了，行不行？妳就別在這裡給我裝了！老子他媽的一天到晚夠累的了！妳再在這裡裝神弄鬼……」老俞緩了口氣。「妳知道我最討厭妳說謊了。」

俞靜的表情像是要哭出來了，她不知所措地看向房玲，房玲也愁眉不展地看著她。突然，俞靜放下杯子，朝電視旁邊走去，指著邊上的一張合照，說：「這個是我！」

那張合照上印著「鹽洋市實驗高級中學三二七班畢業留念」的紅字橫幅，五排整整齊齊的黃藍制服，一張張青春無敵的臉，像一個個剛剛拆開的少年盲盒[6]。

俞靜的手指停在第二排中間。

那個女孩短髮齊耳，皮膚白皙，右臉有一個酒窩。她在陽光下微微瞇著眼睛，笑容燦爛。

6 指消費者無法提前得知產品款式的盒裝商品，具有隨機的屬性。

02 紅線

那道紅線落在拆遷藍圖上之前，俞靜和何器擁有近乎一樣的童年。出生在海邊的孩子，生命裡第一個老師就是大海——「涼」是海水，「痛」是腳底的沙礫，「舒服」是毛茸茸的海風，「珍貴」是獨一無二的貝殼。

唯一不同的是氣味。

俞靜的童年是永恆不變的腥味。帶著沙粒的粗糙手掌，堆在角落裡的笨重雨衣，織不完的綠色漁網，鍋裡熱騰騰的海鮮水氣。

而何器的童年氣味是苦的。她還沒有學會說話的時候，就已經可以辨別出苦味的不同形態。白色藥丸是會卡住喉嚨的鵝卵石，綠色藥丸是在舌苔上炸開的海膽，黃色藥丸是黏稠的生螺肉；最討厭的是粉色藥丸，像斷在嘴裡的蝦頭。

二〇〇六年，她們過完了三歲生日，轟轟烈烈的城市改造運動蔓延到鹽洋市，市政府決定利用天然的優勢大力發展旅遊業，要在海邊建造一個集娛樂和綠化為一體的旅遊度假區。決定無數人命運的沿海地圖在紅木會議桌上攤開，有人手持紅色馬克筆畫了一個長方形框框，那條紅線不偏不倚地落在了大泉港和俞家臺的中間。

之後的幾年裡，縈繞在俞家臺所有村民耳邊的，除了晝夜開工的挖土機的轟隆聲，還有無數大泉港人一夜暴富的傳聞。傳聞說，每家每戶都拿到了一筆數額不菲的拆遷賠償金。至於這個「不菲」到底是幾個零，大家爭論不一，唯一確定的是之前開水產倉庫的遲宗偉家分的「不菲」最多，他也成了最早開起賓士車的人。

不管怎樣，這些巨變都與俞家臺的人無關。他們只能眼睜睜看著鄰村這些昔日的漁民脫掉腥臭厚重的雨靴，穿上發亮的皮鞋，換上白襯衫，粗糙黝黑的皮膚也在冷氣房裡褪成反光的潤紅色，走上從未想過的人生道路。有人開始摸索其他小本生意，或者在市中心買了房，更有頭腦的人開始接觸網路上的投資理財工具。那時候，基金、股票、比特幣還沒開始流行，早早上船的人並不知道，那些看似「不菲」的拆遷款僅僅是幾棵搖錢樹的種子。何器家也是從那個時候開始脫掉了養殖戶的帽子，用一棟祖宅和一小間養殖場換到了足以搬進海韻花園的錢。

當然，這些美夢和噩夢都和孩子無關。

二〇〇七年，俞靜和何器進了離家最近的金苗幼稚園，分到了小班二班。在這種都是熟人組成的幼稚園裡，碼頭上放養長大的孩子有著得天獨厚的優勢。開學一個星期，俞靜就收服了眾孩子成了「大王」。胖胖的費老師喊紅脖子都管不住的紀律，俞靜拍一下桌子就沒聲了，所以她深得費老師的信任。費老師讓她當小班長，掌管發包子、發玩具、檢查午睡等班級大小事務。一下課，俞靜的屁股後面總跟著一串小孩，「玩」是俞靜最擅長的事情，光是一個沙包就能想出無數種玩法，跟著她似乎永遠都不會感到無聊。

和俞靜相比，何器就像一個不會說話的娃娃，上課下課都喜歡縮在角落，盯著外面發呆。唯一有存在感的時刻就是每天下午上課前，費老師都會把她叫上講臺，打開她爸爸何世濤準備的藥盒，監督她把藥一粒一粒吃下去。

那是一場靜謐而痛苦的表演，每個小朋友都學會了透過何器皺眉的程度判斷藥丸的大小。何器每吞咽一次，他們也吞咽一次，彷彿這樣能幫到她。「表演」結束後，何器就會面紅耳赤地回到角落，繼續當一個沒電的娃娃。

「妳吃的是什麼藥？我可以嘗嘗嗎？」身為班長，俞靜還是不想冷落任何一個小朋友，所以沒話找話地問了兩句。

何器睜著迷迷糊糊的眼睛，搖搖頭，又繼續趴在桌子上。

真是一個無聊的小孩啊，俞靜心想。

但在不久之後，何器的身上發生了一件大事。

那天，何器穿了一條綠格紋小裙子，胸口處繡著一個原子小金剛，頭髮是立體的，塞了一些棉花。

一整個上午，何器一直弓著身子，一臉痛苦。下午上課前，費老師像往常一樣叫她上去吃藥，還沒吃，何器就哭了出來，邊哭邊說「燙」。費老師以為是水燙，連忙接過紙杯試了試，是溫的。何器指指原子小金剛：「這裡燙！」

原子小金剛的頭髮裡塞著一枚迷你錄音筆。

「我是怕何器被欺負。」何世濤坐在費老師的辦公室，不慌不忙地說。

費老師拍了拍桌上的錄音筆：「那也不能這樣吧？這是侵犯隱私我跟你講！」

「妳也有看到這兩天的新聞，何器不愛說話，要是出了事，妳能負責嗎？」

他說的是發生在鄰市的一個幼稚園性侵事件，一個男老師趁午休時強暴了女童，女童不敢告訴大人，還是去醫院打疫苗時醫生發現問題的。

「你要是這麼不信任學校，乾脆轉學算了！我可伺候不了！」費老師的臉又氣紅了。

何世濤臉上的笑意明顯撐不住了，他低頭想了想說：「這樣吧，您能不能幫何器找個朋友？以後有什麼事我就問她。」

那是俞靜第一次見到何世濤。

他身上有種奇異的香味，不是洗衣粉味，而是一種剛下完雨的海灘的氣息。俞靜很少見男人穿一身白衣服。海邊人不穿白衣服，不耐髒，而且洗著洗著就變黃了。反正她爸爸的衣服不是純黑就是藍黑，洗多少遍都會摻著細小的沙子。

「妳是班長？」

俞靜縮著脖子，輕輕點頭。不知道為什麼，她有點怕他。

何世濤把身後的何器推出來：「以後妳們兩個一起玩好不好？」

「那她想和我玩嗎？」俞靜指了指何器，她無法理解為什麼交朋友還要大人幫忙。

「她想啊，她只是不好意思說……」何世濤的大手輕輕摸著何器的頭髮。

「來，妳自己說。」

何器的臉紅到耳朵，半個身子躲在何世濤的身後，憋了半天才一字一頓地說：

「我想和妳當好朋友。」

「真的嗎？」

「真的……但是我不能給妳吃我的藥，一點都不好吃……」

俞靜噗哧笑出聲，大方地向她伸出手：「好吧，那我們以後就是朋友了，妳有什麼事就找我！」

「好，」何世濤滿意地點點頭。「以後妳想吃什麼糖果啊零食啊，就讓何器買給妳，她每個星期有五塊錢的零用錢。」何世濤拍了拍何器。「不夠了再跟我要。」

何世濤似乎早就知道這個結果，只是來通知一下。

何器確實很大方，每次買零食都是奔著把錢花光去的。也許是零食的誘惑太大，也許是覺得何器太弱小了，俞靜擔心她一個人受欺負，所以漸漸拋棄了大部隊，只跟何器玩。

俞靜教她很多抓小螃蟹和蛤蜊的技巧，何器也會講自己剛看過的童話故事給她聽。俞靜也是那時候才知道，何器不愛說話是有原因的。

「我舌頭比別人短一點。」何器張開嘴巴給俞靜看。

那叫舌繫帶過短，屬於先天畸形，舌頭沒辦法翹起來，所以發不了一些音節。怪不得何器說話總是很小聲，還會把俞靜的名字讀成「俞ㄧˋㄥ」，把自己的名字念成「何ㄧˋ」，像含著一團軟綿綿的東西。

「我媽媽想帶我去動手術，我爸爸不肯，他說這個可以練習，要我自己努膩（力）。」何器軟綿綿地說。

練習的方法就是翹舌，舌尖用力觸碰上頷與牙齦，頂久了舌頭會又疼又脹，但她不想讓爸爸失望。所以在俞靜的記憶裡，何器的嘴巴永遠都微微張著，努力翹著舌尖，走路、聽歌、看書、做作業都是如此，一直持續到她們升上同一所小學。

小學，是一個與幼稚園完全不同的世界，到處都充滿了規矩。俞靜感覺自己好像進了一個方形的魚缸。

教室四四方方的，桌椅要對成一條直線；桌子四四方方的，套著暗綠色桌布，桌面上還不能放書；上課時要把兩條手臂交疊在桌子上，不能搶答，要先舉手。俞靜因為搶答的事被班導徐老師罵過很多次，還幫她取了一個外號「俞話靶」。

這個年紀的孩子乳牙還沒換完，卻已經學會了察言觀色，知道徐老師是那個「要討好的人」。每次徐老師喊這個外號，大家都會誇張地哄堂大笑，拍桌、尖叫，生怕徐老師看不到自己笑了。

除了何器。

安安靜靜的何器反而非常適合這個「魚缸」。換句話說，學校的規矩就是希望每個孩子都能像何器這樣安靜。只有俞靜知道，何器是怕別人注意到她的口音。翹舌練習效果非常緩慢，儘管她的舌尖已經可以輕鬆搆到牙齦，但讓這個動作與發音結合起來還是有點困難，標準的發音都搭配著一副咬牙切齒的表情。於是何器總是避免當眾說話，下課也不出去，除了找俞靜上廁所，就是坐在位置上看書寫題目，像一團沉默的雲。

即便透明如此，她也沒有躲過外號的攻擊。

「何啞巴！」

這個沒創意的外號來自遲成，就是第一個開賓士的拆遷大戶遲宗偉的獨生子。「俞話靶，何啞巴，一個藤上兩個瓜！」他帶著最後排的男生拍手唱著自以為幽默的順口溜。俞靜看著他那張方臉上的大嘴一張一合，活像一條快死了的鮟鱇魚。

每當俞靜捏緊拳頭，何器就會悄悄幫她鬆開，邊搖頭邊指指講臺，意思是「徐老師不會管的」。

到了六年級，何器已經矯正了很多發音，但著急的時候還是會忘記。模仿何器說話依然是男生們經久不衰的壓軸節目，事情的轉機來自新國語老師的到來。

那是一個剛從師範大學畢業的年輕女老師，娃娃臉，留著當時很流行的鮑伯頭。第一節課，她點何器起來讀課文，所有人都意味深長地對視，遲成甚至發出了吭哧吭哧的憋笑聲。她不明就裡地看著大家，不知道發生了什麼事。

很快她就明白過來了。

「燕子去了，有愛（再）來的時候；楊柳枯了，有愛（再）星（青）的時候；

桃花謝了，有愛（再）開的時候。但是，東（聰）明的以（你）告訴我，我們的日子為什麼一去不復返呢？」

何器讀得又急又快，果然又變成了以前那種含含混混的發音。

國語老師揮手讓何器坐下，想了想，咧開一口白牙對何器說：「妳說話的聲音好像一塊牛奶糖啊。」

這句話有語病，但不妨礙它自帶的魔力。

大家紛紛看向坐在角落的何器。她的耳朵紅到脖子根，軟軟的頭髮搭在白淨的臉上，抿著嘴巴，右臉有一個深深的酒窩。可能是下午陽光照射在她身上的緣故，她整個人都帶上了一種香甜溫暖的氛圍。

從那以後，何器含含糊糊的軟糯發音不再是一個缺點，反而有了一種難以言說的魅力。一下課，以遲成為首的男生群就會像蒼蠅一樣圍在她的桌子旁邊，掀她的筆袋，翻她的作業本，揪她的髮圈，目的就是激怒何器，讓她大聲叫他們的名字，因為無論她的語氣有多憤怒，喊出口都帶著一絲撒嬌的尾音。

俞靜聽班上最八卦的女生說，何器被男生們評選為班花。儘管何器知道後嗤之以鼻，俞靜還是覺察出了她的變化。

何器變漂亮了。

俞靜在家照鏡子的時候，突然想到這句話。低瓦數的廉價檯燈下，她看著自己，短短的頭髮像稻草一樣叢生，皮膚黝黑，胸前一馬平川，怎麼看都和「漂亮」無關，但這兩個字卻可以嚴絲合縫地籠罩在何器的身上。升上小學以後，她身體也變好了，不再像小時候那麼容易生病，身材反而因為跑步的緣故變得勻稱。更重要的是，她幾乎每週都有新衣服穿，合身、舒適、明媚的新衣服。

然而，這些微不足道的羨慕和背叛在小學畢業典禮那天全部戛然而止。

按照慣例，第三實驗小學的畢業儀式是為家長們表演節目，學校要求每個學生至少請一個家長出席。老俞那天剛出完海，只想回家睡一天覺，就讓房玲去了。

俞靜的班表演的節目是合唱，每個人都穿著徐老師統一租借的白襯衫，徐老師苦口婆心地叮囑大家不要弄髒，不然要扣錢。

那天大家都在交換畢業禮物，沒有人聽她說話，也沒有人注意到遲成的反常。他帶了一片嶄新的刀片，一條綁螃蟹腳的黃色橡皮筋從中剪開，一頭拴在刀片的圓孔上，一頭捏在手裡。他一邊盯著何器，一邊甩著刀片，刀片隨著橡皮筋的慣性緊緊纏繞在他的手指上，又鬆開，又纏上。

全班在後臺候場的時候，俞靜和何器躲在角落玩翻花繩。何器那天紮著兩條麻花辮，末端繫著小櫻桃的髮圈，很好看。遲成走到何器面前，亮出刀片，伸出左手的食指。

「當我女朋友，不然我就劃下去。」

何器驚呆了，無助地看向俞靜。俞靜還在想前半句話的意思，難道說，他喜歡何器？

遲成把刀尖抵在食指上，伸到何器面前，又問了一遍。

周圍有男生開始起鬨：「答應他！答應他！答應他！」

何器快要哭出來了，但眼睛還是看著俞靜，邊搖頭邊往後縮，似乎這樣可以逃離這個可怕的局面。

遲成看了眼四周，目光又回到何器的身上：「答不答應？不答應是吧？」

話音剛落，遲成右手一抖。

手指慢慢滲出一道紅色的線，接著，一大滴紅色的血落在了何器雪白的衣領上，何器嚇得大叫起來。

俞靜啪一拳揮到遲成的臉上，搶過刀片。周圍的起鬨聲變成了鋪天蓋地的慘叫聲。

徐老師衝進後臺的時候，看到俞靜整個人壓在遲成的身上，右手用刀片頂著他的脖子，遲成兩手都是血，屁股底下流了一灘黃尿。

遲宗偉跟遲成簡直是同一個模子刻出來的，像一條老鮟鱇魚。

俞靜看著他一張一合的惱怒大嘴，腦子裡全是這句話。而自己的爸爸站在旁邊，一百九的個子佝僂成了一隻瘦蝦姑。

晚上回到家，老俞把房門一關，拿起一截編漁網的尼龍繩。房玲本想攔一下，還是停住了。

抽在身上的一瞬間並不痛。過幾秒鐘，疼痛才像融化在熱水裡的藥錠一樣，從一個中心細碎而緩慢地擴散開來。接著又是第二下、第三下。

俞靜狠狠咬著手臂，不讓自己出聲。她知道父親的習慣，打她的目的不是懲罰，而是為了出氣。所以哭、叫、跑、反抗、下跪，通通沒用，只能等他把氣發洩夠，他自然就會停下來。俞靜唯一能做的，就是忍耐和遺忘。

但這一次太漫長了。俞靜覺得好像快要失去知覺了，她開始強迫自己轉移注意力。桌子上的廉價塑膠布油膩膩的，永遠有擦不乾淨的湯汁，這張桌子既是飯桌，又是茶几，也是自己的書桌，現在成了她的砧板。她想起以前去過何器家一次，何器家的每張桌子都各司其職，甚至進門的地方還有一張專門擺假山的桌子。何世濤是廚師，那天做了很多好吃的，而且很會用刀，專門為她表演削完一整個蘋果而皮不斷。對了，刀，今天明明不是我的錯，爸爸為什麼要道歉？

不知過了多久，老俞終於停下了，他累得氣喘吁吁，手裡握著汗津津的繩子，看著在地上縮成一團的俞靜。「妳聽好了，當官的、有錢的，這兩種人永遠不准招惹，不准得罪。他們跟妳是兩種人，妳既然生在這個家，就要認命。知道嗎?!」

俞靜沒有點頭，也沒有搖頭。

第二個羊年到來的時候，度假區建好了。藍圖上的那條紅線變成現實就是一道綿延的鐵柵欄，和俞家臺「接壤」的地方用一堆建築垃圾隔開，那道蜿蜒醜陋的傷疤分開了兩個世界。傷疤以北，還是幾十年沒變的老漁村，牆上塗著治療不孕不育、維修水電的廣告，電話都已經打不通了；傷疤以南，造型別致的飯店、商店、遊樂場、水上樂園等建築像細胞一樣迅速分裂成形，暹成家的飯店「海鮮凶猛」裝潢豪華，成了當地接待貴客的必去之地。之後的每個夏天，各種口音、膚色的遊客不遠千里來到這個俞靜拚命想逃離的地方。

那個畢業典禮結束後，很多東西都發生了改變。何器找過俞靜幾次，都被俞靜找各種理由拒絕了。夏天結束後，她們去了不同的國中，兩人也漸漸失去了聯絡。

她們再次相遇是在十五歲那年。

鹽洋市實驗高中是一所不上不下的萬年普通高中，有著奇怪的油水分離的狀態。

上層是想考一中但差幾分落榜的學霸，心不甘情不願地來到這裡。下層是沾了劃片政策[7]的光的學渣，凡是住在這附近的，只要升學考達標，都可以入學。

幾十張分班名單貼在長長的公告欄裡，除了名字，還有升學考成績、年級排名和班級資訊，學生找到自己的名字後可以自行去班級報到。

為了公平，學校沒有實行前後段班，成績好壞一律打得很散。所以全年級第一和倒數第一都分到了俞靜所在的二十七班，那兩個人就是何器和遲成。

世界上任何一個悲劇都不是突然發生的，命運早已暗中給了一些微小的提示，只是那時候的他們還渾然不覺。

7 將多所學校招生名額分散分配給各學區學生，旨在促進區域均衡發展。

03

青銅白鶴

老俞家的門口從來沒有這麼熱鬧過。

《鹽洋日報》、《鹽洋民生直通車》等當地大小媒體，還有很多專門從外地趕來的直播主全都堆在緊閉的大門前，看著路口的方向，伸長脖子等待著。

他們在等另一個人。

對於鹽洋這種鄰里打架都是大新聞的小地方，半年前的「何器之死」著實熱鬧了一陣。誰也不會想到，這個案件在半年後還能再來一波熱度。

一名打扮成偵探的網紅對著自拍桿上的手機，用誇張的語氣直播著：「說到借屍還魂，相信大家都聽說過一九五九年轟動全臺灣甚至全球的『朱秀華借屍還魂事件』，前不久，同樣離奇的事件發生在這個名為鹽洋的海邊小城，一名少女昏迷之後，請了當地的神婆作法，醒來後竟然自稱是已經死去半年的女孩！有人說作法的烏鴉來自死去少女的墳墓，也有人說這就是單純的人格分裂，那麼事實真相究竟為何？名偵探加加帶您……」

「來了來了來了！」一名眼尖的記者率先發現了何世濤的車，眾人一哄而上，何世濤不得不將車緩緩停靠在路邊，開門下車。無數手機、相機擁到他的面前，像要活埋他一樣。

「你相信有借屍還魂這種事嗎？」

「你現在是難過還是開心？」

「如果真的是你女兒，你會接她回家嗎？」

「你見到她第一句話要說什麼？」

……

何世濤蒼老的臉上露出悲傷的神色，周圍響起一片喀嚓聲。

在何器被害之前，何世濤在鹽洋市也算半個名人，上過當地的育兒明星榜單，經營著一個有百萬粉絲的抖音帳號「帥爸便當」，以幫女兒做愛心便當而出名，是有口皆碑的好父親。

半年前，何器失蹤，他在電視上、報紙上懸賞尋人，在直播時痛苦哀求，之前精緻打理的鬈髮肉眼可見地變成了一頭亂糟糟的白髮，眼角的神采被混濁布滿血絲的雙眼取代，從一個意氣風發的明星爸爸迅速脫水成一個失去愛女的蒼老父親。

何器死後，他的帳號停止更新，偶爾發一些紀念女兒的短影片，每次都會引來一排蠟燭表情符號，陪他一起思念何器。

何世濤沒有回答記者的問題，他拿出手機，傳了一則訊息給老俞：「我到了。」

老俞家掉漆的木門閃開一道縫，何世濤進去後迅速關上。

客廳很冷，絲毫沒有過年的氣息。傢俱和電器上都蓋著厚厚的油汙和灰塵，牆上貼著一張五年前的舊掛曆，還有一幅廉價印刷的仙鶴送子圖。何世濤打了個寒噤，老俞默默往鐵爐裡添了幾個碎煤塊，腳邊堆滿了扁扁的菸頭。

臥室的門反鎖著。

老俞睜著布滿血絲的眼睛，壓低聲音說：「是你家孩子。」

何世濤擔憂地看著房門：「怎麼確定的？」

「該問的我都問了，其他的我也不知道要問什麼，你的電話也是她跟我說的，我女兒要去哪知道？反正……」老俞悶聲咳嗽了幾下，往炭火裡吐了一大口痰。

「邪乎，所以把你叫來看看。」

何世濤眉頭擰在一起，眼睛被炭爐熏得生疼。

「她知不知道自己已經……」

老俞點點頭：「知道了，一開始不相信，一照鏡子嚇壞了，鬧了半宿，但是記不清是怎麼死的……」老俞沒留意這個「死」字讓何世濤眉頭一皺，他接著說：「明白過來之後就一直哭，說明明才考完大學，不可能，然後就把自己鎖在裡面了……」

何世濤站在臥室門口，門內一絲動靜都沒有，他輕輕敲了敲門。

「我……」他頓了頓。「我是何世濤。」

裡面還是沒有動靜，他想了一下，試探性地敲了一個節奏——「噠噠噠噠、噠噠」。這是他和何器之間的暗號，意思是「我是爸爸，開門」。

裡面傳來一陣走路聲，門啪的打開，一張布滿淚痕的陌生女孩的臉出現在何世濤面前，陌生的頭髮、鼻子、嘴巴，但她的神色讓何世濤的心咯噔一下。

那是何器看自己的眼神，錯不了。

沒等他再開口，女孩的眼淚一下子湧出來：「爸，你怎麼現在才來？」

老俞看著女兒俞靜躲在另一個男人的身後，用警惕的眼神看著自己，心裡有說不上來的怪異。他搓了搓滿是繭的大手，猶豫該怎麼開口。「老何，有件事想跟你商量一下，昨天晚上我老婆羊水破了，現在在醫院等開指，不知道什麼時候就生了……」他拆開一包剛買的泰山軟盒香菸，抽出一根遞給何世濤。

何世濤立刻領悟了老俞的意思，他沒接菸，看了眼身後的女孩。俞靜絲毫沒有猶豫，說：「我要回家。」

門開，俞靜的頭上罩著一件外套，被何世濤一路小跑護送上車。相機鏡頭和手機靠在車玻璃上喀嚓作響，俞靜坐進後座，自然地扣上安全帶，閉上眼睛轉頭不再看外面。

車開到沿海公路上，四周只剩一片呼呼的風聲，他從後照鏡裡偷偷打量著俞靜，不，從現在開始應該叫她「何器」才對。

何器渾身無力地癱在後座，車裡的暖氣讓她手上的凍瘡脹得有些癢，她閉著眼睛從椅背收納袋裡掏出一雙灰色手套戴上，還特意捲了一下手腕處，這些都是何器的習慣。看著這個陌生的女孩做起這些動作來行雲流水，何世濤心裡有說不上來的複雜。

「這不是回家的路。」何器突然睜開眼睛。

「我們先去醫院檢查一下，看看妳身體有沒有什麼……」

「我不去醫院！我要回家！我要回家！」何器突然發了火，坐起來猛搥車窗。

何世濤嚇了一跳，連忙安撫：「好好好，我們回家！」

空蕩狹長的沿海公路，一輛車調轉車頭。

海韻花園號稱公園社區，除了健身區和樓宇，基本都被各式綠色植物覆蓋。春夏天姹紫嫣紅分外好看，但是一到冬天，葉子落光，枝幹橫飛，到處都是一副干將莫邪[8]的架勢。

何世濤開到社區門口，遠遠看到幾個收音桿豎立在枯木枝堆裡，隨即打了方向盤，一路開進地下室。

物業早早把新年的對聯、福字貼得到處都是，何器仰頭看著電梯裡歡度新年的零食廣告，她的神情有些困惑，又有些惶恐。

是啊，如果這一切都是真的，那她現在的記憶應該還停留在夏天。何世濤心想。

十樓到了，何世濤故意慢了幾步，何器沒有覺察，輕車熟路地走到一〇〇二門口等著何世濤開門。

門一開，一股輕柔的檀香味撲面湧來，玄關的感應燈一路亮起。門口正對著一張窄窄的供桌，上面放著一座根雕倒流香，一道極細的白煙蜿蜒而下，纏繞著左右兩尊半人高的青銅白鶴。那兩尊白鶴造型別致，高昂著小小的頭顱，細看又不是完全對稱的。一隻雙腳落地，另一隻的右腳略微抬起。

8 春秋時期擅長鑄劍的一對夫婦，曾鑄干將、莫邪雄雌二劍獻於吳王。後多借指為利劍。

何器有些疑惑地看著這兩尊青銅白鶴，問何世濤：「爸，它們什麼時候來的？」

何世濤笑笑：「別人送的。」

四隻碩大肥美的生蠔在烤箱裡嗞嗞作響，蒜末紅油微微鼓動，一層薄薄的湯汁積在殼內凹陷處，隨著溫度的升高而沸騰，不斷滴在托盤上，發出噗噗的聲響。

一隻手機卡在不遠處的三腳架上，對著烤箱拍攝著。

何世濤看了看時間，還剩五分鐘。他把剛剛擦乾淨的三叉牌刀具插進刀架，順手把已經乾淨到反光的桌面又擦了一遍。

廚房，是這個家裡最昂貴，也是何世濤最喜歡的地方。半開放式全訂製的德國Allmilmö（愛米默）純白櫥櫃，正對著客廳，可遙控調節的燈光可以使做出的食物不用濾鏡也色澤鮮美，高級廚具、餐具一應俱全。最特別的是在廚房靠牆的邊緣有一排魚缸，裡面養著龍蝦、生蠔、海參和海膽，輸送活氧的氣泡在裡面咕嚕作響，海鮮在透明魚缸裡懶洋洋地移動，一副頤養天年的模樣。

這是何世濤的習慣，從海鮮市場挑選完海鮮之後，會在家裡再養一陣子，等牠們把泥沙全部吐盡，或養得更肥之後，就把牠們烹飪、拍攝成按讚破萬的美食影片，再毫不留情地吃掉牠們。

生蠔端上桌的時候，何器剛剛洗完澡出來。何器之前的衣服穿在她的身上稍微有點緊，勒出她跳躍的曲線。她拉開椅子，發出刺耳的吱啦聲。何世濤收回目光。

「有粥嗎？我晚上不想吃海蠣子。」何器隨手撩了撩未乾的頭髮。

「妳說什麼？」何世濤皺眉。

「哦，生蠔。」何器改口。

何世濤的廚房潔癖表現在各個方面，除了不讓人踏入廚房半步之外，還不允許別人叫錯食材的名字。他說過，海蠣子和生蠔雖然都叫牡蠣，但牠們是兩種東西。海蠣子都長在岩石縫裡，兩三個生在一起，外殼粗礪，互相擠壓，肉長不大，最後只能堆在地上，和泥混在一起一筐一筐地賣，或者晒成海蠣乾，一點價值都沒有。那種單獨生長的牡蠣，外殼比較光滑，汁水多，白肚大，邊緣皺褶少，只有這樣的，才能被叫作生蠔，才有資格被包上彩色的錫紙，做成美味，裝進精緻的盤子，端上有錢人的餐桌。何器從小就討厭他叨叨這些東西，所以盡量避著他的地雷。

「我說，我現在不想吃生蠔。」何器又說了一遍。「我想知道我是怎麼死的。」

何世濤的眼睛裡閃現了一絲不安。「妳剛回來，這件事可以明天再聊，反正凶手已經抓到了。」

「誰？」

「先別急，我還有幾個問題想問妳。」

何器深吸了一口氣。「爸，我知道你現在還不相信這件事，說實話我也不相信。我死了，進了另一個人的身體活了，她還是我的好朋友。所以我現在只想知道我是怎麼死的，誰殺我的？這到底是他媽怎麼回事？」何器頓了下。「老天爺突然讓我活過來肯定有他的道理，你以後有的是機會慢慢驗證我到底是不是何器，但是現在最重要的，是告訴我到底怎麼回事！」

何世濤頓了頓，站起身：「那我就問一個問題，在家裡不可以做哪件事？」

何器沒有猶豫，指了指廚房：「不可以進那裡。」

何世濤點點頭：「電腦在妳房間裡，我什麼都沒動。密碼……妳應該知道。」

新聞畫面配著駭人聽聞的標題——妙齡少女曝屍海灘，凶手竟是同班班長！

二〇二〇年七月十八日上午，俞家臺碼頭附近海岸發現一具女屍，經鹽洋市派出所調查辨認，該死者為鹽洋市實驗高中高三某班畢業生，剛剛考完大學。警方立刻對現場進行了封鎖，並確認第一案發現場是位於距離事發地五公里之外的一艘廢棄漁船，經查屬於死者同班同學周某陽家，確認周某陽有重大作案嫌疑，於同月將周某陽捉拿歸案。經過三十多個小時的調查訊問，周某陽對作案事實供認不諱，交代自己在七月一五日當晚，同學聚會結束後，因醉酒而對同班女生何某心生歹念，遂將其誘騙到自家的廢棄漁船，採用捂嘴、掐脖子等手段將何某制伏，在進行性侵過程中不慎致其死亡。事後周某陽怕被發現，遂將何某拋屍大海，隨後翻牆進入學校宿舍睡覺，以製造不在場證明。

周某陽因涉嫌強制性交罪、故意殺人罪被刑事拘留，鹽洋市檢察院以強制性交罪對周某陽提起公訴。二〇二〇年八月二〇日，周某陽因為性侵殺人罪，被鹽洋市地方法院判處無期徒刑，現已在衡南監獄服刑。

照片裡，警方拉起警戒線，醫生把何器的屍體裝進屍袋，她的身上打著厚厚的馬賽克，但何器依然能透過那一團濃重的綠色判斷出是那條她心愛的墨綠色長裙。

何器坐在床上，筆電的螢光照著她的臉，她往下滑動，看到一個影片連結——《死者生前最後一支影片曝光》，何器點了進去。

畫面很模糊，能看出是一個面積很大的KTV包廂，包廂的角落裝飾著一個鯊魚頭，張著血盆大口。畫面裡只有何器一個人，她穿著那條墨綠色長裙，右手的小拇指頂著臉上的酒窩，對著鏡頭笑著唱一首走調的日語歌，看起來已經有些醉了，突然她指著拍攝影片的人說：「畢業快樂！」

影片就在這裡中斷了。

發布這支影片的帳號就是何器自己的社群帳號，還配了一句話：狐狸那時已是獵人。

這是何器最喜歡的一本書，看完之後很長一段時間她都在模仿赫塔·米勒的語言風格寫週記，但是教國文的胖老頭回回都批「狗屁不通」，漸漸地她就改回來了。

為什麼發布這麼一句話呢？拍影片的人是誰？說「畢業快樂」的話，應該是同班同學。但是一點印象都沒有了。

何器繼續翻動著電腦上的評論。

撞撞：「好可惜啊，幾個小時之後就死了，大好年華就這麼沒了。」

不想寫論文：「肯定是情殺，現在的高中生就是很容易衝動。」

小丑斗篷：「凶手不是班長嗎？應該考得不錯吧，為什麼自毀前程？」

帳號已停用：「×，是我們學校的！這個女的可輕浮了！她跟那個班長有一腿！說不定是因為劈腿被殺了！」

何器皺眉，點進最後這個帳號頁面，雪白的匿名大頭貼，什麼都沒有。下面的留言有的同意，有的咒罵。

臥室門突然被打開，何器嚇了一跳。

她臥室的門是從外面開的。按照何世濤的說法，何器曾經氣喘發作，有一次反鎖門睡覺，半夜差點窒息，何世濤就把門換了，這樣再有意外，他也可以及時進來搶救。

何世濤探頭進來：「粥在桌子上，等一下餓了就吃。」

何器叫住他：「爸，可以敲門再進來嗎？我現在很容易害怕。」

何世濤想了想，點點頭。

何世濤輕輕掩上門，躡手躡腳走到廚房，在左邊一扇隱蔽的櫥櫃下方，撒了一小撮香灰。

一間並不寬敞的KTV包廂內擺滿了空酒瓶和狼藉的水果盤，牆角懸著一個巨大的鯊魚頭，張著血盆大口，五顏六色的燈光在它臉上晃來晃去，顯得有些可笑。幾個衣冠不整的年輕人正抱著麥克風邊唱邊跳〈愛的恰恰〉。

卡在皮沙發裡的手機嗡嗡響了兩聲，一隻手拿起，點開，上面只有一行字：「何器好像活過來了，怎麼辦？」

04 聾羊

聾羊。

何器在去衡南監獄的路上，腦子裡一直回蕩著這個外號，每個三二七班的人對這兩個字都不陌生。

聾羊原名叫周言陽，也就是在海邊姦殺何器、被判無期徒刑的凶手。如果這場謀殺沒有發生，他現在被人念及的就會是另外一個身分——鹽洋市實驗高級中學二〇二〇年大學考文組狀元。

周言陽右耳先天失聰。據說他媽媽在懷孕的時候發了好幾天高燒，為了省錢，去找村裡的赤腳大夫[9]拿藥，結果吃錯了藥。周言陽直到三歲才被發現耳聾，已經錯過最好的治療期，家裡沒有錢讓他配助聽器，周言陽就一直用單耳聽聲。如果有人在他右邊說話，他就沒有任何反應，所以一直被人誤以為高傲。他也不想解釋，但也因此在高一開學的第一天，就得罪了一個不該招惹的人。

9 指一般未經正式醫療訓練、仍持農業戶口，「半農半醫」的農村醫療人員。

遲成是故意遲到的，他磨磨蹭蹭地等到上課鐘快響了才走到二十七班門口，聽到裡面傳來喧鬧聲，他往上提了提褲管，以便自己的限量版ＡＪ可以更加醒目。這雙鞋是上這個學校的獎勵，本來以他的升學考成績哪裡都去不了，遲成開心得要命，想天天在家玩，但是遲宗偉生怕讓人知道自己的寶貝兒子連個高中都考不上，就到處攀關係找校長，往校長家裡送了好幾箱刀魚——表面上是刀魚，魚肚子裡是什麼就不知道了。為了安撫遲成，遲宗偉不僅送了他這雙鞋，還買了最新款的iPhone讓他帶去學校。就這樣，家住郊區別墅的遲成成了「劃片」升學過來的學生。

在遲成不大的腦袋裡，他固執地認為第一次露面非常重要。這是遲宗偉從小教他的道理。遲宗偉說在森林裡，雄性野獸見到同類，會下意識判斷自己能否咬死牠。這個特性也同樣體現在兩個男人身上，據說兩個陌生男人相見，會下意識在心裡盤算對方能否打過自己。「但是——」遲宗偉說。「換到文明社會，沒什麼打打殺殺，就變成了誰比誰更有錢。所以，兒子，第一次出場的氣勢絕對不能輸。只要你是最有錢的那個，大家都會聽你的。」

上課鐘響到尾聲，遲成趾高氣揚地邁進教室，還沒等他邁上講臺，就突然被一個高大的男生撞到，那個人就是周言陽。遲成腳步一個不穩，鞋底在地板上發出尖銳刺耳的摩擦聲，亂哄哄的教室瞬間悄無聲息，大家紛紛看向兩人。

周言陽微微欠身，輕輕說了句「對不起」就開始找座位。全班女生的目光都被周言陽吸引了，根本沒有人注意到門口的遲成，更別說他腳上的鞋了。遲成的臉漲成豬肝色，他動了動嘴唇，吼了一聲：「站住！」

周言陽沒有任何反應，找到了最後排的座位坐下，這才注意到全班同學的目光都在自己身上。他略一皺眉，摘下左耳的耳機，問遲成：「怎麼了？對不起，我右邊耳朵聽不見。」

大家都愣住了，轉頭看向遲成，遲成一下子陷入了很尷尬的境地，要周言陽道歉也不是，不道歉也不是。

「遲成，他剛剛都說對不起了，快坐下吧，別丟人了。」說這話的是何器。他們上一次見面就是在小學畢業典禮上，俞靜拿刀把他嚇出尿那次。而現在，俞靜坐在第一排靠窗的位置，看都沒看他。

遲成不確定何器是不是在幫自己解圍，但這種感覺很不爽。他灰溜溜地找了個座位坐下，偷偷從桌腳下面掃了眼周言陽的鞋。那是一雙千層底[10]的黑色布鞋，遲成只在小時候去爺爺奶奶家拜年的時候見過。在鹽洋農村，這種鞋是農民的標準配

10 千層底布鞋，為中國傳統布鞋，鞋底由多層布料疊起黏合縫製而成。

備，因為穿起來舒服，方便下田幹活，而且便宜，手巧的人可以自己納鞋底，成本不過十幾塊。

遲成在心裡默默比較了一下，覺得還是自己贏了，更何況對方還是個聾子。

他錯了。

自從知道周言陽右耳失聰，家境貧寒，還以全校第四名的成績考上高中，全班女生看他的眼神都變了。那段時間已經不再流行霸道總裁愛上我那樣的網路小說，而是苦難王子落難記。一臉冷峻、沉默不語的周言陽自然成了女生們心裡標準的苦難王子。但是這些周言陽一點都不關心，他還是獨來獨往，留著寸頭，吃著最便宜的飯菜，踩著布鞋跑操場，一點都不在乎別人怎麼看。

「聾羊！」取這個外號的人當然是遲成，這麼多年過去，除了體形更胖、眼距更寬、更像他爸爸之外，他愛幫別人取外號的毛病一點都沒變。遲成一口一個「聾羊」叫著，周言陽也只是笑笑，說之前的外號更難聽。遲成把這種躲避理解為害怕，但是所有人都知道，周言陽只是不屑，或者說，不在乎。他有更重要的事情要做，那就是埋頭讀書，考出去，徹底離開父輩那種靠海吃飯的生活。

在那時候的周言陽心裡，學校有種巨大的安全感，當所有人穿上一模一樣的制服，被一模一樣的標準所要求，分數就是最大的標籤和話語權。只要坐在課堂上，只要他的名字名列前茅，很多現實中的差距和不公都可以忽略不計，分數就是唯一的正義。

但是這一次，他錯了。

在那篇專門寫周言陽的〈優等生何以成為殺人犯〉的長篇報導裡，兩張照片緊緊靠在一起。一張是在法庭上，周言陽的臉被打了馬賽克，他穿著橘黃色的囚服，被剃光的頭深深垂著，腰也微微弓著，像在用盡全身力氣拉扯一艘擱淺的舊船。另一張照片是周言陽的高一入學照，紅色背景布，湖藍色的制服，百年不變的寸頭，兩道濃眉下面的眼睛被一道粗長的黑線擋住。

何器記得那雙眼睛，因為這張照片一直張貼在學校的榮譽榜上，每個學生跑操場、去餐廳都會經過那裡。那雙眼睛清澈深邃，堅定無比，似乎在望向一個很遠很遠的未來。

一陣鎖鏈的嘩啦聲由遠及近，會客室的門被一名獄警打開，周言陽戴著手銬，朝獄警微微鞠了一躬，然後動作遲緩地坐在椅子上。他整個人瘦了一大圈，像一隻被晒乾水分的蝦，兩隻眼睛混濁無神，在何器的臉上打量著。何器沒讓何世濤進來，怕他過於激動。聽說周言陽被抓的時候，何世濤當著警察和記者的面把他狠狠打了一頓。

「俞靜，妳怎麼來了？」周言陽還不知道「換魂」的事情。

「不管你信不信，我現在是何器。」時間有限，何器並不打算解釋太多。「但這不是重點，因為接下來要問的問題誰問都一樣。」

周言陽目瞪口呆：「妳在說什麼？」

「我沒時間開玩笑，」何器頓了頓。「你腰上有一塊青色的胎記，你說豎看是一個除號，橫看是一個『小』，對吧？你說這句話你只跟我說過，對不對？連你父母都不知道。」

周言陽瞬間睜大眼睛，看向何器。

高一那段時間，周言陽一直獨來獨往，再加上得罪遲成的事，他和班上男生關係很不好。沒過多久，班上流傳起他是同性戀的傳聞，傳得有模有樣，連同性交友軟體的帳號都被扒出來了。無論他怎麼否認，相信這件事的人都越來越多，直到何器成了他的女朋友，這個謠言才不攻自破。

周言陽雙眼蓄滿淚水：「何器，對不起，我沒有殺妳……」

「我知道你不會殺我。」何器低下頭。「為了你，也為了我，你好好回答我三個問題。」

周言陽向前挪了挪身子，用力點了幾下頭，手銬發出嘩啦聲。

「第一，為什麼我的項鍊會掉在你家的船上？」

周言陽深深嘆了口氣：「妳忘了嗎？自從我爸去世之後，這艘船就廢棄在那裡了，誰都可以進去。」

「好。第二，那天晚上你為什麼回學校？」

「我喝多了，就……就睡著了，醒來的時候，大家基本上都走了，我不敢回家，因為我媽這輩子最討厭別人喝酒……」他深深埋下頭。「我跟妳說過，我爸就是喝酒喝死的。剛好我宿舍鑰匙還沒還，所以就……」

「那為什麼楊百聰回宿舍拿東西，說沒看見你？」

「他撒謊！」周言陽一聽楊百聰的名字就炸了，兩隻手拍在桌子上。獄警趕緊上前要他冷靜一點。

「我那天晚上去海邊走了一圈，衣服全濕了，我進門就扔在地上，他只要開門就能看見，怎麼可能不知道我在宿舍？」周言陽慢慢握緊拳頭。「他一直看我不順眼，妳又不是不知道，他絕對在撒謊，他出庭做證的時候都不敢看我的眼睛。對了，何器，妳去找他，問問他為什麼要做偽證！」

何器搖了搖頭：「我不知道他現在在哪裡，聽說他把所有人都封鎖了。」

獄警提醒探訪時間到了，周言陽示意等一下，他緩緩靠近玻璃，說道：「何器，有件事我一直沒有機會告訴妳，但我覺得應該是線索。我不相信任何人，所以對誰都沒有說。」

「什麼事？」

「妳還記得那本筆記本嗎？」

霧氣噴在玻璃上，何器只能看到他的眼睛。

周言陽壓低聲音：「那本紅色的密碼筆記本，我突然想起來，妳的死法跟我寫的那篇幾乎一模一樣。」

何器彷彿被人打了一下，兩耳嗡嗡作響。

「這件事我一直沒跟妳說，我當時是迫不得已，隨便從網路上抄了一篇。妳當時跟我大吵了一架，但實際上，我根本沒有寫名字。我也不知道為什麼到遲成手裡的時候，有妳的名字。」周言陽一字一頓地說。「模仿我筆跡，寫妳名字的人，應該就是凶手！」

05 鬣狗們

俞靜又恍神了。

班導老田在黑板上講象限，俞靜也跟著在紙上畫了一個十字。每次上數學課，俞靜的大腦就會分外活躍。當然活躍的不是數字，而是一些亂七八糟的想法。俞靜坐在教室的最後一排，能把全班人盡收眼底。她喜歡在上課的時候盯著全班人的後腦勺看。

人就是喜歡劃分群落，否則很難知道自己是誰。哪怕是一間小小的教室，哪怕只有四十五個人，也能按照不同的標準劃分成不同的區間。

比如成績。教室的座位都是按照入學考試成績排的，前排的人享有一切便利和最佳視野，後排的人經常連老師講什麼都聽不見。前排和後排享有不同的陽光和法律，每次俞靜從教室門口走向自己的位置，都感覺自己是《末日列車》的主角，經過陽光充沛、空氣飄香的頭等艙，一步步走向汗臭橫飛、墮落黑暗的末尾車廂，永世不得翻身。

俞靜在這節數學課上發現又多了一種分法。她低頭在Y軸寫上「成績」，X軸寫上「錢」。

第一象限是「成績好＋有錢」，比如何器。

第二象限是「成績好＋沒錢」，比如周言陽、楊百聰。只是楊百聰在X軸更趨近坐標軸上的點。

第三象限是「成績不好＋沒錢」，比如自己。

第四象限是「成績不好＋有錢」，那就是遲成。

人真的太奇怪了，長相、身高、性格都不一樣，卻可以被兩條簡單的線劃分得如此清晰。更奇怪的是，明明都坐在同一間教室，學著同樣的課本，但是他們之間彷彿橫亙著一層透明的玻璃，像魚缸裡的金魚，看似可以自由地游弋，但幾塊錢的金魚無論如何也游不到龍魚的魚缸裡。

所以當第一象限的學務股長徐勤勤有求於自己的時候，俞靜有些吃驚。

「妳知道遲成有本紅色筆記本吧？」

「什麼？」俞靜摘下耳機，警惕地看著徐勤勤。

「遲成的密碼筆記本。」徐勤勤壓低聲音，朝正在打籃球的遲成撇了撇嘴。

現在是體育課的自由活動時間，操場上的學生像培養皿裡的菌落一樣各成一簇：好學生們縮在牆角拿著小筆記本抓緊一切時間背單字，男生們大多在操場上瘋跑打球，一些女生會坐在操場邊吶喊助威，另外一些女生則以寢室為單位躲在陰涼處休息聊天。俞靜厭煩任何聚集，每次都跑到操場邊緣一棵榕樹底下聽歌。徐勤勤看了眼周圍，跟著一起蹲下。

「唉呀！就是那個祕笈！遲成他爸花了好多錢請了個升學考大神幫他總結了讀書方法……」

「他？他會主動讀書？」俞靜鄙夷地哼氣。

「所以大神不講課給他聽，只講技巧，聽說裡面全是價值百萬的答題方法。」

「是不是騙人的，下次考試不就知道了？」

「考完試就太遲了！我可不想坐後面，什麼都聽不見……」徐勤勤有些急。

「而且，我那天看見楊百聰也在翻這本筆記本。我一過去，他就藏起來了。」

楊百聰？俞靜看向右邊操場，楊百聰戴著耳塞，坐在旗杆下面背書，嘴裡念念有詞，邊背邊用手大動作比畫，動作有點可笑。

「妳想啊，楊百聰這種眼裡只有讀書的人也在翻，肯定有用。我都懷疑他們那群人早知道了。」徐勤勤壓低聲音。

「誰？」

「就是天天跟在遲成屁股後面的那些人啊。」

俞靜懂了。

遲成雖然沒有遺傳父親精明的頭腦，但是完美遺傳了愛面子的性格。他喜歡交朋友，喜歡被人簇擁，但是自知沒什麼人格魅力，於是從小就習慣用錢來留住人。班上的人都知道，只要跟遲成出去吃飯，什麼都不用掏錢，只要叫兩句「成哥」，能幫的忙遲成都會幫。漸漸地，遲成就像一張吸油紙，把那些愛占小便宜的、不學無術的、喜歡找碴惹事的都緊緊團結在身邊。那些人一口一個「成哥」叫著，誰都知道沒幾個真心服他，但是遲成不在乎，只要有人陪他一起打牌、打球、打遊戲，走到哪裡都有人簇擁，他就心滿意足了。

「所以呢？妳到底想說什麼？」太陽晒得俞靜有點頭暈，她想趕快結束話題。

徐勤勤囁嚅著，俞靜不耐煩地站起來。「妳到底要不要說？妳不說我走了！」

「我想請妳偷過來！」徐勤勤趕緊說，突然意識到這個字眼不太對，立刻糾正道：「不……不是偷……就是借來看一下。妳幫忙拍張照也可以。」

俞靜不屑地翻了個白眼，轉身就走。

「我可以給妳錢！……八百！」

俞靜停腳，回頭看著漲紅臉的徐勤勤：「為什麼找我？」

徐勤勤一下子噎住，她沒想到俞靜真的會問出來。

鹽洋市去年上了個熱門搜尋，不是什麼光彩的事。「鹽洋市一國中生被迫向同學下跪」，模糊的畫面裡，一個丸子頭女孩跪在地上，四男一女圍著她，八秒影片，十六個耳光。

俞靜是那個下跪的丸子頭。

一開始，網友都在辱罵打人者，但很快就逆風了，自稱校友的人爆料被打的女生是個愛偷東西的說謊精，同宿舍的女生早就忍不了了，這次被打是因為偷手機被抓到，所以這十六個耳光是「正義的裁決」。

「湊個整數吧，一千。」俞靜拍了拍衣服上的土，轉身走出操場。

俞靜假裝肚子痛溜回教室，離下課還有十五分鐘，應該來得及，但她一推開門就後悔了。

教室裡有兩個人，頭靠得很近，藏在高聳的書擋後面，看到有人進來，兩人立刻閃遠。是何器和周言陽。

早就聽班上八卦的女生說何器和周言陽在一起了，一般這種事十有八九都是真的，就算不是真的，傳到當事人耳朵裡也會互相注意一陣子，眉來眼去一陣子，漸漸也就變成真的了。有人說是何器在開學那天出手相救，幫了周言陽，所以兩個人才「好上了」。

何器有點緊張地看著俞靜：「我們在討論一（題）目。」

果然，就算治好了舌頭，一緊張還是會暴露小時候的說話習慣。俞靜沒理她，徑直走到遲成的座位。那裡簡直就是一個垃圾場，地上黏糊糊的，可能是什麼飲料灑出來了，抽屜裡都是皺巴巴的鼻涕紙、斷手斷腳的公仔、賽車模型、破破爛爛的考卷，俞靜忍著噁心把裡面翻遍了，還是沒看見那本筆記本。

「妳在找什麼？」何器走過來。

俞靜皺眉，繼續翻著遲成掛在課桌一側的書包。

「妳能不能跟我說句話啊？到底為什麼不理我？」何器急了，聲音大了一點。

周言陽很有自覺地假裝上廁所去了。

俞靜頓了頓：「其實那天妳看見了吧？」

俞靜看著何器的眼睛：「我下跪那天，妳跟妳同學剛好經過。還記得這個手勢嗎？」

俞靜把右手小拇指頂在自己的臉頰上：「救我。」

何器愣在原地。

小時候，何世濤怕何器在外面受欺負，所以總是偷偷在她身上裝錄音筆，即使被幼稚園老師發現，何世濤也沒有摘下來的打算，直到上了國中，在何器強烈要求下才沒有再繼續。

所以小的時候，何器和俞靜要說祕密就會寫在紙上，後來她們都覺得麻煩，就發明了很多只有兩個人才懂的手勢。「救我」是個諧音哏，因為何器右臉有酒窩。兩人約定，只要一方做出這個手勢，就一定要來「救對方」。比如俞靜幫何器打斷了喋喋不休的八卦同學，比如期末考試何器掩護俞靜看小抄。兩人樂此不疲，配合默契。

兩人小學分開之後，何器考進了最好的國中金淼路中學，傳聞那所學校除了看成績之外還要看家境，沒有錢考得再好也進不去。而俞靜則分流到了全市墊底的六中，每天放學最常見的景象就是不良少年用制服裹著木棍打群架，要嘛就是一夥皮褲白衣的「社會人士」在校門口堵漂亮女生。想要在這種環境中生存下來，要嘛加入其中，更瘋更野闖出一片天，要嘛就是當一個極度邊緣的小透明，緊貼牆壁裝死三年。俞靜對那些拉幫結派的生活不感興趣，自然選擇了後者。但是這並不意味著她不會成為那個被挑選出來的「幸運兒」。

俞靜已經不記得自己為什麼會被選中了，好像是那天剛剛返校，週末在家賣了兩天海產，一身魚腥味讓那個女生很不高興。她叫俞靜道歉，俞靜覺得莫名其妙，沒有理她。放學的時候，就有四個人高馬大的男生在校門口堵她，只問她是不是偷了那個女生的手機。後來就有了小巷子裡的事。

巷子很深，照不到一點陽光，盡頭是一個大型垃圾堆，附近居民的垃圾都會先扔到這裡，再讓垃圾車統一收走。垃圾桶布滿髒兮兮的黑色斑點，早已看不清原先的藍色鐵皮，鼓脹出來的垃圾蔓延到地上，地上摻雜著一些特殊的黑色粉末，是淡菜殼被碾碎的形態。

俞靜跪在地上，頭髮上沾著淡菜殼粉末，臉頰發腫，兩耳嗡嗡作響，她聞著自己身上散發的魚腥味，好像剛被人從垃圾箱裡撈出來。女生和男生們快樂地擊掌，說自己又更新了手速紀錄。俞靜恍恍惚惚抬起頭，正值傍晚，陽光最奢侈的時段，巷子盡頭的世界像一條流淌的金河。戴著耳機聽歌的女孩、並肩行走的小情侶、帶著孩子逛公園的年輕父母、剛打完球擦汗的高大男孩，他們的笑聲在陽光下更加清澈響亮，臉頰是被命運眷顧的紅潤。他們似乎有種權利，可以理直氣壯地享受這些而不必感到抱歉。

俞靜從來沒有任何一個時刻如此希望這個世界就此炸掉、毀滅，那是唯一可以讓她感到命運公平的事情。所有人都煙消雲散，變成淡菜殼粉末一樣的東西，上千萬的豪車和兩毛錢的糖果一視同仁。除此之外，再也沒有什麼能夠救自己。

然後俞靜看見了。

何器和好幾個同學從巷口經過，她穿著金淼路中學的制服，白襯衫塞進藏藍色長褲裡，黑色皮鞋，藍色髮帶，她大笑著說著什麼，髮尾沾著金河的水波，臉頰上的酒窩留下深深的陰影。她的目光掠過巷口，遲疑地停滯了幾秒。

俞靜的頭髮遮著她紅腫的臉頰，她彎著腰，喉嚨哽住，一點聲音都發不出來。她趁面前的女生不注意，緩緩舉起右手小拇指，顫顫巍巍地頂在了臉頰上。

何器的目光像一尾金魚倏然游走，身影消失在巷子盡頭。

陽光驟逝，水波洶湧，潮濕腥臭再次籠罩俞靜。她的喉嚨發出哀號，黑暗像一張魚嘴把她吞入肚中。

離上課還有兩分鐘，俞靜還是沒有找到筆記本。她氣得踢了遲成的椅子一腳，椅子翻倒，露出黏在下面的紅色筆記本。

何器低下頭，沒有說話，臉上露出痛苦的表情。

俞靜不再理她，而是小心翼翼地取下筆記本。

下課鈴聲響起，走廊傳來千軍萬馬奔回教室的跺地聲。

俞靜晃了晃紅色筆記本，看著何器：「這個，不准告訴任何人。」

06 腥氣

這是一本密碼筆記本。

俞靜之前只見過門口小超市賣十五塊錢的那種，廉價的塑膠鎖和劣質的紙張。但這本筆記本的質感完全不一樣，光是摸著封面就知道價格不菲。

這節又是老田的課，死亡三點的數學課。老田有句名言：「你可以不聽，但你不能恍神」，俞靜雖然不聽課，但也不想惹事，與牆角融為一體不被注意就是她的生存法則。所以她磨煉出了足夠躋身前排的演技，眼睛不能盯著黑板，而要盯著老田，顯得專注，只要不被注意到，就可以倖免於難。

所以此刻，俞靜的眼睛求知若渴地盯著老田，手卻在抽屜裡精細地操作著。銅製的數字齒輪有三排，指尖勾住圓潤的尖角，轉動起來有好聽的嗒嗒聲。齒輪的左邊是一個微微凸出的按鈕，只要密碼正確，這個按鈕就會變成一個仁慈的守衛，幫自己賺到那一千塊錢。

開密碼鎖有三種辦法，一種是推理，比如遲成的生日什麼的。俞靜皺眉，上次遲成過生日請了半個班的人去他爸爸的酒樓「海鮮凶猛」大飯店吃飯，沒被邀請的都是一些對他「毫無用處」的人，比如自己。

第二種就是一個一個試，三排密碼也就是一千種組合，等全試完，遲成肯定早就發現筆記本不見了。

第三種就是像現在這樣碰運氣。俞靜左手微微用力按著按鈕，右手胡亂轉動著齒輪。

全班齊聲說著某個公式，俞靜裝模作樣地張著嘴巴。突然，啪嗒，俞靜的左手一沉，守衛退讓，大門開啟。俞靜鬆了一口氣。

俞靜戳了戳隔壁同學李康。李康是個瘦得像蝦米一樣的男生，彷彿有睡不完的覺，但他有一個神奇的技能，就是總能在老田要過來抓他的時候瞬間醒來，然後假裝看書，以此躲過了數次偷襲。

俞靜要李康幫自己看著老田。李康點點頭，翻了個面又睡了。

俞靜趁老田回頭講解題目的瞬間把筆記本拿到桌子上，壓在課本下面，然後小心翼翼地隨意翻開一頁。

這根本不是什麼學習祕笈，而是一本小說集。翻開的這篇叫〈漁家女的快樂午後〉，俞靜迅速讀完，頭皮彷彿被一隻大手狠狠拽住，她僵在原地，兩耳嗡嗡作響。

她看到了自己的名字，在短短的兩頁紙裡，她被體育老師拖到器材室強姦了三次。這篇文章的落款，寫著「李康」。

李康搓了搓鼻子繼續睡。俞靜心跳如擂鼓，她移動冰冷的指尖，往後迅速翻了幾頁，柔軟的紙張像一把把凌遲的刮刀，讓俞靜的脊背逐漸發涼。

每一篇都是一個跟強暴和偷窺有關的故事，精美的印刷橫線上集合了所有腥膻的漢字，每一頁都是一個同班女生的名字，每一篇的落款都是一個同班的男生。字體不一，工整的、雜亂的、尖頭的、粗體的，像一叢四處蛇游的倒刺荊棘，蝗蟲過境，把紙頁刮出黏膩的腥臭。

俞靜翻到最後一頁，寫著何器的名字，她在KTV參加完聚會，被人凌辱之後拋屍大海。落款：周言陽。

沒有倖存者。

女生們裙擺下奔走的白皙雙腿成了紅色筆記本裡的欲望撬棍，精心挑選搭配的衣衫被隨意拋扔在牆角、講臺、船艙、公園的遊樂場。她們毫無知覺地在另一個世界嘶吼、痛哭、逃跑、破碎，最終被打磨拋光成一個個百依百順的欲望祭品，或死或傷。

堂堂正正的性教堂裡沒有神父，男生們選擇用這種方式為自己補課。俞靜一下子想通了那種在排球課上甩脫不掉的不適是什麼，聽不懂的手套笑話和男生們發出的默契哄笑是什麼。這本筆記本像是在寂靜黑暗的叢林裡開閃光燈拍了一張照，所有假裝無意在暗處偷窺的眼睛來不及閃躲，反射出骯髒的光斑，驚訝的、不堪的、扭曲的，暴露無遺。

她的腦海中閃過開學那天，同學們在講臺上自我介紹的場景，想到了做操時整齊劃一的陣列，想到了晚自習時每個人埋頭書堡苦讀的景象。原來性欲與高三無關，與過去分詞無關，與摩擦力、加速度無關；負片的世界裡，性的關節在橫平豎直的排名表和吱吱作響的鎢絲燈下早就瘋長到遮天蔽日。

俞靜恍惚地抬起頭，全班男生都回頭面帶嘲諷地看著她，大聲議論著她聽不懂的語言，窗明几淨的教室瞬間如一個密封的陶罐，哄笑聲被反覆折射，形成震耳欲聾的悶響。

李康戳了戳俞靜的手臂，她觸電般彈開。等她反應過來的時候，老田正步下講臺，飛快朝這邊走來。俞靜眼明手快地把筆記本扔進抽屜。

「站起來。」

俞靜搖搖晃晃地站了起來，努力回到正片的世界。教室裡所有的目光追隨著老田投遞到自己身上，瞳孔恢復正常，裝滿驚訝、同情、關心。

假的。在這個世界上，我不是唯一演戲的人。

「在看什麼呀那麼認真？叫妳都沒反應。」

老田掀開俞靜的課本，什麼都沒有，老田目光下移。

「抽屜裡是什麼？」

俞靜回過神來，雙手緊緊扣住桌角。

「拿出來。」

俞靜還是沒動，李康睡眼惺忪地看了她一眼。

俞靜喉嚨深處湧出一股噁心，拿出來又怎樣呢？作惡的人又不是我。她把目光輕輕抬起，看著老田的眼睛，左手有鬆開之勢。然後她看到了何器。

何器坐在第一排，靠窗，極好的位置，陽光鑲進教室，她剛好被框在這個金色的三角形裡面。像那個下午一樣，站在波光粼粼的河堤邊，享受著無憂無慮的生活的假象。如果交出來，勢必會把她推進和自己一樣萬劫不復的深淵。

交出去，老田會管嗎？有很大機率不會，很大機率會還給遲成，不痛不癢地批評兩句，畢竟他手上那隻價格不菲的機械錶就是遲成爸爸裝在海鮮禮包裡送給他的。

「拿不拿？」老田越生氣聲音越低。

來不及想清楚了，老田冷哼一聲，開始摘手錶。俞靜知道自己完了。

對鹽洋市實驗高中這種標榜「鹽洋小衡水[11]」的學校來說，所有變態的規章制度都可以冠上「軍事化管理」的正義之名。老師們手握最高權力，搜身、辱罵、體罰、踹宿舍門都是被校方和家長們默許的，打自己孩子表示老師在乎，願意在孩子身上花時間，甚至還有家長開家長會的時候質問老師怎麼不打自己家孩子，是不是偏心？老師唯一的工作是「教育」，所有能讓成績提高的方法，都是對的。

老田把錶細心地放進口袋裡，挽好袖子，拿起俞靜的數學課本捲成一個筒狀，像一個棒球運動員一樣蓄勢待發：「背一下餘弦定理。」

他知道俞靜背不出來，他只是為自己接下來的行為找個正當理由。

「砰！」

書本打在頭上是無聊的撞擊聲，聲音大，但不痛，跟爸爸的繩子抽在背上的感覺差遠了。

「拿不拿？」

老田重新捲了一下課本，露出書脊。

真正疼的是用書脊打，凌厲的塑膠直角會敲到額頭，現出細細的紅印。老田一

11 衡水中學為中國河北省衡水市的一所省級示範性高中，是封閉化、準軍事化的全寄宿制學校。

下一下打著，整間教室像一座安靜的墓園。

俞靜猛地沉下頭，用頭頂拯救臉頰。在碎髮的空隙裡，她緩緩投射出目光，冰冷地刺向角落裡的遲成，彷彿在瞄準一隻將死的獵物，一隻會為了生存而乞憐下跪的狗。

遲成被看得有些發毛。自從升上高中，他和俞靜就是井水不犯河水的靜止狀態，他知道俞靜被霸凌的事，也知道那就是她現在沉默寡言、獨來獨往的原因。他在看到新聞的時候，心裡閃過一絲痛快。小學畢業典禮的「襲擊」早已因為俞靜爸爸帶著她跟自己道歉而結束，但他一直忘不了俞靜像獵豹一樣把自己撞到地上、用刀抵著自己喉嚨的感覺，那雙漆黑的眼睛剜住自己，不帶一點感情，彷彿真的會置自己於死地，就像現在一樣。

突然間，他明白了一切。

筆記本。

他緩緩將右手伸向椅子下面，果然是空的。

遲成喉嚨發緊，彷彿被人攫住脖子，一寸一寸揪起來。沉重的悶響敲擊在他的神經上。遲成張了張嘴巴。

「老師。」

有人站了起來，全班的目光循聲而去，老田氣喘吁吁地停下，也望向那裡。

何器舉著手機，對準老田的方向，陽光在她臉上切割出一道銳利的尖。

「我都錄下來了，要不要我發布到網路上呢？」

07 魚鉤（上）

何器走出監獄，被一陣風沙瞇了眼睛。

這裡是鹽洋市郊區，荒涼，空曠，只有不遠處一座破舊的公車站和雜亂的綠化分隔島突兀地長在這裡。各色垃圾袋隨風悠遊地捲動，跟高牆裡的人炫耀著自由。

離這裡三公里就是「千秋苑」公墓，何器的墳就在那裡。何器本來想去看看，想了想又放棄了。當務之急是找到那本筆記本，驗證周言陽的話。換魂倒數計時不知道什麼時候結束，萬一凶手真的另有其人，自己說不定正處在危險當中。

何器拉開車門，何世濤啟動汽車，輪胎摩擦乾燥的路面，揚起細碎的沙塵。

幾秒後，一輛黑色轎車從蓬亂茂密的分隔島後面緩緩駛出，遠遠跟在後面。

「為什麼要去學校？」見何器沒說話，何世濤的手指不安地敲著方向盤。「是不是周言陽說什麼了？」

「周言陽說不是他。」

何世濤輕蔑地笑了：「妳信？」

「再等一兩個月，他就能去北京上大學了，沒有理由在那個時候殺人。」

「他不是喝多了嗎？再加上……」何世濤頓了頓，像下定決心似的說下去。「我威脅過他，他可能一直懷恨在心……」

「什麼時候？」何器一驚。

「高一那時候。妳班導打電話給我，說妳談戀愛，還說那小子家裡連一個好碗都沒有，但是成績不錯，要你們別互相耽誤。我就去找他了，他不願意分，說你們是真愛，把我氣到了，就打了他一頓……」何世濤聲音沉下去。「所以看到凶手是他，我非常自責，我一直在想，到底是不是因為我。」

何器想起來，周言陽跟自己提分手時，臉上確實帶著一點瘀青，他說是捕魚的時候摔到，她當時並未在意。

「爸，不是你的關係，別想了。」何器閉上眼睛。

何世濤當然不知道，他們分手的真正原因，是那本紅色的筆記本。何器不想解釋，因為現在說這些早就沒有意義了。

車子停在實驗高中的校門口，警衛伯伯不耐煩地探出頭來。

「去去去！在放假呢！不能進去！」

「伯伯，我去年剛畢業的，來給田老師拜年。」

「學校規定，趕快離開！」

何世濤從車窗裡遞出一包菸：「我們等一下就出來！」

何世濤不抽菸，但是在鹽洋這地方，隨身帶包菸總有用上的時候。果然，伯伯眉開眼笑，按開電動門放行，叮囑天黑前要出來。

何世濤的車開進去，電動門立刻關上。

校門口不遠處，路燈次第亮起，那輛停靠在路邊的黑色轎車緩緩啟動離開。

沒有學生的校園跟沒插電的電視機無異，堅固冰冷，毫無生氣。車子路過榮譽榜，何器和周言陽的照片還在，但早已被太陽晒褪色，只剩下一片暈開的藍白，雙眼無神，像兩張並排的遺照。

教職員家屬大樓靠近學校操場，但屬於校外，需要開車繞一大圈。紅磚破牆上貼著維修小廣告，看起來有些年頭了。密密的兩排，中間被一行粗壯的梧桐隔著。家屬大樓是給第一批教職員的福利，但是因為年代太久，設施簡陋，老教職員們要嘛搬走，要嘛便宜租給年輕的教職員和家屬住。老田的房子就是租的，以前何器來補過一次課，所以記得。

正值晚餐時間，不少亮燈的窗戶傳來炒飯的聲音，飯菜的香味讓冷硬的空氣有了些溫度。

「我陪妳一起上去吧！」何世濤解開安全帶。

「不用了，我等一下就下來。」

「妳現在不能一個人單獨……」

「為什麼不能？我又不會跑掉，只是去拿個東西，不用這麼緊張。」何器說完，逕自上樓。

何世濤盯著她上樓的背影，笑容慢慢消失在臉上。

他打開車門下車，看著六樓的窗戶，面無表情地戴上了監聽耳機，裡面清晰地傳來了何器的聲音：「田老師，是我。」

「誰？」

老田穿著圍裙，開了門，手上還拿著鍋鏟，他看到俞靜的臉嚇了一跳。

這兩天，「換魂」的新聞滿天飛，他再不想看，也躲不過多事的同事、親戚把網路上的各種報導傳給他，畢竟都是他班上的，比當時發現何器的屍體還熱鬧。

他猶豫著該叫她什麼，如果按照新聞上說的，眼前這個人應該算是何器。

「何……何器？妳怎麼來了？」

如果真的是何器，老田就有一肚子的話想問。他心底那股一直沒散出去的怨氣又升上來了。

謀殺案發生後，學校大為震動。老田作為班導自然就被處分了，不能當班導，被貶為普通的數學老師，沒有單獨的小辦公室，只能教最差勁的班，年終獎金都被扣了。這種結果還是塞了不少禮給校長才換來的。這大半年他像老了十歲，幹什麼都提不起精神，老婆找碴吵架他也沒力氣回嘴。他怎麼都琢磨不明白到底哪裡出了問題。

高一那時候他拿到分班名單，高興地自己在家喝了頓酒，年級第一和第四都在自己班上，大學考肯定差不到哪裡去，說不定還能遇上兩個清華、北大幼苗，自己也好在優秀教師的履歷上多加一筆，外加一筆不菲的獎金。有一天他收到一張小紙條，說周言陽在跟何器談戀愛，他當時就慌了，於是私底下告訴了何世濤；但他沒告訴周言陽的媽媽，他知道周言陽的媽媽沒什麼文化，對兒子一向很放心，說了也沒用。也不知道何世濤跟周言陽說了什麼，兩人就真的分手了，成績也一直沒掉下去，大學考也都發揮得很好。明明一切都在自己的計畫裡，怎麼就一個死一個坐牢了呢？

何器面無表情：「我來跟你要個東西。能進去嗎？」

老田想了想，讓開身子。

屋裡很冷清，滿是油煙味，開著燈，瓦數也不高，整間屋子顯得更加低矮逼仄。地上堆著一些禮盒。牆上滿滿當當貼著不少東西，大潤發辦活動送的福字、桃李滿天下的錦旗、大大小小的歷屆畢業生合照，沙發上堆滿了小孩的玩具和認字卡片，一個一歲多的嬰兒在角落的搖籃裡熟睡。廚房裡的鍋子嗞嗞冒著油煙，老田進去關了火，解下圍裙。「妳想要什麼？」

「那本筆記本，紅色的密碼筆記本。當時被你沒收了。」

老田的汗一下子流下來了，他避開何器的眼睛：「妳先坐。」

老田從冰箱拿出一瓶飲料遞給何器，何器沒接，不依不饒地盯著他：「老師，我在那本筆記本裡死了一次，你沒管。老天爺又讓我活了一次，你這次還想袖手旁觀嗎？」

老田的手停在半空中，他倒吸一口氣。

記憶轟然長出關節，喀嚓作響。

08

魚鉤（下）

二〇一八年高一那節數學課，老田用書脊一下一下打著俞靜的頭，整間教室寂靜無聲，何器拿著手機站起來制止，說要發布到網路上。老田順勢停了手，他想了想，何器的老爸還有點影響力，就這麼點事，不至於鬧大。剛好下課鈴響了，他就順勢「放過」了俞靜。誰知道當天晚上，俞靜和何器就拿著一本小紅本，扯著遲成來找自己「告狀」了。

俞靜、何器、遲成站在角落，遲成滿不在乎地左顧右盼。明明是遲成的筆記本，犯錯的卻像兩個女孩。她們拉著手，像要赴死一樣緊緊盯著正在看筆記本的自己。

那時候正在流行接龍寫故事，他本以為又是什麼武俠小說，結果一翻開，扉頁寫著「告密者殺無赦」，再往後翻，是整本黃色小說集，文章內容香豔無比，還有不少他都沒見過的詞。老田想笑，但是忍住了。畢竟是青春期的男孩嘛，有這樣的衝動和幻想太正常了，學校不上性教育課，生物課都遮遮掩掩，哪個男孩不是摸索著過來的？其他班曾抓到男生把女生偷偷帶回宿舍，還有個十四班的男生在女廁所偷拍，相比之下，這本筆記本裡的小說尺度就是網站上的情節。按照遲成的說法，女生的名字都是借用，不是對照真人。再說，這是遲成的筆記本，要是別人，他可以把家長叫到學校來罵罵，但是遲成的爸爸遲宗偉對自己很客氣，上次同學聚會去了遲宗偉的酒樓，遲宗偉親自下來接待，又整筆帳單免費又送酒，給足了自己面子。而且遲宗偉認識不少當地的權貴，日後難免有用得到的時候。

他這樣想著，把筆記本啪嗒一合，扔桌子上。

「回去上課吧！」

俞靜和何器明顯愣了愣，遲成反應倒是快，一鞠躬：「老師再見！」一溜煙跑了。

何器上前兩步：「老師你不管嗎？」

「我會處理的。」

「怎麼處理？」何器不依不饒。

老田火氣上來了，使勁拍了下桌子，震得兩人肩膀一抖。

「我怎麼處理用得著跟妳說？何器，我說多少遍了，跟讀書無關的事情不要攪和！妳看看妳現在都掉到第五名了，再這樣我叫妳爸過來！」

何器是個很讓他頭大的學生，兼具讓老師最喜歡和最反感的兩個特質，「成績好」但是「不聽話」。經常頂撞老師，不聽課，國文課上學數學，數學課上看英語，上次家長會他專門找了何世濤，何世濤看起來溫文爾雅，像個知識分子，但是居然也拿何器沒辦法，說她國中時受過傷，身體不好，盡量別刺激她。老田後來也想明白了，只要何器成績別掉，自己操那麼多心幹什麼呢。

「老師，那你把筆記本給我吧，我自己解決。」何器的口氣像命令，伸手就要拿。

老田趕緊按住筆記本：「這件事到此為止，我會找他們談話，妳們別說出去，不然有負面影響。」

「什麼影響？他們寫就不怕有負面影響？」何器還是沒讓步。

要不是看在她成績好的份上，老田的巴掌早就打出去了。俞靜在後面拉了拉何器，她回頭看了眼，猶豫了一下，鬆了手。

「好，我相信你。我相信你能處理好。」何器說完轉頭就走，俞靜連忙跟出去。

老田看兩人走出去的背影，氣得搖了搖頭，把筆記本隨手扔進抽屜，裡面都是沒收的漫畫、明星卡片之類的東西。他本想不管這件事了，但是何器又單獨來找過他好幾次，每次都問他什麼時候解決。老田不勝其煩，只好一個個找男生談了話，每個人都說是因為讀書壓力大，寫著玩的。法不責眾，老田要每個人寫一份悔過書，這件事就了結了。

「筆記本早扔了。」老田自己打開那罐可樂，喝了一口，但額頭上的汗明顯不是熱出來的。

他沒敢告訴任何人，其實這本筆記本他一直留著。因為當天晚上，筆記本裡面的內容給了他一夜春夢。當時他老婆即將生產，兩人前前後後有一年沒有行房，在同齡男人中，他算老實了，汪主任每次賊兮兮地招呼他去「好地方」他都搖搖頭，拿出教案假裝很忙的樣子。他哪裡是忙，是因為自己的每一分錢都要如數上交。老婆胡琪是市醫院的護理師，外號虎妞，嗓門大脾氣大，最主要的是，虎妞賺得比他多，老田在這個家裡比較像個會掃地會做飯的擺設。有需求只能自己解決，還不能動靜太大。

不知為何，這本筆記本有一種魔力，明明是一些簡單粗鄙橫七豎八的描述，但加上班上女生的名字，就彷彿開出了一片名有所屬的花田。老田壓抑住了罪惡感，沒壓抑住本能，這種祕而不宣的冒犯游移交織，給了自己無數個充實的夜晚。從此他更喜歡待在學校了，日常的場景蒙上了一層隱密的濾鏡，上課時起伏的頭顱，交錯的雙腿，惺忪的眉眼，就連跑操場也讓他變得心神蕩漾。

但是在所有淫文裡，那篇署名周言陽的小說顯得格格不入，表面上看是一篇性虐文，但細想一下，就是一場實打實的謀殺。老田這才猛然記起，小說元素與新聞上的碎片報導幾乎可以重合，海灘、長裙、裸露的少女。但是他當時沒想那麼多，只覺得是周言陽悶騷的性格所致。

「老師，你女兒叫什麼名字？」何器沒頭沒尾地問了一句，把老田拉回了神。

「什麼？」老田一驚，下意識看向角落的嬰兒床。

何器慢慢走過去，輕輕晃著搖籃，熟睡中的嬰兒閉著眼睛笑了笑，兩隻嬌嫩的小手微微張著，彷彿在做一個香甜的美夢。

「叫……叫好月。」

「好月……好名字，」何器粲然一笑。「老師，還記得我當時說了什麼嗎？」

何器盯著老田的眼睛：「我說『我相信老師』，這句話的意思是，我以為你會幫我們。」

何器停下搖晃搖籃的手。「你有沒有想過，好月的名字也有可能出現在那種筆記本裡，被人意淫、褻瀆、旁觀，沒人幫她。我知道你還留著，也知道你都幹了什麼，所以，你最好現在就給我找出來。」

何器下樓時，天已經黑透了。車子緩緩駛出校園。

「爸，我餓了。」何器彷彿很累，靠著車窗。

「好，回家幫妳煲海鮮粥。」

「我能自己走走嗎？」

「我說過了，我不放心，妳現在情況特殊，我得看著妳。」

「好吧，」何器頓了頓。「直接去你的餐廳吃吧。我還沒去過呢。」

前方變成紅燈，何世濤的手一頓，手刹車嘎吱一聲。「妳怎麼知道的？」

「新聞上說的呀。我記得你以前就想開店，我媽不准。現在你終於如願了。」

車子停在十字路口，兩人臉上變換著紅色的光照，看不清彼此臉上的表情。

何器看著何世濤：「我死了之後，你的日子好像越過越好了。」

「何爸爸海鮮餐廳」的招牌看起來還很新，用彩色的霓虹燈管扭成文字，搭配著七彩的龍蝦、螃蟹圖案，在一眾紅底白字的傳統布面招牌裡顯得格外亮眼。

大概是剛開張的緣故，店裡客人不多。何器選了個靠牆的位置坐下，點了碗烏賊海鮮麵。

「爸，跟我講講你這半年怎麼過的吧？比如說這家店，我想補上這段記憶。」

何世濤很不自然地笑了一下。「我先去幫妳下麵，等一下慢慢說。」

何世濤進了廚房，緊張地握緊了手指。他點開火，潑油，下麵，既專注又似心不在焉。等他端著海鮮麵出去，何器的位置上已經空無一人。

桌子上，靜靜放著一枚拆下來的竊聽器。

被蒙住的眼睛，被膠帶貼住的嘴巴，疼痛的喉嚨和肋骨，被繩綁住的雙手。悶熱的水聲，嗡嗡的雜訊，嘈雜的腳步聲，轉動刀子的聲音由遠及近。

嚓。蒙眼布從後腦勺被劃開，隔著一片眼淚糊成的水霧，先映入眼簾的是一條鯊魚。

牆角的鯊魚，細密整齊的牙齒，鮮紅的舌頭，深不見底的喉嚨。

椅子被人扶住，用力轉過去，她看到了今生再也不想看見的一張臉。

凌浩細長而深不見底的眼睛裡折射出兩條小鯊魚，緩緩游到她的臉前。

「俞靜，好久不見。」

第二章

09 生鏽

我是俞靜。

這是一個殘酷而醜陋的故事，但我想先從美好的地方講起。

想像這樣一個夏天的傍晚：二〇〇九年，奧運的餘溫還未散盡，沙灘上的人比往年任何時候都多。戴著各色泳帽的小粒人頭、五彩斑斕的衝浪板和各式泳褲攪動著碧綠的海水，像撒在冰淇淋上的彩色巧克力米。左邊的碼頭，一長排顏色鮮豔的遮雨棚籠罩著挑揀海產的漁民，一位穿著紅色雨靴、套著橙黃色袖套、戴著亮藍色防晒帽的漁民拿鐵鍬晾晒蝦乾魚乾，他機械式地揮舞手臂，在碼頭邊緣循環往復地走動，像一個剛上完色的新鮮皮影。

我坐在沙灘邊緣一處極難攀爬的水泥墩上，觀察著周圍。這是我的祕密基地，從來沒有別人來過。我瞇著眼睛極目遠眺，緊緊捂著耳朵，一點聲音都聽不見。這是我自己發明的遊戲，捂住耳朵，阻隔聲音可以讓眼睛更加敏銳，被刪除了聲音的景色靜得出奇，顏色卻更加濃烈奪目。我熟悉這片海域的每一塊礁石如同熟悉我身上的疤痕，漫長的下午需要一些新鮮感才能過得快一些。

我鬆開耳朵，熟悉的喧鬧聲轟然而來，海浪裹挾著尖銳的嬉笑聲，〈北京歡迎你〉的手機鈴聲，討價還價聲，運貨的摩托車嗆嗆而過，像一隻急促喘息吠叫的老狗。我又聽到了媽媽在碼頭上喊我回家吃飯的聲音。被烤得發燙的手臂剝落下細沙，小桶子裡挖到的蛤蜊也放鬆了警惕，散出長舌。

父親還沒回來。

這段時間，父親出海的頻率越來越高，回來的時間越來越晚，他說他想趕在六月份的休漁期到來前多出幾趟海，每次回家天都黑透了，但我還是希望能像以前一樣，看到我們家熟悉的小漁船泊進碼頭，父親濕淋淋地從背後掏出一隻小海膽給我。

媽媽又催促了我幾遍。我失望地拿起小桶子，蛤蜊瞬間收緊舌頭。我小跑步奔向媽媽沾滿泥斑的電動車。嗡一加速，海邊鹹腥的空氣化作一隻冰手，撫著我額前的碎髮。我回頭望向大海，橙紅色的餘暉緘默推移著海天相接的柔軟線條，整片海灘都彷彿籠罩在一個暖色的濾鏡裡面。如果那時候的我知道，這將是大海最後一次向我吐露溫柔，最後一次庇佑我不必知道這個世界的憂傷和複雜，我一定不會那麼早就收回目光。

媽媽把我挖的蛤蜊倒進大盆子裡吐沙，然後把煤球爐架到院子裡開始生火，乾燥的木柴填進紅通通的爐膛，壓上三塊煤球，用蒲扇使勁扇著小小的通風口，沒一會，升騰的熱氣就會讓媽媽皺紅的臉變得扭曲。

我跑進爸爸的房間，找出他平日很少穿的一隻舊皮鞋。據說這是他結婚時買的，海邊人除了婚喪嫁娶，很少有穿皮鞋的日子。但也捨不得扔，就一直放在櫥子裡。

我把鞋拿到院子，高高拋起來。

這是我自己發明的「祈福儀式」，規則就是，只要鞋子正面朝上，就代表爸爸能平安歸來。每次爸爸沒有準時回來，我都會坐立不安，腦補從小聽來的海難故事。我用這個儀式悄悄保佑了爸爸無數次。

啪嗒！

鞋子倒扣在地上。我趕緊撿起來，第二個規則是，三次為定。

於是我又扔了一次，還是反面。

我眉頭一皺，拿起鞋子朝空氣拜拜，嘴裡碎碎念著咒語，然後朝上一扔。

嗞啦！媽媽把蔥花、薑絲、蒜蓉、八角扔進油鍋，一滴油濺到了我的手臂上，我疼得叫了一聲，媽媽大剌剌地說：「趕快吹一吹！」

我不滿地抓著手臂，又一次摸到了那枚熟悉的圓形疤痕。我手臂上有三個疤，均勻分布著，從小就有。我曾經問過幾次原因，但都被媽媽搪塞過去。

「媽，我這三個疤到底是怎麼來的呀？為什麼何器手臂上只有一個？」

「人家那是打疫苗留的。」

「那我呢？」

媽媽把一小盆蛤蜊嘩啦一下倒進油鍋，硬殼碰撞的脆響蓋過了我的質問聲。

「怎麼來的呀？妳跟我說嘛！跟我說嘛！」我不依不饒地拉著媽媽的衣袖，讓她沒辦法安心炒菜。

媽媽被我問煩了，指了指堆在牆角的一堆廢棄漁具。

「喏，看見沒，那個魚叉，妳出生的時候，妳奶奶不想要妳，叫妳爸自己想辦法，妳爸就拿了那個魚叉朝妳身上一刺。結果妳機靈啊，一翻身，刺在妳手臂上了……」

蛤蜊在高溫下紛紛炸開口，露出白嫩的肉。媽媽被辣椒嗆得直咳，斷斷續續說著：「妳哭得喲，方圓十里都聽見了，妳爸也哭了，不忍心再刺下去。要不是妳爸那時候心軟，妳現在還不知道在哪裡呢！」

鮮甜的乳白色湯汁聚在鍋底冒著均勻的泡泡，鐵鏟抄起堅硬定型的蛤蜊，堆進一個白色圓瓷盤。

我呆呆地看向牆角，院子深黃明亮的燈光照著那把被鏽蝕成紅棕色的三齒魚叉，在牆角留下一團尖銳的濃霧。我想起來了，從我出生起它就一直立在這裡，和其他廢棄的漁具一起，颳風下雨豔陽高照全都一動也不動，冬天落著薄雪，夏天纏著藤蔓。如今看來，它就像一個未被兌換的墓牌，提醒著我欠它的那條命。

木門被哐啷一聲推開，父親的雨靴拖地行走，聽起來疲憊遲緩。我猛地縮起身子，下意識看向地上的鞋——它正面朝上，又應驗了。但更大的麻煩隨之出現，父親最討厭我進他房間動他的東西，每次我做完「儀式」都會小心放好，但這次來不及了。

果然，父親高大的身影在皮鞋前面停住：「這鞋怎麼在這裡？」

媽媽在客廳擺碗筷，沒有聽見。我站在原地，一點都不敢動彈。

我忘了那天晚上究竟是怎麼結束的了，只記得我哭了一整晚。從飯桌哭到浴室，從浴室哭到床上，哭得母親不知所措，哭得父親滿臉厭煩，哭到滿嘴都是鐵鏽的味道。

我以為我會永遠珍藏的童年回憶如今細想起來充滿倒刺，像父親笑著，從背後遞給我的那顆海膽，再也不敢握緊。

我想起父親以前總是偷偷打量我，吃飯的時候，做作業的時候，玩耍的時候，甚至睡覺的時候。有一次，我半夜突然醒了，聞到父親在不遠處抽菸，我眼睛偷偷睜開一條縫，撞上了父親的眼神。今天之前，我都以為那是他對我沉默的愛意，像天下所有寡言的父親一樣。現在想起來，才讀懂那被明滅菸灰所掩蓋的冰冷和恨意。

我和母親祕而不宣地都沒有再提起這件事，我也沒有問過父親有關那把魚叉的事情。因為沒過幾天，那把魚叉逕自不見了，空曠的牆角，雜亂的藤蔓堆在地上，像掉了一幀的定格動畫，彷彿從未出現，生活也變得像以前一樣一成不變。

唯一改變的是，從那天開始，我學會了撒謊。

父親讓我知道，真正的撒謊不是小打小鬧地有沒有偷錢、有沒有做作業，而是活生生地扮演另外一個人。那個祕密就像一個翻譯機，他的每一個行為都有了另一層意義。他盡心盡力地扮演一個稱職的父親，儘管他掩飾得很好，可是每當那群男孩踢著球從碼頭上呼嘯而過，我還是能不假思索地看出他眉眼間的遺憾意味。我知道，父親終其一生都會思念那個未成人的哥哥，那個與我未曾謀面的男孩會在他的心裡一點一點成長為一個沒有缺點、前程似錦的人。

於是從那天起，我也開始盡心盡力扮演一個懂事的女兒。只要演技夠好，就不會有人懷疑你是否踩在裂縫上行走。我還是會在碼頭上等他，幫他擺好碗筷，留短髮，踢球，像個小男孩一樣在他面前跑來跑去，做一切我覺得他可能會高興的事情。我想知道，他會不會有那麼一刻覺得滿足，覺得有一個女兒也不錯。我想知道那天父親停下魚叉時心裡在想什麼，看著號啕大哭、渾身是血的我，那一刻心裡湧起的是恐懼，還是父愛？

在父親面前練就的演技讓我在學校如魚得水。「懂事」一直是「早熟」的柔和用法。我喜歡被老師信任，喜歡被人包圍簇擁的感覺，合群意味著你代表了某種正確，意味著被需要。但何器不會，從幼稚園開始，她就像一條娃娃魚一樣趴在課桌上，懶懶散散。我那個時候特別羨慕她的慵懶，慵懶意味著，你根本不必討好別人，不用回應所有人的評價，不必小心謹慎，不必對周遭的世界面面俱到。

後來她跟我說，她最羨慕的人也是我，如果有可能，好想和我交換人生。

一語成讖。

只是，現在只有我擁有了她的人生。

10 蝦殼

持續好幾年的拆遷開始之後，很多個週末，我和何器都會跑到那堆斷壁殘垣裡面「尋寶」——斷頭的娃娃、七彩的馬賽克瓷磚、黑色花邊的胸罩、面目清晰的無名婚紗照和全家福，印象最深的是一本被撕爛的粗製印刷雜誌，封面上一個穿薄紗的女人妖嬈地靠著床頭，當時那些看不懂的字眼後來都在遲成的筆記本裡重現。

傾圮廢棄的牆壁百孔千瘡，挖土機刮開雪白牆壁露出的紅棕色磚頭宛如自殘的手臂。成山的建築材料和垃圾堆在烈日下，摻雜著長期生活在那裡的人們的體味，和我家的味道一樣，現在才明白那是貧窮的酸澀。那時候我們完全不相信這裡日後會變成遊人如織的森林公園，還有遲成家光鮮亮麗的海鮮酒樓，我和何器、遲成也會因為這堆廢墟走上完全不同的人生道路。

當我告訴何器，我手臂上三個圓形疤痕是因為我小時候爸爸曾想殺死我，她哭得比我還厲害。過了一會，她掏出水彩筆，在自己手臂相同的位置上也畫了三個圓點，口齒不清地說：「妳看，我們一樣了。」

我蹲在那堆廢墟上，看著何器為我哭到通紅的臉頰，竟然釋然了這三個疤痕帶給我的痛苦。我以為我人生的苦難就此可以結束，可以相安無事地慢慢長大，和何器成為永遠的朋友。但是，如果我的童年可以重新來過，如果我能夠在剪接出錯的地方重新醒來，我會毫不猶豫地在小學畢業典禮的後臺按下暫停。

那天原本是我最快樂的一天，結束了痛苦的小學生活，和何器約好了一起去離家最近的國中繼續我們的友誼，這是我和爸爸磨了很久才換來的。因為以我的成績，到這個學校還要交一筆幾千塊的選校費。這筆錢已經上升到了我家重大決策層面，我跟他保證以後絕對好好幫家裡幹活，相當於預支的工資，他才勉強同意。

那天卻是何器最難過的一天，她的父母經過漫長的冷戰，終於決定離婚。她很可能會被判給爸爸，因為她媽媽要去日本做生意，不可能帶她走。為了讓她開心一點，我把畢業禮物提前給她，是一對紅櫻桃髮圈。她立刻把馬尾散下來，雙手靈巧地編出兩條麻花辮。我從小就羨慕她有這樣一頭長髮，還有一個會教她編辮子的媽媽。何器果然開心了許多，神神祕祕地說我的禮物要放學之後才能給。

當遲成甩著刀片劃破手指，用一種自以為壯烈的方式跟何器告白時，我們短暫的快樂結束了。何器被嚇得眼睛蓄滿淚水，我當場怒不可遏，一把推開遲成，他先是呆住，接著指著我的鼻子罵我「窮鬼」，我上前緊逼一步：「你說什麼？」

周圍都是看熱鬧的人，遲成不想下不了臺，繼續叫嚷：「我說妳是窮鬼！你們全家都是窮鬼！」我一拳揮到他的鼻子上，他難以置信地捂著鼻子，看了看比他高半個頭的我，氣勢上輸了下去，但嘴上不依不饒：「俞靜，妳爸爸就是窮鬼命！妳不知道吧？我家拆遷的水產倉庫之前是妳爸爸的，他自己賣了。」

我愣在原地，他接著說：「現在後悔死了吧？不然現在就是妳家開賓士了！窮鬼！窮鬼！」

周圍的起鬨聲也變成了聲調一致的「窮鬼」，那些人都或多或少收過他的好處。

我早何器一步把遲成踹翻在地，奪過刀片抵住了他的喉嚨。

周圍一片譁然的尖叫。

在我出生之前，鹽洋市漁業局開始推廣南美白蝦的水產養殖，當時傳統捕魚業日漸式微，再加上私人小漁船根本無法跟馳航水產的大漁船相抗衡，我爸爸動了心，說服媽媽把外公留在大泉港的兩棟老宅改造成一個白蝦養殖場，為了達到國際標準的養殖環境，引進最優質的蝦苗和養料，他們倆前前後後花光了所有的積蓄，還借了一大筆錢。

一開始兩人沒日沒夜地顧蝦苗，測水溫，放餌料，白蝦長得很好，還被村裡當成了養殖標杆。等白蝦長到能賣的時候，漁業署的人過來抽樣，結果驗出藥品殘留嚴重超標，發現了大量激素成分，當場就把養殖場列入黑名單，所有產品禁止販售。我爸百口莫辯，說是被人下藥了，但是沒裝監視器，什麼證據都沒有，只能認栽。等著收蝦的客戶全跑了，所有的付出血本無歸，我媽大著肚子，當場癱在水池裡。

好好的肥蝦沒人打理終於爛在池子裡，蒼白的蝦殼浮在水面，菌群叢生，散發出惡臭。借錢的債主三天兩頭上門，我在這個當口出生，又成了壓在父親眉頭的一朵烏雲。

這時，遲宗偉像救世主一樣出現了，他說自己也想做養殖，出了一大筆錢買走了父母的養殖場，這筆錢不僅能還清所有的欠債，還有盈餘。為了保住爸爸的面子，遲宗偉還聘請他當技術指導，這樣一來，爸爸根本沒有拒絕的餘地。

但是遲宗偉買完養殖場之後什麼都沒做，就放著，直到一年多後，拆遷的告示貼在村口，爸爸這才反應過來自己被騙了，甚至懷疑藥物超標也是遲宗偉搞的鬼。他上門討說法，被遲宗偉的手下打了一頓，威脅他再來就報警。吐在爸爸身上的唾沫也沾著三個字：「窮鬼命」。

那天，爸爸匆忙趕到學校後臺時，剛好輪到我們班表演，遲宗偉讓徐老師先安排表演，就留下我跟遲成：「這是兩個大人之間的事，再說底下都是上級，耽誤演出進度不好。」徐老師感激地看著他，然後安排同學們依次上臺，何器死活不去，但她是領唱，還是被徐老師拽走了。

我們班演唱的是〈大海的故事〉，隔著厚厚的絨布幕簾，一陣掌聲之後，海浪前奏響起。我看見遲宗偉把遲成的脖子亮給爸爸看，上面有一道細微的劃痕，連皮都沒破，但是遲成哭得像隻螃蟹，遲宗偉挺著像河豚一樣的肚子，仰著頭大聲說著什麼，爸爸一動也不動，冷漠地聽著。

我不知道他們在說什麼，耳朵裡只有何器帶著哭腔的歌聲——「大海的故事很多很多／像晶瑩的珍珠一顆一顆／從祖父的祖父到外婆的外婆／都講著大海的漁船／都唱著悠悠的漁歌……」

遲宗偉掏出一條新褲子，用力一扔，褲子搭在了我爸爸的肩膀上。爸爸呆立半晌，緩緩蹲下去，把遲成尿濕的褲子脫下來，拿出濕紙巾一點一點擦著他的腿，接著幫遲成穿上褲子。遲成這才露出笑臉。

這是我第一次打量父親，他穿著一件薄透的白襯衫，那件襯衫是他唯一一件白衣服，只有在比較正式的場合才穿，但早已洗得發黃了。他身材乾瘦，白襯衫鼓脹著，像一層脫肉的蝦殼浮在他的身上。我也第一次知道，一個高大的男人蜷縮起來，會比一個六年級的男孩還要矮小。

那天晚上，爸爸用編漁網的尼龍繩抽了我一個小時，我的背上織起一片瘀紅，他要讓我記住兩件事：「當官的、有錢的，這兩種人永遠不准招惹，不准得罪。他們跟妳是兩種人。」第二件事，是「認命」。他付出了極大的代價才認清這兩個字，他本來以為可以靠著那個蝦塘改變命運，但是他忘記了更值錢的東西是「消息」，一張酒桌、一份厚禮，換來嘴巴一動，無數人的命運就會頃刻改變。你無法改變這些，也無法跟這些東西抗衡，只能說服自己，這些東西自始至終都不屬於自己，認命的窮人才能活下去。

但我只記住了第三件事。他氣喘吁吁地把尼龍繩扔到牆角，咕嚕咕嚕喝了一大杯涼透的茶水，從牙縫裡啐出一句：「我當時為什麼沒把妳刺死！」

11 結痂（上）

我從來沒有邀請別人到過我家，包括何器。因為那些好不容易被制服掩蓋的東西，一推開家門就全都暴露無遺。但是這次，何器執意要來看我，我無力爭執，只好同意。

父母早早出門賣貨，這幾天我沒和他們講一句話。背上的傷還沒癒合，一動就疼，家裡沒有冷氣，只有一個咯吱作響的老風扇對著我吹。我趴在床上，聽見何器推開虛掩的木門走進屋裡。我屏住呼吸，彷彿這樣就可以替何器掩蓋屋裡永遠都散不掉的腥臭味。但她彷彿什麼都沒聞見，徑直走進來，慢慢掀開蓋在我背上的薄被，我忍不住嘶了一聲。她放下手，兩大滴眼淚瞬間滑落，手忙腳亂地擦著，然後從包裡拿出畢業禮物給我。

撕開淺駝色螺紋包裝紙，是兩個作工精細的海螺，手掌大小，握在手裡有溫熱的質地，跟這裡海邊批發的海螺很不一樣，尖端還纏著兩條泛光的彩繩，我的是藍色，她的是紅色。何器說這是她媽媽從日本一個盛產海螺的小鎮帶回來的禮物，當地人出海一定會帶著一個海螺，傳說如果人在海上遇到危險孤立無援，海螺裡就會走出一位美麗的神靈救人於危難。

我早已過了相信童話的年紀，但還是高興地把它放在耳邊，聽裡面傳來熟悉又陌生的風聲。

何器低下頭，猶豫著告訴我，她果然被判給了爸爸，媽媽留了一大筆撫養費之後去了日本，她雖然想和媽媽在一起，但是沒辦法。為了讓何器接受更好的教育，何世濤花了很多錢把何器送進了鹽洋市的貴族國中金淼路中學。

「所以，我們不能一起上國中了，對不起。」

風聲離開耳朵，我沒有看她的眼睛，痠脹湧入鼻腔。我本來想告訴她，那件事之後，我爸爸不同意幫我繳選校費了，以我的成績只能去鹽洋市最垃圾的六中，所以就算何器不去金淼路中學，我也沒辦法和她在同一所國中讀書。也就是說，我們無論如何，都要在這個夏天開始分開。她焦急地問我：「但我們還是好朋友，對吧？」

我抬頭打量何器，她高高的馬尾上繫著我給她的髮圈，沒有皺褶的襯衫塞進裙擺，臉上帶著毛茸茸的稚嫩和希冀，她的人生會一往無前，認識與之相配的新朋友，穿著我叫不出牌子的衣服，談論我插不上嘴的話題。更重要的是，我不想讓她知道我皺巴巴的人生也許會就此潰爛下去，以我無法阻止的速度。在那種不堪到來之前，我想在她面前留住最後的體面。

我把海螺塞回她的手裡：「我們絕交吧，不要再來找我了。」我封鎖了何器所有的聯絡方式，也沒有告訴她我去了六中。某次回家，看見她在家門口等我，我立刻躲了起來。她一直等到天黑，把一個東西輕輕放在門口，才慢慢騎車離開，融進籠罩的夜幕裡。我走過去，發現是那個被我還回去的海螺。

從那以後，她再也沒有找過我。

國中生活不出所料地漫長、無聊且殘酷，沒有人讀書，只要有人想讀書，第二天書本就會被劃爛、扔進髒水桶。霸凌是隨機的，不是你欺負別人，就是別人欺負你。他們還喜歡從危險的遊戲裡尋找樂趣，在茶水間裡互扔保溫瓶，學成龍用刀尖快速插對方的手指縫，疊椅子天梯，挑戰爬到最頂層。老實的學生看到都是繞道行走，盡量不惹禍上身。情況嚴重的話，老師會叫家長來學校，家長們十有八九不會來，來了也只是讓老師隨便打小孩。

我坐在最後一排，看著他們，感覺自己身處一個無人參觀的野生動物園，長滿犬齒的小獸相互舔舐、撕咬，不為稱王，只是為了獲得痛感，流血是為了結痂，傷疤是活著的證明。儘管他們身體力行著「桀驁不馴」的表面意思，但我也是在他們身上理解了「認命」的真正含義。

因為父親的那句話，我和他同時放棄扮演一對正常的父女，這反倒讓我們的關係輕鬆了不少，每次回家，我們都形同陌路。他再也不用展示生硬的關心，我也不用假惺惺地回以感激。只是從那以後，我養成了一個深惡痛絕的習慣，只要我一緊張，就會反覆摸那三個傷疤，停不下來。

我在學校的大部分時間也是沉默的，於是被簡單劃分為「孬種」那一類人，毫無存在感，像魚尾上的一片鱗，但還是有人注意到了我。

不知從何時起，我的保溫瓶裡總是會莫名裝滿熱水，掛在桌邊的垃圾袋經常被清空，抽屜裡時不時還會出現一些小零食。青春期少女對於愛意的敏感不亞於被撬離岩石的海葵，只要稍加留意，一個眼神就能確定。

「嫌疑人」是一個高瘦的男生，總是低垂著頭，外號叫「唐僧」，因為他一跟女生說話就會臉紅。聽說喜歡他的女生不少，所以確認了是他之後我非常意外，但我依然默不作聲，內心惶惑大於欣喜，也不知道該做什麼，因為沒人教過我要怎麼應對善意。後來我學著別的女生的樣子悄悄「回報」了幾次，比如在他打籃球的時候，往他掛在操場邊的制服裡塞一瓶冰水，或者晚餐時多拿一個肉夾饃[12]遞給他。

12 俗稱中國漢堡，是一種源自中國陝西的著名小吃，用麵餅夾臘汁肉。

有天晚自習，我突然收到他的紙條，請我去頂樓走廊。我沒有多想，假裝上廁所就跑了上去。頂樓一片漆黑，長期堆放著一些紙箱，我看見他單薄的身影坐在角落，身上的運動服反著螢光。

「找我幹嘛？」我輕輕問。

他沒說話，而是拍了拍身旁的空地。黑暗放大了各個感官的反應，我席地坐下，冰冷的地面與身體相接，我瞬間起了一身雞皮疙瘩。一片寂靜中，能聽見隔壁辦公室隱約傳來一個老師訓斥學生的聲音：「什麼樣的電池對環境危害最大？是含汞、銀、鎘的電池！你寫什麼？啊？七號電池？」

我們不約而同笑起來，他呼出的氣體輕輕拂過我的臉頰，帶著口香糖的甜味，他的手指若有若無地拂過我的手臂，一陣從未有過的顫慄刺遍全身。我的心咚咚直跳，靜靜等待接下來要發生的事，但是他突然站了起來，我以為有老師來了，連忙也要站起，他卻一把按住我的頭不讓我動，我有些困惑，他的力氣很大，弄得我有點痛，我想要掙脫他的大手，但他依然一動不動，臉上現出羞愧和懇求的神色，我瞬間明白過來他想讓我做什麼。那一刻，一陣巨大的噁心湧出胸腔，我使出渾身的力氣打開他的手臂，狠狠推了他一把，他期待的臉上立刻爬滿失望，沉默了幾秒之後，他如夢初醒般看著我，然後哐哐哐跑走了，還不小心摔了一跤。

隔壁辦公室的訓斥依然沒有停止，我獨自在地上坐了很久，肚子莫名絞痛起來。我沒有哭，而是專注地聽那個老師罵完了一整張考卷，直到下課鈴聲響起，我才慢慢站起身來。

再次回到教室，全班同學的目光像探照燈一樣射過來，竊笑著議論著。高瘦男生低著頭，我抿緊嘴巴，徑直走向最後排的座位。第一排的男生突然皺起眉頭回頭望我，然後發出一陣尖銳的爆笑，接著那一排的人都爆發出哄笑，我疑惑地轉身，這下全班都看見了——我藍色的制服褲子上暈著一攤鮮豔的紅色。

「俞靜破處囉！」

有人喊了一聲，我僵硬地站在原地，環視了一圈，然後低頭快步走出教室，根本沒有注意到在所有嘲弄的目光裡，有一雙充滿怨毒的眼睛狠狠剜著我。十天後，她會帶著四個男生在校門口堵住我，說我身上的腥味熏得她頭疼，然後把我帶去那個滿是淡菜殼粉末的噩夢之地。我差點忘了，她追了「唐僧」很久，但是一直沒有成功。

十六個耳光並非這所學校裡最嚴重的酷刑，但變成一段畫質模糊的影片發布到網路上，加上我淒慘的哭號，就足以挑動網友的神經。教育專家們難以置信地暫停畫面，反覆質問現在的孩子怎麼了，原本承載希望的八九點鐘的太陽成了毒日。這無疑對他們展示了一個過於恐怖的新世界，但這就是我們的世界，嚴絲合縫，如冰融化於水一般正常的世界。

但是這段影片的拍攝者和發布者始終沒被找到，直到兩年後，那節數學課結束後，何器怒氣衝衝地拉著我走出老田的辦公室，一直走到兩棟教學大樓之間的連接走廊上，沉默很久才跟我承認，那段巷子裡的影片其實是她發布的。

12 結痂（下）

二〇一六年，何器剛剛參加完校慶，拿著「最受歡迎校園歌手」的獎盃準備跟朋友一起去一家新開的刨冰店吃刨冰，那家店就在俞靜學校旁邊。

路過小巷的時候，她遠遠看到幾個穿六中制服的人站在陰影處吵吵嚷嚷，對一個跪著的女生連踹帶罵，何器剛想上前，就被朋友攔住。

「快走快走！別管！」一個短髮女生推她往前走了幾步。

「打死人怎麼辦？」何器固執地停腳。

「六中妳不知道嗎？都是些禍害，打起人來不要命，妳管就連妳也一起打。」

「真的真的，那幾個男的都是學體育的，我朋友跟他們打過球，打輸了還不認輸，把我朋友打了一頓，在醫院躺了好幾個星期呢！」

「何器，走吧，晚了就沒有折扣了。」

幾個女生拉著何器，何器不放心，又折回去看了一眼，她突然看到那個女生慢慢把手舉到臉頰。但是隔得太遠，俞靜的頭髮也被扯散，擋在臉上，何器根本沒有認出那就是俞靜。

何器想了想，還是決定讓朋友先走，等一下再會合。

她悄悄繞到巷子後面的圍牆附近，踩著牆後堆積的建築垃圾慢慢爬到牆頭，點開手機錄影，畫面裡，只能看到幾個人的頭頂，為首的女生大聲罵著：「臭婊子！勾引我老公！」一面連搧十六個耳光。何器從腳邊摸到一個酒瓶，朝一旁空地用力砸下去，幾個霸凌者抬頭，露出面孔，何器迅速藏起來。

「誰啊?!出來！」高壯男生一聲呵斥，嚇得何器抓緊手機。

沉默半晌，另一個男生說：「走吧走吧，等一下有人來！」接著是一陣雜亂的腳步聲，巷子恢復平靜。

何器慢慢探出頭，巷子裡早已空無一人。

當晚，何器發布了影片，儘管沒有被霸凌女生的正臉，何器還是做了處理，只露出霸凌者的面孔。很快，輿論發酵，引起眾怒，畫面裡每個人的身分都被扒出。何器這才知道，那個蜷在地上如同棄屍的人，正是俞靜。

「我本來想去找妳，跟妳解釋清楚，但我沒想到，後來事情會變成那樣。」何器看著我，眼裡滿是內疚。

因為網友的施壓，六中校長不得不出面處理，開除了那幾個人，為首的女生被她爸爸拽著腳踝拖出教室，殺豬般的哭叫聲惹得全走廊的人都來圍觀，那個女生突然大吼：「俞靜是小偷！她偷我的錢，我才打她的！爸，她偷我的生活費，她還撒謊，死都不還我，還罵我……」

鬧哄哄的教室突然安靜下來，大家難以置信地看向我。

我錯就錯在不該笑出聲，這麼明顯的汙衊怎麼會有人信呢？但是我錯了，為了拯救這個可能馬上就會被她爸扔下樓的人，全班人都沉默了，這樣的沉默使我真的變成了那個憑空虛構的賊。

我至今都想不通，他們既然會對眼前的暴力於心不忍，又怎麼會對長久的暴力視而不見呢？

於是，事情反轉，這個世界總是熱愛反轉。

那個女生不僅沒被處分，還被當成正義使者，校長老師們當然希望是這個結局，這樣就不是他們的教育和管理出了問題，而是我出了問題。

我被打的畫面被人做成貼圖，配上文字「打你就打你，還挑日子嗎？」，在年級群組裡一直用到畢業。

「對不起俞靜，我怕妳知道影片是我拍的就再也不理我了，所以我一直不敢去找妳，沒想到我們又被分到同一班。」

我和何器站在五樓的連接走廊上，可以看到遠處操場上幾個班級正在列隊排練新的廣播體操，小音響裡的口號聲隱約傳來，藍白相間的制服跟隨四肢整齊擺動，每個人都一模一樣，面目模糊，像量產的發條人偶。

「妳還記得小學畢業的時候妳替我打遲成嗎？還有好多次，別人取笑我的口音，都是妳替我出頭，妳總是走在我前面，說就算有車撞過來也是先撞妳。」何器聲音低下去。「我不知道妳怎麼樣才能原諒我，我們才能重新做朋友……」

見我沒有說話，何器有些不安。「以前都是妳保護我，現在輪到我保護妳了！」她拿出手機，點開老田打我的影片。「這件事，還有那本筆記本，絕對不能就這麼算了！」

「算了吧。」我看著遠處，聲音輕得像在嘆息。

「什麼？」何器驚訝地向我靠近一步，轉過我的身子，讓我直視她的眼睛。「憑什麼就這麼算了？我倒無所謂，但是妳……」何器突然停住，垂下眼睛：「我不會把老田打妳的影片傳出去的……」

「不是這件事，只是覺得肯定沒結果，幹嘛浪費時間？」我盯著何器額前的碎髮，故作輕鬆地聳聳肩。「妳想啊，我們就算告到校長那裡，校長會希望這件事鬧大嗎？就算校長管了，老田頂多被扣點薪水，給遲成記過。以後每天都要見面，我們的日子怎麼過？離考大學還有那麼長時間，妳怎麼知道還會發生什麼？」

何器的表情黯淡下來，緊緊皺著眉頭，沒有接話。

「唯一的好處就是，認清了幾個人。我看了一下，基本上就是遲成和周言陽那兩個寢室的男生……」我頓了頓。「以後離周言陽遠一點，他也不是什麼好人。」

「好，」何器沒有猶豫，眼睛亮晶晶的。「我早就想跟妳說，我跟他沒什麼，只是覺得他跟班上其他男生不一樣，再加上成績好，就想跟他一起讀書，誰知道……」

「那我們一起讀書吧，妳教教我，我不想老是坐在最後一排。」我避開何器的眼睛。

「真的嗎？」何器高興地抱住我的手臂，把食指放到下巴上。這是我們另一個暗號，意思是「一言為定」。

我笑了笑：「一言為定。」

當天晚自習下課後，我把隔壁同學李康堵在茶水間，轉開保溫瓶蓋，將一壺滾燙的熱水對準李康穿涼鞋的腳背作勢要澆下去，他嚇得把什麼都說了。

「是……是遲成，他逼我們寫的。」

「怎麼逼的？」

「我們要是不寫，他就不讓我們好過，」李康咽了口唾沫。「不讓人睡覺，不讓人吃飯，不讓人讀書，我們……我們就都寫了，誰敢惹他呀？」

「那你就敢惹我？為什麼寫我？還讓我被體育老師強姦，我怎麼看不出來你這麼恨我？」我把冒著熱氣的瓶口移到他的襠部，他趕緊捂住，哆哆嗦嗦地說：「隨機抽籤，抽到誰就寫誰，寫了就是他們的『自己人』……就不會被他們欺負了……我錯了，我錯了，俞靜，以後我做牛做馬！妳饒了我吧！」

「誰要你做牛做馬！滾！」

我把保溫瓶用力擲到牆角，保溫瓶砰一聲炸裂，大團白氣從牆角席捲而來，小小的茶水間瞬間像一個毒氣室，李康趁機頭也不回地跑了。我站在原地，緊緊捏住拳頭。

遲成，那個被錢慣大的壞種果然還是生根發芽了，跟他爸一樣，到哪裡都要搞拉幫結夥那一套。小時候一點點零食和錢就能收買一大堆跟班，長大了，性成了新的宗教，男孩們聽到性就像聞到血腥味的原始人，他們圍在遲成身邊，建立了唯他是從的部落。我不想跟他有任何瓜葛，因為一看見他就會想起我父親跪在他面前幫他換褲子那一幕。

他也一樣，不知是心虛還是心懷鬼胎，總之接下來的一年，他都沒有主動招惹過我。我和何器偏安一隅，我留長了頭髮，座位也在何器的幫助下向前挪了三四排。我和何器約好，最後不管考多少分，不管上哪個學校，一定要一起離開這裡，去另一個城市。

和所有的故事一樣，約定總會變成遺憾。

二〇一九年，高三如約而至。

開學當天，鹽洋市最大的教育補教機構董事長龐恩典捐了一百臺國際最先進的多媒體教學互動電子白板給學校，全年級每間教室都能換上。幾十輛貼著「凌典教育」標誌的廂型車浩浩蕩蕩駛進校園，與這批機器同時來到這所學校的，就是她的兒子凌浩。

還沒到上課時間，我們三三兩兩地趴在走廊上向下看去。凌浩和他媽媽從最後一輛黑色轎車上下來，校長親自開門，一路笑臉相迎地進了校長室。

凌浩個子很高，皮膚白皙，樸素的短髮，眉眼乖順地跟在他媽媽身後，手裡卻不停地擺弄一副紙牌。他穿著一身寬鬆的灰色大學T，踩著一雙球鞋，遲成一眼就認出，那雙鞋的價格比他腳上這雙貴十倍還不只。

啪！一大灘口水落在凌浩腳邊，他停住，抬頭看向走廊，陽光刺得他瞇起眼睛。

他的目光在何器的臉上停留了一下。

13 本能

光線很暗，紅色的霓虹燈球在鯊魚頭上晃來晃去，如同血色的飛魚躍出海面。我不得不瞇起眼睛。

「這是哪裡？」

我撇過頭，盡量不和凌浩對視。他笑了一下，癱在長條沙發上，把玩著手裡的水果刀。

「妳不是何器嗎？那天晚上妳在這裡唱了好幾首歌，忘了？」

我沒說話，目光迅速打量著這間屋子。

房間陳設雖然很像ＫＴＶ，但天花板很低，侷促悶熱，兩個打手模樣的人站在門邊，像兩尊兵馬俑。凌浩示意了一下，一個兵馬俑關掉震耳欲聾的音樂，呼嘯的風聲穿過耳際，凌浩身體微微歪斜搖晃，地上的空酒瓶咕嚕咕嚕滾著。

我明白了，這是一艘船。凌浩的地盤，喊破嗓子都沒有用。

「你沒看新聞嗎？臨死時的事我不記得了……你倒是可以說說，那天晚上把我帶到這裡幹什麼？」我盡量穩住聲音。

凌浩打開一瓶啤酒，喝了兩口，慢悠悠地說：「如果我是妳，死了一次又活過來，我會有特別多想幹的事，上電視，出去玩，吃好吃的……但絕對不會回來找死。說說吧，妳到底想幹什麼？」

「我就是想知道是誰殺我的。」

「周言陽都判刑了，過程寫得清清楚楚，他自己也認罪了……」

「不是他。」

「不是？」凌浩晃著手裡的紅色密碼筆記本。「何器的死法跟他寫的一模一樣，我現在要是把這本筆記本交出去，妳猜猜他會不會再加幾年？」

「所有看過筆記本的人，都有可能模仿嫁禍他，包括你。」

「我高三才轉過來，去哪裡看？」

「那天晚上，遲成也在這裡。對吧？」

凌浩沒有說話，我接著說：「你要的東西都給你了，為什麼還要讓我死？」

凌浩頓住，看向我的眼睛：「別演了，俞靜。妳露餡了。」

我咽了口唾沫：「我不是俞靜。」

「好。」凌浩笑了一下，露出一口白牙，他笑起來其實很靦腆。我們每個人都被這個笑容騙過，現在對我來說更是如同夢魘。「那我們玩個遊戲。」

兩個打手打開門，把我連同椅子一起拖到甲板上。這是一片近海，岸邊一整排集魚燈讓整個海面亮如白晝，集魚燈可以讓趨光的魷魚蜂擁而至。凌浩的遊艇不大，完美躲在了一塊礁石的後面，沒有被發現的危險。

海面上沒有風，但晚上的溫度還是很低，我穿著一件毛衣依然忍不住發抖，凌浩解開我身上的繩子，把我拽到甲板邊緣，兩隻大手鎖死住我單薄的肩膀，我毫無還手之力。

「妳大概忘了，俞靜從小就泡在海裡，水性沒得說，但是何器不會游泳啊！口音、習慣、性格都好模仿，但本能不會騙人。」

凌浩收起笑容，用力把我推下了甲板。

海水像刺一樣扎著我每一處神經，周圍一片寂靜，耳邊嗡嗡直響，氣泡從四周升騰而起。衣服迅速吸滿海水，如鐵鍊一般把我往無盡的深海拽下去。我望著海面上的集魚燈，像一百個太陽，千萬隻魷魚、魚從我眼前游過。牠們無法抵抗與生俱來的趨光性，為了生存奔走。但牠們不會知道，迎接牠們的只有死亡，身後的黑暗才是活路。

二〇二〇年，何器的屍體被人在礁石上發現，救護車和警車從我家門口呼嘯而過，手機像發瘋一般響起訊息通知。有人在群組裡上傳了現場的照片，他們第一次離死亡這麼近，帶著近乎調侃的語氣議論著何器的死狀。但是有三個人始終保持著沉默，凌浩、遲成、周言陽，因為他們已經被警察帶走了。

不到一天，凌浩和遲成就被放出來了，而周言陽以犯罪嫌疑人的身分被羈押。除了沒有不在場證明，船艙裡何器的遺物——一條貝殼項鍊，還有好幾個目擊者的供述，說周言陽那天晚上喝得很多，在桌子上睡著了，所有人都撤了他也沒有醒，所以沒有人知道他後來幹了什麼。

按照周言陽自己的說法，他醒來後去不遠處的礁石邊走了走想醒酒，卻不小心摔了一跤，所以身上才被海水浸濕了。他不敢回家，怕母親聯想起因醉酒墜海的父親而難過，就騎車回了學校宿舍，但是同寢室的室友楊百聰卻做證，那天晚上寢室沒有人。

不久後，周言陽對犯罪事實供認不諱，承認他一直對何器跟他提分手懷恨在心，以為她是看不起自己的家境。所以那天晚上他提前和何器說好，結束後在海邊見面，他有話要說。他故意喝了很多酒壯膽，卻不小心睡著了。等他醒來趕到海邊，發現何器還在等他。周言陽提出復合，何器沒有同意，說周言陽給不了她想要的未來。周言陽怒火中燒，加上酒精的作用，一衝動就把何器拖到不遠處自家擱淺的木船上，想強姦她，但是何器反抗太激烈，周言陽只好把她打暈，又害怕何器醒來告發自己，毀了他的前途，於是把她推下了大海。

學校撤了「恭喜周言陽喜獲二〇二〇年實驗高級中學升學考文組狀元」的大布條，對所有媒體緘口不言。周言陽的母親一輩子沒讀過書，但也學會了辨認噴在自家木門上的四個紅字是「殺人償命」。面對擠得水泄不通的記者和來拍短影片湊熱鬧的人，她只有一句話：「對不起。」然後一直跪在地上磕頭，久久不敢站起來。

報紙不遺餘力地描寫何器的死亡慘狀，身上有抵抗傷痕，額頭有擊打痕跡，但都不致命，真正的死亡原因是溺水。也就是說，何器被周言陽推下去的時候還沒有死。刺骨的海水填滿她的胸腔，奪走所有呼吸，就像現在的我一樣。

恍惚間，我看到何器向我游來，她依然穿著那條墨綠色長裙，皮膚亮如白沙，黑色的長髮讓她的臉時隱時現。她一把拉住我的手，我僵直的手掌似乎傳來一陣溫度，一股力量把我用力向上拽去。

「不要死，」我看到她的嘴巴一張一合，周圍卻沒有一顆氣泡。「妳還有事沒有做完。」

我躺在甲板上，大口吐著海水，瑟瑟縮縮，凌浩嫌棄地閃到一邊。我看到不遠處有一條毯子，立刻抓在手裡，用盡全身的力氣抱在懷裡。

「人要是能克服本能，就是神仙了，知道嗎？」凌浩慢慢蹲下來，把臉貼在甲板上，與我的視線持平。「俞靜，說吧，妳有什麼目的？」

我的視線越過凌浩，看向屋裡的那條鯊魚。

我第一次見到它是在何器生前最後那支影片裡。

那天晚上的同學聚會我沒去，現在卻成了我最遺憾和後悔的一件事。何器死後，我一直不敢點開那支影片。直到周言陽被判刑那天，何世濤把這支影片發到了他的抖音帳號上，「帥爸便當」已經改名「想念何器」，無數人在下面安慰和悼念。

我猶豫了很久，終於點開。

輕快的前奏響起，何器拿著麥克風投入地唱著。我知道她學日語是為了將來能去日本找她媽媽。那首歌很好聽，我事後才知道這是一部日本電影的主題曲，叫〈たちまち嵐〉（突如其來的狂風巨浪）。

踏上一個人孤獨的旅程

夥伴什麼的暫時不需要啦

在小道的角落裡遇到了一隻貓
牠那雙無依無靠的眼睛在哭泣著
好像在說：讓我看看你的夢想吧，拜託了
雖然我也不怎麼可靠
但也不是在放空話哦
你就跟我一起走吧，雖然前方肯定會遇上暴風雨
但是有我在就沒問題哦
就這樣一直走向大海吧
就算碰上怪獸也沒什麼大不了的
到時候我會用我不怎麼可靠的爪子
拚命保護你的哦

…………

何器唱完，指著拍攝影片的人說：「畢業快樂！」她把右手小拇指頂在了臉頰上，露出燦爛的笑容。影片結束。

我的指尖僵住，渾身發麻。

這是我們的暗號——「救我。」

第三章

14 鋸齒

二〇二〇年。

午休剛剛結束，很多人的頭還沒有從課桌上抬起來，齊傲雪還有幾個同宿舍的女生就圍到凌浩的桌前，嚷著要他變魔術。

「好吧，妳隨便寫個名字。」凌浩遞給齊傲雪一張小紙卡。

她迅速在紙上寫好，一臉嬌羞地還給凌浩。

凌浩把紙卡折了折，看向後排還趴在桌上酣睡的遲成，叫了一聲。

遲成的隔壁同學連忙拍醒他，遲成迷迷糊糊睜眼，臉上還印著一個筆蓋，見所有人正看著自己，嚇得一個發抖。

「怎麼了老大？」

「有水果嗎？隨便給我一個。」

「噢噢，有有有。」遲成在抽屜裡慌亂地找著，然後舉起一個半個頭大的柚子。「這個行嗎？」

凌浩無奈地點點頭，敏捷地接住。

凌浩轉學來之前，沒有人想到遲成會對別人俯首貼耳，或者說，能聽到遲成叫別人老大。凌浩剛到學校時，那口痰就是遲成吐的，以示宣戰。結果不知道發生了什麼事，不到兩個月，遲成就心服口服，唯凌浩馬首是瞻。

「看好了。」凌浩把紙卡疊成小小一方，夾在兩指中間，他細長的眼睛裡閃現出狡黠，手指迅速一晃，紙片憑空沒了。

「好！」遲成帶頭鼓掌。

「噓！別說話！」齊傲雪和一眾女生白了遲成一眼，又緊緊盯著凌浩的手。他輕輕拿起柚子，右手在空中抓了兩下，煞有介事地把「空氣」拍進柚子。

「刀。」

遲成遞過去一把鋒利的美工刀，凌浩在柚子表面迅速劃了兩下，用力一掰，柚子裂成兩半，新鮮的柚子中心埋著一片摺起來的小紙卡。

齊傲雪驚呼一聲，拿起來慢慢打開，紙卡上就是她剛剛寫下的名字：凌浩。

周圍響起一陣起鬨的聲音，凌浩掰了一塊柚子笑著放進嘴裡。

凌浩喜歡魔術，是因為這是唯一一種可以對觀眾下命令的表演，所有人都會隨著你的指示做出反應，最享受的還是「見證奇蹟的時刻」，不同的面孔同時出現驚異驚嘆的神情，你就是創造這些表情的神，這種感覺有過一次，就會想要更多。

「別丟在地上行嗎？不是你當值日生對吧？」俞靜看著掉在地上的柚子皮，語氣冷硬，然後不耐煩地拿著掃把胡亂掃著。

之前凌浩聽遲成說起班上的女生時，特意提了兩個人，俞靜和何器。「最好別惹俞靜，她家裡雖然沒什麼背景，但是不太好惹，逼急了什麼都能幹出來。何器也是，成績好，清大北大的幼苗，有老師護著，而且她爸爸挺厲害的。」

「你們有過節？」凌浩覺察到他話裡面的意思。

「呃……」遲成猶豫了一下，還是把小學六年級發生的那件事告訴了凌浩。

「那把刀，就差這麼一點點，我就死了。」遲成比畫著。

齊傲雪等人嫌棄地閃開，俞靜把柚子皮掃進畚箕。凌浩抬頭打量俞靜。雖然是中長髮，但她沒有一點女孩的韻味，一雙凌厲的眼睛隱在碎髮下面，滿臉冷漠。如果是以前，他看都不會看這樣的女生一眼，但是遲成講的事，讓他覺得有點好玩。

「俞靜。」

「幹什麼？」

「衣服挺好看的，在哪裡買的？」

俞靜沒有理他，繼續拖著地。

「不過，妳衣服上面的韓文好像有文法錯誤，而且這個詞……」凌浩瞇起眼睛，認真看著俞靜牛仔外套後背上的韓文單字。「……用力奔跑的……婊子？」

俞靜頓住，回頭看他。凌浩無辜地聳聳肩，把一塊柚子皮精準地投進垃圾桶。

對實驗高中所有學生而言，從省級明星高中轉學過來的凌浩不是異類，而是奇觀。這種一出生就在第一象限的人，原本只是他們聽說過但絕對接觸不到的那個階層。他媽媽龐恩典做補教起家，趕上最近幾年補習熱潮，賺得盆滿缽滿，企業順利上市，是鹽洋市的明星企業家。進校捐的多媒體互動電子白板安裝進了每一間教室，無時無刻不提醒著凌浩的存在感。除了有錢、成績好之外，他還有別的標籤，高大帥氣、會打球、會變魔術、參加比賽保送名校、會說好幾國語言，因為留了一級，年紀比班上的人都大。

表面上看完美無瑕，但有個問題，凌浩不太會說話，說白了就是情商低，而且能看出來他是故意的。比如直接指出老田寫錯的公式；比如要國文老師跟著他念了十幾遍「田園將蕪胡不歸」，糾正其帶有方言口音的普通話，五十多歲的老頭站在講臺上都快急哭了；再比如把女生們遞來的情書當場拆開，認真解釋原因，身材、長相、成績，甚至字體，都有可能成為他拒絕的理由。而無論場面有多難堪，他都是一副彬彬有禮的無辜模樣，似笑非笑，似乎非常享受別人那一瞬間尷尬的表情。

聽凌浩說完，班上的人都盯著俞靜後背的韓文看，發出一陣竊笑。俞靜不安地摸著手臂上的傷疤，陷入尷尬。這衣服是她從夜市的路邊攤上買的，四十九塊錢，印刷的韓文就是個裝飾，誰會想到翻譯過來的意思。

「除了你沒人懂韓文，印錯怎麼了？她又不是穿給你看的。」何器走過來，冷冷地掃了凌浩一眼，接過俞靜手裡的掃把。「走吧俞靜，倒垃圾。」

俞靜看著何器的背影，她一直很羨慕何器這種敢當面還擊的性格，這背後的底氣是什麼，俞靜想不清楚，但她很想要習得。

下午老田的數學課，一如既往地沉悶，老田拍拍黑板，驚起幾顆頭顱，老田沒轍。「凌浩，」他臉上諂媚的皺褶都快擠走五官了。「變個魔術讓大家醒醒。」何器回過頭跟俞靜遠遠對視了一下，無奈地搖搖頭，意思是「又來了」。

凌浩拿出一頂魔術帽，左右展示裡面空無一物，然後把它倒扣在桌子上。

「等一下！」俞靜突然舉手。「你能晃一下嗎？」

「什麼？」凌浩沒想到自己會被下了命令。

「晃一下帽子，我想確認是不是空的。」俞靜看著凌浩逐漸漲紅的耳朵，心裡閃過一絲以其人之道，還治其人之身的快感。

「剛剛已經確認過了，」凌浩盡量穩住聲音裡的怒氣。「現在，請大家把注意力放到我的右手上……」

「晃一下嘛，又不難。」俞靜步步緊逼。「是道具就直接承認，不然沒意思。」

整間教室陷入沉默，凌浩猶豫片刻，不得不重新拿起帽子，輕輕晃了晃。

提前放進夾層的紙鈔發出沙沙的聲響，不大，但足以讓魔術提前結束。

對凌浩這種剛剛確定「統治地位」的人來說，這種當眾的挑釁就像一根魚刺，不致命，但很不舒服。雖然事後再也沒人提起，凌浩卻一直沒忘記喉嚨裡的血腥味。這是一件必須要解決的麻煩事，處理得好，還能起到殺一儆百的作用。一週後就是校慶，那是個千載難逢的好機會。

作為校慶的贊助人之一，凌典教育的標誌，也就是凌浩媽媽龐恩典的小頭像懸在學校禮堂布景板的一側，前方擺著剛剛運來的鮮花，遠遠看起來有些詭異，但並不影響學生們看節目的熱情。大家清楚，大學考即將碾過來，這應該是最後一次可以盡情玩耍而不用關心名次的時候了。

凌浩的魔術表演被安排在最後一個，萬眾矚目。他穿著一身修長的黑色制服，戴著白色手套，一邊表演空中抓物一邊走出來，舞臺上沒一會就堆了一堆五顏六色的花瓣。學生們舉著手機拍照，尖叫聲此起彼伏。

第一排主席臺坐滿了長官，貼著龐恩典名字的位置空著，凌浩微微鬆了一口氣。他把手一揮，兩個女助理推出一個半個人高的箱子，蓋著一塊紫色天鵝絨布。

「接下來，我為大家帶來一個新的魔術，難度很高，我自己也非常緊張，因為這個魔術只能成功，不能失敗。」凌浩看著臺下。「現在，我需要在現場挑一位搭檔，來和我一起完成這個挑戰。」

在後臺正準備上場的原定女搭檔愣了一下，不知所措地看著凌浩。

「最好是個女生，個子高一點。」凌浩在臺上輕輕踱步，臺下不少女生躍躍欲試，齊傲雪把手高高舉起：「我我我！」

「舉手的不能挑，你們肯定覺得是樁腳。我想請一個絕對不可能幫我當樁腳的人，」凌浩假裝思索，接著指了指禮堂的角落。「俞靜，可以嗎？」

整個禮堂裡人們的目光都看向俞靜，摻雜著羨慕、疑惑、鄙夷的神情。

何器拉了拉她的袖子，輕輕搖頭：「別去。」

「不然妳肯定又會懷疑我有機關，不想親自檢查一下嗎？」凌浩做出邀請的手勢。

鬼使神差地，俞靜點點頭，站了起來，然後從側臺一步一步走上去，神情凜然地看著凌浩：「來吧。」

凌浩微微一笑，掀開絨布簾，臺下驚叫一片。

那是一臺貨真價實的切割機。

平整的不鏽鋼檯面上反著森然的白光，上方懸著一柄薄薄的圓形鋸齒，光是看著就有點毛骨悚然。

「害怕的話可以檢查一下就下去，還來得及。」凌浩笑著說。

俞靜面無表情地圍著機器轉了一圈，兩張課桌大小，從外觀上根本看不出什麼機關，摸起來冷冰冰的，像一匹定格的餓狼垂涎等著。說不害怕是假的，但是眾目睽睽，凌浩能幹什麼呢？

俞靜看了看臺下，無數手機舉在頭頂，藏著一張張看熱鬧的臉。何器在角落焦急招手，用嘴型說著「快下來」。俞靜輕輕搖搖頭，示意她別擔心，然後看向凌浩：「要我幹什麼？」

凌浩拍拍桌面：「躺下來就行。」

還站在側臺的原定女搭檔驚慌地看著臺上，對俞靜使勁擺手，可惜俞靜沒有看見。她輕盈一躍，平躺在齒輪下面。

「這個魔術叫『人體切割』，等一下呢，這個鋸齒就會從俞靜同學的腹部切下去。先讓大家檢查一下。」

凌浩按動開關，鋸齒飛速旋轉起來，發出嗡嗡的聲音，凌浩拿來一根半隻手臂粗的麻繩靠近，啪，麻繩瞬間一分為二。

凌浩關上開關，讓兩個魔術助理幫俞靜蓋上毯子，趁這個間隙在俞靜耳邊迅速說：「等一下腰用力往下壓，不然妳就沒命了。」

凌浩說完按下機關，俞靜突然感到腰部一空。原來機關就是這個桌面，中間可以彈開，只要腰部下沉，加上特殊毯子的遮掩，切割機就能製造垂直切下的假象。

「聽我的話，就能活。」凌浩用只有俞靜能聽到的音量皮笑肉不笑地說著。

「妳只有五秒。」

沒等俞靜反應過來，凌浩按下開關，鋸齒開始嗡嗡轉動，向著自己的腹部緩緩靠近。俞靜沒有躺準位置，開始拚命挪動調整，看起來真的像在垂死掙扎。

前排的長官和老師有些坐立不安，有學生害怕地捂起了眼睛，全場屏息。

切割機緩慢而毫不遲疑地切了下去，發出尖銳的吱吱聲，直到鋸齒的邊緣碰到了桌面才緩緩停止。

從側面看，俞靜的腹部被薄薄的刀鋒一分為二。她瞬間失聲痛哭，掙扎雙腳，這反而成了魔術成功的號令，全場響起熱烈而驚嘆的掌聲，凌浩欠身鞠躬。

等他再抬起頭來，看到龐恩典不知什麼時候坐在了臺下，正面無表情地看著他，凌浩的笑容僵在臉上。

俞靜趴在馬桶上嘔吐，何器在一旁焦急地撫著她的背。

「萬一妳沒沉下去呢？萬一那個機器出點問題怎麼辦？他明明就是在殺人！」

俞靜擺擺手，示意何器別說了，她一點都不想回憶剛剛躺在冰冷檯子上的感覺。儘管她已竭盡全力把腰凹下去，但看著鋸齒向自己逼近的那一刻她還是覺得隨時會被鋸成兩半，當場血肉橫飛。那種瀕死的感受讓她生理皺縮，彷彿重回兒時的夢魘，看見父親舉著魚叉向自己刺過來的瞬間。

想到這裡，她胃深處又湧出一股酸水，大口吐了出來。

「凌浩就是想刷存在感，讓別人怕他，妳看我們班男生，裝乖的都相安無事。」

「他要是再找碴怎麼辦？」俞靜虛弱地問。

「別理他，好好準備考大學，等考完了，我們離開這裡，一切就結束了。」

外面傳來一陣洗手的聲音，是齊傲雪。「俞靜，妳闖禍了。」

何器打開廁所門：「妳說什麼？」

「我說她闖禍了，」齊傲雪對著鏡子整理瀏海。「妳不知道嗎？剛剛凌浩他媽媽在後臺搧了他好幾個耳光，好多人都看見了。」

「為什麼？」

齊傲雪掏出手機，播放俞靜在臺上號啕大哭的影片：「凌典教育公子表演切割魔術，當眾嚇哭女同學，這事傳出去會有多難聽。」

「那關俞靜什麼事？是凌浩自己太過分了。」

齊傲雪聳聳肩，走出去。

嗡嗡。俞靜的手機收到一則訊息，是凌浩傳來的：「對不起，今天嚇到妳了。想跟妳真誠地道個歉。今天晚上八點，操場見（笑臉）。」

15
蚌殼

凌浩要求俞靜單獨赴約，何器顧慮重重，她知道凌浩絕不會乖乖道歉。

「拿著這個。」何器塞給俞靜一串鑰匙，上面掛著一個櫻桃小丸子的布玩偶，菸盒大小。

「這是什麼？」俞靜不解地接過。

「還記得幼稚園的時候，我爸在我衣服裡塞錄音筆嗎？」

俞靜點點頭。

「這是跟他學的。」何器掀開櫻桃小丸子的外衣，露出背部一道隱祕的拉鍊，從棉花裡摳出一個迷你錄音筆，熟練地打開。錄音的紅燈亮起。

「升級款，超長待機時間，超大記憶體，拿好，以防萬一。」何器用力握了一下她的手。「答應我，十分鐘，速戰速決。」

俞靜把鑰匙塞進口袋裡，點了點頭。

俞靜想過單獨赴約的危險，但晚上八點的操場還是足夠安全的。

那是第二和第三節晚自習的課間，即使只有十分鐘，籃球場上也會有人爭分奪秒地投幾個籃。操場連接校外的邊緣是新裝的鐵柵欄，堅固無比，隔著一小片荒地就是教職員宿舍。更何況還有何器，如果第三節課自己沒回去，她肯定會過來找。

果然，操場上有零星的學生打球散步，還有人坐在臺階上聊天。天色暗下來，操場四角的照明燈亮起。俞靜走到西南角，看到凌浩一個人坐在一棵大樹下，手邊放著兩瓶酒，一瓶空的，一瓶剛打開。

「你喝酒？」

「我成年了，為什麼不能喝？」凌浩說著又灌了一口，拍拍身邊的位置。「坐。」

「說吧，什麼事？」俞靜不想廢話。

「道歉啊！」

「我可以接受你的道歉，」俞靜頓了頓。「但條件是，以後不要再煩我跟何器了，我們只想好好……」

「我是說妳跟我道歉！」凌浩把酒瓶用力放在腳邊，緩緩站起來。他的眼睛隱沒在樹葉投下的陰影裡。俞靜眉頭一皺，默默握緊了口袋裡的玩偶。

「我為什麼要道歉？」

「妳不知道砸別人場子非常沒禮貌嗎？」凌浩走出陰影，兩眼死死盯著俞靜。

「要不是妳，老子今天就不會表演這個人體切割，我媽就不會生氣！」凌浩慢慢逼近俞靜。「都怪妳，老子下個月的零用錢沒了，好幾萬呢，妳賠得起嗎？」

「你有病嗎？」俞靜後退一步。「我今天差點死在臺上！我還沒找你賠錢呢！」

「賠錢？妳要多少？」凌浩笑了一下。「……多少能買妳一條命？」

俞靜看了眼手錶，快上課了，操場上的人所剩無幾。

「打住，這件事就這樣，我不想跟你道歉，我也不需要跟你道歉，我們扯平了，好嗎？到此為止。我這輩子都不想和你有任何瓜葛。」俞靜說完迅速轉身。

凌浩一把揪住她的衣領，她瞬間失去重心，向後倒去，凌浩用兩臂緊緊把她箍住，用力拖回樹影下。俞靜的目光飛速看向幾個正在往教學大樓走的男生。

「救命……」

上課鈴響了，呼救的尾音瞬間淹沒在鋪天蓋地的音樂裡。

凌浩緊緊捂住她的嘴巴，把她往操場邊緣的鐵柵欄拖去，一手撥開黑漆漆的藤蔓，俞靜這才發現，這裡的鐵柵欄早已被人掰開一道可容一人通過的縫隙。凌浩把俞靜拖過柵欄，拖到荒地邊上的小樹林。

在那裡，一輛黑色轎車靜靜停著，後車廂開著，像一隻剛被撕裂的蚌殼。

瞬間，俞靜知道自己完了。

她用盡全力掙扎，但凌浩的力氣太大了，她的掙扎看起來更像顫抖。操場已經空無一人。

「老實點，」凌浩一手捂著她的嘴巴，一手死死捏住她的脖子，把她面朝下按進後車廂裡。「出聲我就扭斷妳的脖子。」

俞靜拚命點頭，窒息的感覺讓她兩眼發黑。凌浩鬆開手，俞靜大口喘息，新車的味道還沒散去，嘴裡有一絲腥甜的血味，舌尖一陣劇痛。她能感到凌浩正用膝蓋死死抵住她的背，肚子擠在後車廂的金屬邊緣上，彷彿已經碎成一灘淤泥。

「對不起……」俞靜聽到自己氣若遊絲的聲音。「對不起……」

「對不起什麼？」

凌浩的膝蓋一鬆，俞靜感受到他的鼻息正在緩緩靠近，她渾身僵硬，兩眼緊緊盯著面前的金屬螺絲，不敢移動一毫。

「對不起，我不該拆你的臺……」

「還有呢？」

「我……我不該讓你不高興……你讓我走吧，求求你了……」俞靜用最後一絲力氣抬頭，想利用轉身的動作遮掩自己的左手。

褲子口袋裡有一隻手機。

但是俞靜忘了，此刻她就像一條砧板上扭動的魷魚鬚，所有舉動都逃不過凌浩的眼睛。

凌浩冷笑一聲，搶先一步掏出手機，捏住她的大拇指解鎖。閃爍的螢光讓凌浩的笑容僵在臉上。手機頁面正在錄音。

凌浩面無表情地瞥了她一眼，冷靜地按了暫停，刪除，關機。

「我告訴妳個常識吧，俞靜。」凌浩把手機輕輕放在俞靜面前。「妳這種人，不要招惹，我這種人。」

凌浩一字一句說完，瞬間用膝蓋重重抵住俞靜，一把扯下她所有的衣服。

雖然快到夏天了，但沿海小城的夜晚並不仁慈。

俞靜覺得自己彷彿被一個巨大的冰塊鎖住，失去了所有溫度和動彈的力氣，只能任憑凌浩侵入，像軟體動物橫生魚刺，向深處，越慢越鋒利。

俞靜張開嘴，想發出呼救，但奇怪的是，她喉嚨裡擠不出一點聲音。像小時候被父親在角落裡抽打，像國中跪在布滿垃圾的巷子裡被人搧耳光。在這樣的時刻，人居然會喪失呼救的本能，除了忍受，喘息，等待，彷彿什麼都做不了。怎麼會這樣呢？

她看到不遠處的教職員宿舍亮著幾盞像落日一樣昏黃的燈，那裡應該是廚房的位置，一個女人的身影在蒸騰的油煙裡穿梭，燈光忽明忽暗。

真奇怪，這樣的時刻，她居然有點想吃核桃酥。六年級的時候，她吃過一口就迷上了，但是父母嫌貴，不讓她買，何器家卻有很多。於是何器每天早上都會給她偷偷帶兩塊，包在一張餐巾紙裡，兩人躲在課桌下，一邊偷吃一邊早自習。

那個味道，今生應該再也不會有了。從此刻開始，過去那個世界再也回不來了，甜會變成苦的，辣會變成涼的，開燈會下雨，海水會嘶鳴。迎接她的就只有變形、錯位的負片時空。

而且這次，連何器也救不了她。

高三教學大樓，鎢絲燈框出一個個透明的貨櫃，黑板上寫著當晚的作業，大學考倒計時醒目刺眼。教室裡靜得只有翻考卷的聲音，學生們沉在自己的一方礁石上埋首寫題目，趁著喝水的間隙抬頭換氣。

何器在老田的辦公室裡焦急地踱步，她看了看錶，又看了眼走廊，剛想開門離開，迎面撞上了一身酒氣的老田，兩人都嚇了一跳。

「欸，何器，妳怎麼在這裡？」

「老師你不是找我有事嗎？」

「誰說的？假傳聖旨，趕快回去上自習！」

「可是有人留了紙條給我，說你找我有事……」何器心裡咯噔一下，瞬間明白了一切。

她飛快衝出辦公室，一頭栽進黑漆漆的樓梯。

一片葉子掉在俞靜眼前，她的眼睛終於聚焦了。葉片還是綠的。

凌浩鬆開俞靜，她像招魂儀式結束後的女巫一樣，瞬間癱軟在地上。

不遠處，制服橫七豎八地散著，櫻桃小丸子的玩偶被甩了出來，伏在一叢雜草堆裡，天真無邪地目擊了一切。

凌浩穿上衣服，低頭看著蜷縮成一團的俞靜。「我知道妳想幹什麼，別想了，沒有人敢對我怎麼樣。再告訴妳一個常識，一個女生大晚上單獨來操場見一個男生，發生什麼都是你情我願，知道嗎？」

俞靜呆滯地點頭，沙礫滲進髮梢。她此刻別無所求，只希望凌浩趕緊離開。

但是她錯了。

凌浩繞到駕駛座，傳來一陣液體晃動的聲音，接著他拿出一塊黑色方巾快步走到俞靜面前，蹲下，用力捂住她的口鼻。

徹底失去意識前，俞靜看到一個黑影在不遠處的樹叢裡一閃而過。

16 蠶食

俞靜看見自己平躺在一塊殘缺的木板上，那是海嘯後唯一一塊殘骸。周圍什麼都沒有，木板在深藍的海面微微浮動，耳邊只有水聲，還有海洋深處巨獸的低吟聲。她雙腳浸泡在海水裡，結滿鹽漬的衣服沾在身上，她知道自己活著，但毫無欣喜。她嘴唇發乾，眼皮腫脹，微微移動食指。

「水……」

一道白光閃過，溫熱而光滑的杯壁碰到嘴唇，一陣清甜的溫水湧進口腔。她把水一飲而盡，緩緩睜開眼睛，看到了何器焦急而欣慰的臉。

「妳醒了？」

俞靜看著自己手上的點滴，打量了一下周圍。這是保健室，中午的陽光正盛，鐘錶顯示是午休時間，整個校園寂靜無聲。

「別擔心，我都請好假了，說妳發燒，今天都不用去上課。好好休息。」

俞靜點點頭，重新躺下。突然下腹一陣劇痛，她忍不住蜷起身子，額頭滲出汗珠。

何器緊張地站起來，對簾子外喊：「醫生，醫生，麻煩過來看一下！」
「別……」俞靜的話息在嘴邊。
一個高瘦的中年男人掀開簾子，手裡拿著聽診器，嘴裡的包子還沒咽下去，含混不清地說：「把衣服掀開。」
何器伸手一攔：「剛剛那個女醫生呢？」
高瘦醫生頓了一下，不耐煩地翻了個白眼。「我是醫生，什麼沒見過？這點職業道德我還是有的。到底檢不檢查？」
何器看了俞靜一眼，俞靜輕輕點點頭。
聽診器像冰涼的蛇一樣在皮膚上遊走，俞靜緊緊抿著嘴巴，用力遏制自己想像昨天晚上凌浩指尖遊走的軌跡。
聽診器慢慢往肚臍下方探去，俞靜突然尖叫一聲，猛地推開醫生的手。
「好了好了，先不檢查了。」何器幫俞靜蓋上被子。「謝謝您。」
高瘦醫生摘下聽診器，一言不發地走出去。過了一會，拿了一粒白色藥錠遞給何器。
「這是什麼？」
「緊急避孕的，」醫生有些鄙夷地看著俞靜。「別緊張，我見多了，情竇初開嘛，很正常，但是女生也要愛惜一下自己，對吧？」

「你在說什麼！」何器有點生氣。

「醫生，」俞靜叫住他。「你別說出去。」

「我說這個幹什麼？這是妳們的隱私，我也不想惹麻煩。不過我提醒一下，要是懷孕，我可就管不了了。」醫生說完走出了門。

何器用力拉上簾子，看著手裡的藥錠。「什麼情況？他昨天晚上……」

「他有避孕……」俞靜接過藥錠，緊緊握著。「用不著這個。」

「凌浩這個畜生！」何器眼淚打轉，用力掐著自己的手指。「我們報警吧。」

俞靜輕輕搖頭：「凌浩強姦俞靜，說出去有人信嗎？」

藥錠被俞靜掐成兩半。「他既然敢做，表示早就計畫好了，那裡是監視器死角，就算報警，告訴老師，頂多算你情我願。他媽媽是什麼人，到最後可能連處分都沒有。而且他很小心，什麼證據都沒留下……」

俞靜突然想起來什麼似的，開始翻找自己的衣服：「那個玩偶呢？錄音筆！它應該錄下來了，那個是證據！」

何器按住她的手：「我去找妳的時候，妳在操場邊昏倒了，旁邊只有手機……應該是被他拿走了。」

俞靜搖搖頭：「不不不，不在操場。那邊的柵欄可以穿過去，他把我拖到外面的小樹林了，肯定還在草叢裡，我們趕緊去找！」

「妳們是在找這個嗎？」

一個聲音從門口傳來，兩人驚愕地回頭。簾子外面晃動著一個影子，手上勾著一個櫻桃小丸子輪廓的玩偶。

「誰？」

簾子拉開，是齊傲雪。

兩人緊張起來，何器伸手要拿，齊傲雪把鑰匙圈敏捷地收在身後，目光灼灼地看著俞靜。

「妳昨晚跟凌浩幹嘛去了？是他約妳的嗎？」

「別問了，不是妳想的那樣。」何器擋在俞靜身前。「妳放一萬個心，沒有人跟妳搶凌浩。」

「我都看見了。」齊傲雪拉了一把椅子，坐在兩人旁邊。

「妳看見什麼了？」俞靜皺眉抬頭。

「後車廂啊……」

「那妳為什麼不阻止！」何器的聲音陡然升高。

「噓！小點聲！」齊傲雪鬼鬼祟祟地看了眼門外，低下聲音。「其實……我是來找妳們幫忙的。」

原來凌浩剛轉來一個多星期，齊傲雪就已經知道了操場柵欄的祕密。凌浩會提前把車停在樹林邊，兩人趁著晚自習的空檔偷偷幽會。

「一開始我還滿開心的，那麼多人追凌浩，他只選了我。但是他不讓我告訴別人，說是為了保護我，不想讓我被其他女生孤立……」齊傲雪笑了一下。「其實他是怕他媽媽。我無所謂啊，不想拆穿，覺得這樣也滿好的。但是有兩點我受不了，第一就是他喜歡在後車廂……」齊傲雪謹慎地看了俞靜一眼。「很不舒服，我肚子這裡全是瘀青。但是他不願意去別的地方，我也沒辦法。」

「第二呢？」

齊傲雪嘆了口氣：「第二就是，他每次結束都會把我弄暈，我反抗過幾次，沒用。有一次我特別生氣，說再這樣我就跟他分手，結果他哭著跟我講了好多，說什麼小時候有陰影，必須這樣才有安全感之類的……我還能說什麼？反正也沒有生命危險，過一會就醒了。但是，我每次醒來，身體都很痛，就像被人打了一頓似的，我問他，他就說把我送回宿舍了，之後什麼都不知道。但我就是覺得不對勁，直到昨天晚上……」

晚自習下課時間，齊傲雪站在走廊上和朋友聊天打鬧，看見俞靜步履匆匆往操場走去。齊傲雪望向柵欄外的小樹林，隱約可以看見停著一輛車。齊傲雪怒不可遏，剛想追過去，但是她猶豫了一下，決定從教職員家屬大樓那邊繞過去，想捉姦在車。

齊傲雪小心翼翼地躲在樹林裡，果然看見凌浩的後車廂開著，俞靜像一條死魚一樣躺在地上，凌浩從駕駛室拿出一塊黑色手帕，捂住了俞靜的口鼻。

齊傲雪大失所望地搖搖頭，剛想站出來對質，突然看見一個人撥開藤蔓，從柵欄縫隙跨進來。

「浩哥，完事了？」是遲成的聲音。

凌浩點點頭：「速戰速決啊。別像上次一樣，齊傲雪差點醒了。」

齊傲雪僵在原地，渾身發抖。

遲成笑了一下，比了個「ＯＫ」的手勢，然後把赤身裸體的俞靜搬到車子後座，關上車門。

凌浩站在外面點了一根菸，舒暢地噴出一團煙霧，他抬頭，看著煙霧慢慢消散，然後百無聊賴地踢著掉在地上的櫻桃小丸子。

齊傲雪強迫自己冷靜下來，悄悄摸出手機，打開相機。突然她的手一滑，手機啪嗒一聲掉在了石頭上。

「誰?!」凌浩轉頭，看向四周黑漆漆的樹叢。

齊傲雪嚇得屏住呼吸，手機就在手邊。

凌浩把菸頭扔到地上，踩滅：「出來。」

凌浩往齊傲雪的方向一步步走來。

齊傲雪絕望地閉上眼睛，突然聽到前面一陣扭打的聲音。她睜開眼睛，看到凌浩從不遠處的草叢後面揪出一個人。齊傲雪趁機撿起手機，死死趴在地上。

「你在這裡幹什麼?!」凌浩揪住那個男生的領子，一拳揮到他的肚子上，那人劇痛跪下，一句話都不敢說。

「你看見什麼了？」凌浩踩住那個人的肩膀，又一腳踢遠。

那個人還是沒出聲，拚命搖頭。

凌浩猛地拉開車門，把遲成提下來，然後指著後座昏迷的俞靜，對地上的人說：「你上去。」

「不要了吧，浩哥，」遲成拉上褲子。「他肯定不敢說出去的……」

「你閉嘴！他要是說出去了，你他媽去坐牢？」凌浩推開遲成，一把揪起地上的男生。

「要嘛上，要嘛死。」凌浩咬牙切齒地說。

黑影哆哆嗦嗦站起來，拉開了車門。

「那個人是誰！」俞靜大叫，死死盯著被子上的一道光斑，渾身抖得像篩子。

「別怕別怕，我會查出來的。」何器趕緊摸了摸她的後背，試圖讓她冷靜下來。

「對不起，太黑了，我真的什麼都沒看見……但我拍了一張照片。」齊傲雪連忙掏出手機。

照片裡面一片漆黑，只有兩個模糊對峙的影子，能看到那個男生比凌浩矮，但是比凌浩矮的男生太多了，這個資訊毫無價值。

「對不起，我……我真的害怕，我一個人打不過他們……我看到他們把妳拉到操場上，過了一會何器就來了，所以我就走了……哦，對，這個鑰匙還給妳！我看到它在地上，應該是妳的……」

何器一把奪過，捏了捏，錄音筆還在。齊傲雪沒有發現。

「妳想讓我們幫妳什麼？」

「我害怕凌浩再來找我，我覺得妳們應該會有辦法。」

何器把錄音筆的記憶卡插到電腦上，錄音筆記錄下了全過程。

音訊的最後，凌浩笑得很輕鬆：「從現在起，我們是共犯，你要是敢說出去，死的就是你，知道嗎？」

一陣瑣碎的窸窣。

「好，幫個忙，一起收拾一下。」

幾隻腳在四周走來走去，能聽見穿衣、拖拽、關車門的聲音。然後不知是誰踩到了開關鍵，錄音戛然而止。

那個男生始終沒有出聲，只能隱約聽到他因恐懼而粗重顫抖的喘息，如同那張照片上鬼魅一般模糊的影子。

17

蝸牛

二〇〇三年，俞靜和何器剛剛出生，凌浩一歲，牙牙學語，和父母住在鹽洋市某明星國中教職員家屬大樓內。

那一年，「雞娃[13]」還是罵人的詞，說起課外補習都是大學生家教，補教行業還沒開始萌芽，連仲介機構都少之又少。

龐恩典和凌浩的父親凌國禮都是這所明星國中的老師，SARS讓那一年的校園比往年安靜得多，因為學校把寒假延長了三個月。放假對夫妻倆來說意味著沒有鐘點費，也意味著買不起凌浩的奶粉了。

向來風風火火的龐恩典坐不住了，說服凌國禮拿出所有積蓄租下了離學校不遠的一間平房，一個個傳簡訊給班上學生的家長招生。剛好家長們苦於孩子無學可上，再加上收費不貴，夫妻倆都是有口皆碑的好老師，除了教課之外也輔導寫作業，

13 中國的網路流行語，指望子成龍的中產階級父母幫孩子「打雞血」，即要求孩子好好讀書、考出好成績，不斷幫孩子安排補習、才藝班。

住得遠的還能包午餐，所以一傳十十傳百，不到三個月，學生就多到一間平房坐不下了。

龐恩典當機立斷，租下一排平房，偷偷聘請學校老師過來上課。隨著隊伍逐漸壯大，夫妻倆辭了職，註冊公司「凌典教育」，專注做起補教機構。

二〇〇六年，中國的補教行業迅猛發展，東風吹到鹽洋，不少教育機構剛剛開始起步，凌典教育已經在鹽洋市站穩了腳跟。「升學輔導」是他們的金字招牌，教學地點就設在距離市政府不遠的一棟高級辦公大樓裡。

那一年，凌浩四歲，他們搬進了鹽洋市地價最貴的社區格林壹號，公司營運平穩。龐恩典本來是公司的第一把手，但是凌國禮說凌浩還小，需要媽媽在家陪著。龐恩典想了想，她確實不放心讓生性散漫的凌國禮來帶兒子，思來想去，只好退居二線，讓凌國禮管理公司，自己專心在家撫養凌浩。

從此，龐恩典把全部的心血都放到了凌浩的身上。在她眼中，凌浩不僅僅是她的兒子，更是凌典教育未來的招牌。於是，從凌浩懂事起，他就再也沒有睡過一個懶覺。

凌浩討厭夏天，因為天亮得太早，天一亮就要起來跑步，跑完步就要開始讀書。耳邊充滿禁忌，不准吃零食，不准看電視，不准發呆，不准拖延。鋼琴鍵盤切碎英文單字，摻著數學公式塞進厚如講義的三明治裡，綠油油的蔬菜汁臭如泥漿，每天都要喝上兩杯。格林壹號社區很大，但他從沒見過別的小孩，只能從每天七點準時響起的小提琴聲裡推測還有另一個痛苦的靈魂。

凌浩七歲那年，某天龐恩典有事出門，他偷偷溜出家，在社區裡閒逛。剛下完雨，社區圍牆邊緣的綠色藤蔓青翠欲滴，凌浩發現了一隻在葉片上緩慢蠕動的蝸牛，他掀開葉子，下面還有大小不一的三隻，像一家子正在散步。凌浩把牠們小心翼翼地拿下來。

那個下午，時間彷彿變得很慢，他一共找到了二十六隻蝸牛，把牠們放在一片巨大的葉子上，然後坐在一張長椅上，專注地觀察著這些呆滯緩慢的小東西。牠們在葉片上爬著，輕輕探出觸角，感到威脅就會立刻縮起，好像這層薄薄的殼可以抵抗一切。

因為過於專注，凌浩忘記了母親回家的時間，等他看到那輛藍色轎車駛進轉角時，已經來不及了。他心裡湧起一陣恐懼，他知道如果被龐恩典發現自己一整個下午都在浪費時間，下場一定很慘。「不能讓媽媽知道。」他心裡只剩這一個念頭。

於是凌浩把葉片迅速一捲，放到長椅上，然後重重地坐了下去。

「你在這裡幹什麼?」龐恩典把車停在凌浩身邊。

「跑……跑步。」凌浩頭都不敢抬。

短暫沉默幾秒。「上車。」

凌浩鬆了一口氣,站起來,趁著關車門的間隙迅速一瞥。

椅子上,巨大的葉片像紙一樣折疊在一起,扁扁的,二十六個小靈魂鑲嵌在樹葉裡,連尖叫都沒有發出。

奇怪的是,凌浩發現自己心裡湧現的不是悲傷,而是想展開仔細看一看的欲望。

二〇一〇年,凌浩升入三年級,龐恩典的付出有著肉眼可見的回報,凌浩的成績永遠名列前茅,成了「凌典教育」的活招牌。但與此同時,凌典教育遇到了巨大的危機,越來越多的補教機構出現,學生來源飽和,競爭激烈,即使凌國禮塞再多錢給那些校長,給再多回扣,永遠有別的機構能超過他。

不少教室空置,分校關門,更讓凌典教育雪上加霜的是,年底有女員工發布長文控訴凌國禮長時間性騷擾女員工和女學生,聊天紀錄被做成PDF發布到網路上,成了鹽洋市街頭巷尾的醜聞。沒過幾天,龐恩典親自登門向受害者道歉,付了一大筆補償金，逼凌國禮發致歉聲明，這件事才漸漸平息。但是凌典教育再也沒了往昔的輝煌，生源縮水，教師離職，公司如同長著黴斑的蘋果，只能眼睜睜看著它一點一點潰爛下去而無回天之力。

與凌典教育一同潰爛的還有凌國禮的精神。他不願意去公司，不願意出門，每天躲在家裡喝酒打牌。龐恩典想讓凌國禮讓渡公司的管理權，但是凌國禮每次都會勃然大怒，大吼著「凌典教育姓凌！」。再後來，怒吼變成撕扯，變成摔在牆上的紅酒，變成有洞的電視，變成魚缸破碎後在地上翻肚皮的金魚，變成龐恩典臉上身上肆虐的瘀青和打著石膏的手臂。

幾年之後，社會上流行一種東西叫「盲盒」，對凌浩而言，這種東西在他九歲那年就有了。「盒」是「家」，「盲」是「開門後的未知」。他不知道每次開門後家裡又是怎樣的狼藉，不知開門後又會聽到父親怎樣的咒罵和母親的哭號。所以每天放學之後，他都會先躲到停在樓下的車裡，在後車廂裡躲一會再回家。

後車廂很寬敞，剛好夠他蜷縮，他每次都會留一道縫隙偷偷看著外面的天色。等夜幕漫過輪胎，路燈亮起，家裡的戰爭就會稍稍平息。

穀雨那天，剛下了一陣小雨，涼風習習，凌浩不小心在後車廂睡著了。夜幕籠罩，突然一聲巨響把他驚醒，他睜開眼睛。

車子厲聲尖叫，車燈狂亂閃爍。一股黏稠的液體緩緩滲進後車廂，滴在他的臉上。凌浩慢慢打開蓋子，下車，回頭看到了塌陷的車頂和鑲嵌在鐵皮裡的父親。

母親的尖叫聲從十樓的窗戶裡傳來。

凌國禮的死因是心肌梗塞發作，不慎跌下陽臺。公司沒了領袖，員工們人心渙散，都覺得公司要完了，誰知龐恩典剛忙完葬禮，轉頭就宣布接管凌典教育。

第一件事，就是向那些控訴的被害者道歉賠償，讓她們刪除所有對凌典教育不利的言論，重新樹立企業形象。第二件事，就是立刻大刀闊斧改革，重金聘請頂尖學校的畢業生加入教育研究團隊，透過獨一無二的授課內容打造了自己的教育品牌。

不到三年，凌典教育又重新坐穩了鹽洋市補教行業第一把交椅，公司標誌也變成了龐恩典自己的頭像。

對於父親的死，凌浩始終沒有和母親談過，倒是母親經常會提起父親：「你不要跟你爸一樣，讓我失望。」這句話成了凌浩的夢魘。

他知道母親需要自己優秀，他知道只有優秀才會換來母親的愛。

但，什麼是失望呢？失望會怎樣呢？也會死嗎？像爸爸一樣。

這種沒有答案的想像像一條堅韌的釣魚線，在很多個黑夜朝他身上往復切割，但每次都能避開要害。只有疼，沒有生命危險的那種疼。

他當然不敢驗證這個答案，只能繼續按照龐恩典給自己的規劃長大。幾年後，凌浩以優異的成績考入了省城的明星升學高中，進入那所學校意味著半隻腳跨進了清北。但是這個學校匯聚了全市最優秀最有權勢的人，班上的人從成績到資源到視野，一個比一個厲害，凌浩引以為傲的鋼琴十級、會變魔術變得一文不值，從小包裹在凌浩耳邊的恭維與誇獎在這裡銷聲匿跡。在這種學校，時時刻刻方方面面都需要競爭，競爭就意味著壓力，而壓力是需要出口的。

這裡階級分明，外地人是食物鏈的最底層。獨自一人在這裡上學的凌浩成了他們的發洩對象。他們在他身上謹慎地留下各種傷疤，不至於太痛讓他上不了課，不至於太大會引起老師注意。

在升學高中那幾年，凌浩只學會了一件事：惡意是有重量的，它只會往下，不會往上。

他從來不敢告訴母親，因為這些傷疤都是懦弱的證明。他寧可默默忍受，也不想看母親失望的眼睛。

但是第一年大學考，他無可避免地失敗了。儘管成績過了全國明星大學錄取門檻，但遠遠搆不到幫「凌典教育」打廣告的程度。明星升學高中不收重考生，龐恩典只好把他轉回鹽洋。

那段時間，家裡一片死寂，龐恩典幾乎沒有和他主動說過話，除了一句：「我再給你一年的時間，別讓我失望。」

在實驗高中這種地方，凌浩輕易地成了食物鏈頂端，那些崇拜、懼怕、好奇的目光讓他重新找回了久違的掌控感。這是一座向他敞開的花園，征服齊傲雪這樣的女生不需要花太多力氣。他像一株被移出盆栽的有毒藤蔓，無處附著的觸鬚終於有了可供纏繞的柔軟棲地。

收服遲成這樣的男生更簡單，只要把這座花園敞開一角，這是男生之間終極的祕密。如果那本密碼筆記本裡的文字還是一張藍圖，那麼凌浩打開的就是一座隱祕王國。他們謹慎挑選著那些單親、無權無勢、性格懦弱、自卑聽話的女孩，這樣的女孩沒有威脅性，即使他把她們帶到後車廂，即使她們並不樂意，也不會長久地反抗，更不會說出去，羞恥和害怕會縫住她們的嘴。

凌浩不是沒有想過被母親知道的後果，他曾無數次夢見母親把他推下陽臺，自己像父親一樣碎在車頂。

他知道，那條釣魚線還在，在黑夜裡閃著寒光，隨時會把他攔腰切斷。這樣的恐懼越是巨大，他就越是渴望打開後車廂，把那些女孩塞進去，揉碎，毀掉，像那二十六隻蝸牛一樣。

「萬一交出去學校不管，萬一得罪了他媽媽，我們連大學考都參加不了怎麼辦？」齊傲雪憂心忡忡。

「萬一妳不是第一個，俞靜也不是最後一個怎麼辦？」何器看著她。

黃昏正濃，三個人躲在學校實驗大樓的天臺向下看去。這節是體育課，凌浩和一群男生打著球，女生三三兩兩繞著操場散步。是否還有別的女孩正默默吞咽著痛苦和恐懼，她們無從得知；她們唯一確定的是，如果這件事不在她們這裡終結，還會有更多的受害者產生。

「他不會放過我們的。」

「是我們不會放過他。我們有證據。」何器舉起錄音筆。

「還有人證。」俞靜舉起一個螢光綠的耳塞。她們事後又去了一次小樹林，在那裡撿到了這個耳塞，很有可能就是最後闖入現場的男生留下的。

「只要找到這個耳塞是誰的，我們就有把握了。」

「在此之前，千萬不要被他們發現。」

三個人相視點頭。

「傳給我！傳給我！」

操場上，凌浩投了一個三分球，他和遲成快樂地擊掌，享受著最後一個無憂無慮的黃昏。

18 暗礁

如何偽裝成一個毫髮無傷的受害者，俞靜深諳其中的紋路。只要她想，她就可以變成凌浩和遲成想看到的「被馴服」的人，因為她從小到大都是這麼做的。她依靠這樣的演技一路苟活到今天，不過這次，有何器在，她莫名徒增了很多勇氣。她們不想再讓更多的受害者捲入其中，她想讓自己成為那個休止符。

何器調亮了齊傲雪拍的那張照片，只能看清那個男生穿著制服。錄音可以聽出來他是無意闖入的，平時跟凌浩、遲成沒什麼交集，所以不是遲成那一夥的，有些膽小，但這樣特徵的男生一抓一大把。

耳塞是個很有利的線索，那片小樹林幾乎不會有學生過去，更何況戴著耳塞。不過臨近大考，幾乎人人都有耳塞。這個耳塞是螢光綠的，有深綠色墨跡紋路，看起來很普通，但是何器透過反覆對比發現，這是個不常見的牌子「米度狗」，價格比最常見的安耳悠和3M貴一點，用的人很少，仔細看造型還是有差別。

晚自習、下課、跑操場、體育課，三個人抓住一切機會觀察和檢查班上男生的耳塞，可惜全班都找了一遍，但沒有發現一個人戴「米度狗」這個牌子，更別說少一個的了。不過這反而證明何器是對的，那個人一定是心虛藏了起來。

她們只能繼續縮小範圍。

事情發生在第三節晚自習，表示那個人當時不在教室，再加上凌浩下手不輕，可能還受了傷。

何器突然發現周言陽手上貼著一個ＯＫ繃，走路一瘸一拐，於是趁著晚自習放學，追上了獨自一人走路的周言陽。

「你手是怎麼回事？」

周言陽嚇了一跳，見是何器之後更為驚訝，因為自從他們分手之後，何器很少主動找自己說話，更別說關心自己了。

「啊，不小心砸的。」

「怎麼砸的？」

「就是校慶那天，老田叫我帶人去拆禮堂的架子，有個架子掉下來……」

「誰能做證？」

「好幾個人都被砸到了……怎麼了何器，發生什麼事了嗎？」周言陽聽出來了，何器不是在關心他，而是有別的事。

何器看著他的眼睛。兩年前，周言陽就是在這條路上跟自己告白的，他愛上自己的理由簡單到離譜：「因為妳是唯一一個，每次說話都會特地繞到我左邊的人。其他人經常忘記我右耳聽不見，只有妳一次都沒有忘記過。」對周言陽這種一直處在自卑深淵的人來說，這樣一點微小的善意已經亮如螢火。何器也很意外周言陽會注意到這一點。出於某種微妙的感動，她答應了周言陽的告白，因為她覺得這種在惡意裡倖存下來的男生絕對不會傷害自己。直到後來看到那本筆記本裡對屠殺自己的勾畫，她才意識到自己對於人性的預判有多可笑。

「到底怎麼了？要我幫忙嗎？」周言陽追問了一句。

「那天晚上誰去了？中間有人離開嗎？」

「我們寢室的，我、李康、楊百聰、胡謙，還有隔壁寢室的四個男生……」周言陽皺眉思索。「我忘了有沒有人離開，但我們不是一起回去的。」

「你沒有去過別的地方嗎？」

「沒有啊，我們那天不是在樓梯上撞見了嗎？妳往下跑，差點撞到我。」

「好，我知道了。」何器說完轉身要走，又停下腳步。「別告訴任何人，謝謝！」

周言陽叫住何器：「其實我一直想跟妳說，那篇文章……」

「我不想提這件事，」何器沒有回頭看他。「不管出於什麼原因，你都已經做出選擇了，寧願傷害我，也不願意得罪那些人。你以為這是一件很小的事對嗎？但我告訴你，對於那本筆記本裡的每一個女生，這都不是一件小事。」

何器頭也不回地離開了。

嫌疑人縮小到這八個男生身上。隔壁寢室的四個男生基本上是遲成那一夥的，最大的嫌疑就在周言陽這個寢室的男生身上。

周言陽可以排除嫌疑，因為何器衝下樓梯的時候，那個「黑影」應該還在小樹林。

李康，俞靜想到這個名字心裡就一陣抽搐，那本筆記本裡李康對自己的侵犯描寫至今歷歷在目。自從這件事被俞靜知道之後，李康就孬了，對俞靜唯命是從。但是這種「孬」的背後有沒有報復的種子，誰也不敢確定。再加上李康他爸讓他一畢業就去自家的汽車經銷商打工，所以他沒有讀書壓力，平時吊兒郎當，但誰也不敢得罪，所以嫌疑很大。唯一的漏洞是他那天沒穿制服，他因為不愛穿制服被老田罵過很多次。

楊百聰，外號白洋蔥，雖然長得人高馬大，但是很內向，也不太愛乾淨，沒有任何興趣，眼裡只有讀書這一件事，每次考試都會緊張到嘔吐。據說他的考試目標是超越周言陽，怪不得每次發成績單都會哭。他之所以也在那本筆記本裡寫黃色文章，是因為遲成威脅他不寫就燒他的筆記本，那本筆記本是他考試的「命根子」，誰都不准碰。楊百聰被排除嫌疑的原因是他比凌浩高，而且以他的心理素質，發生那樣的事絕對會崩潰。何器和俞靜瞥了一眼前排的楊百聰，他正手舞足蹈地背著單字，看不出任何異常。

最後一個人，胡謙，人很瘦，永遠都是一副營養不良的樣子，其實家境不差，卻喜歡在超市偷一些便條紙、口香糖之類不值錢的東西，被老闆抓過很多次，悔過書寫了一整本筆記本也無濟於事。他做夢都想和遲成那些人混，但是遲成嫌他手不乾淨，會抹黑自己，所以從來不搭理他的殷勤討好。但是這幾天胡謙和遲成走得很近，甚至還一起打球。

如果可以證明胡謙是當晚第三個人，那麼何器、俞靜和齊傲雪就有把握報警了，凌浩和遲成可以不怕曝光，但是胡謙不行。他沒有任何背景，一旦坐牢一輩子就毀了，何器有把握把他從「共犯」變成「目擊者」，到時候就算凌浩把侵犯說成兩情相悅，也難敵這些證據和口供。

為了避免被男生發現，她們不會公開聚在一起討論。偶爾會去學校的天臺，或者用手機交流。本以為這樣可以瞞天過海，揪出最後一個人，但她們還是低估了男生的團結。

得知齊傲雪也和何器、俞靜混在一起了，還在調查自己的事，凌浩第一反應是覺得有點可笑。因為按照以往的經驗，一個女生倘若經過這一遭，就會失去所有的抵抗能力，倒不是說人生就此毀掉，而是會讓她們產生巨大的自我懷疑。性的閘刀一旦打開，隨之切碎的就是自尊和自信，很多人會在短暫的恨意之後更加迷戀自己，這個現象凌浩很難解釋，但非常享受其中。

為了避免麻煩，他會很謹慎地挑選那些女孩。他已經夠謹慎了，俞靜完美符合「魚肉」的特徵，家境不好，與父母關係不好，沒有家庭庇佑，外表看似堅不可摧實際自卑敏感得要命，她的生活明明一碰就會爛在地上，為什麼還有力氣撿起來撐著？只有一個解釋，那就是何器。

凌浩從一開始就知道，絕不能招惹何器。除了家庭背景，這個女生身上還有一種他從未見過的氣息。

他其實很迷戀那些女生因為恐懼自己而瑟瑟發抖的感覺，據說腎上腺素有一種特殊的味道，有些食肉動物會利用這種氣味來找尋獵物。想想看那些顫抖的獵物想要躲藏，卻不清楚自己身上發出的味道反而會引來殺機。但是何器身上沒有，她自始至終都帶著不屑一顧的姿態，雖然表現出來的也是冷漠，但跟俞靜的「逃避」很不一樣，而且自成一體，不易動搖。

從他轉學過來，何器似乎就看穿了自己想要藏起來的虛弱，那些需要用大量讚賞和崇拜來澆灌的虛弱。對付俞靜，只需要以往的套路即可，但是對付何器，他沒有別的辦法。他總是會想起那次他在臺上表演完「人體切割」，臺下有兩雙讓他懼怕的眼睛，一雙來自自己的母親，另一雙就是何器的。他永遠忘不了那一瞬間感受到的寒意，何器彷彿隨時都能衝上來和自己同歸於盡。

好在，他知道何器的弱點是什麼。

他必須盡快行動。

19 燒船

實驗高中兩週放一次假，這週末剛好是何器的生日，兩人約好一起去海邊。因為這週末有個風箏節，勢必又是個多雲有風的好天氣。

俞靜飛快地收著書包，把何器幫她做的複習筆記認真裝好，手機在空蕩蕩的抽屜裡震了兩下，俞靜打開，是齊傲雪傳來的訊息——「來一下蒼蠅街，別告訴何器。」

俞靜抬頭看了眼在門口等她的何器，系主任從何器身邊經過，停下來和她輕聲說著什麼。前幾天聽說，清北招生辦公室來學校問了幾個學生的情況，其中就有何器。俞靜低頭快速回覆——「為什麼？」

還沒按傳送，齊傲雪第二則訊息就追來了——「就一起吃個飯，有事和妳說。」

俞靜想了想，背包走出去，聽見系主任要何器回去好好準備，希望很大，何器跟老師禮貌地鞠躬道謝，然後開心地挽著俞靜的手臂。

「走吧！」

俞靜停下腳步說：「妳先回去吧，我肚子有點痛。」

「那我等妳。」

「不用啦，我們又不順路，而且妳爸已經來了。」俞靜轉頭看著校門口何世濤醒目的藍色轎車。「沒事，反正明天還要見。」

何器想了想：「好吧！那就明天見！下午四點，別忘了！」

俞靜點點頭。

「哦，對了，」何器走出幾步忽然停下來，回頭對俞靜做了一個魚嘴開合的手勢，又拍了拍包包，意思是「記憶卡在包包裡」。

「我回去絕對藏好，放心吧！」何器招招手。

她們最終決定，錄音筆的記憶卡還是放在何器家比較安全，畢竟俞靜連自己的房間都沒有。

見何器的背影消失在轉角，俞靜低頭回覆——「這就來。」

蒼蠅街離學校不遠，過條馬路步行十分鐘就到了，原先叫藏纓街，聽說很早的時候就有了，臨河而建，原本是條寬敞的步行街，後來城市改造，鹽洋市又申請了聯合國最佳宜居城市的評選，城市管理執法單位天天出動，原本散布在城市褶皺裡的小攤小販一夜之間都被驅趕到這裡。這是城市治理大刀下留的一寸活口。

於是沒過幾年，清河變成了髒河，夏天暴雨漲潮的時候惡臭翻湧，坐在河邊吃燒烤的人經常能看見河裡漂出一具浮屍。有的是抓魚時失足滑落的，有的是特意尋死的，街頭的石柱上時不時貼幾張尋屍海報。即便如此，當地人還是堅信最正宗的美食永遠都藏在這樣的地方，所以一年四季都很熱鬧，也成了附近學校不少小混混的據點。

俞靜在袖子裡藏了一把新買的小刀，自從出事之後，這成了她的習慣。

齊傲雪站在路中央張望，她戴著棒球帽，帽檐壓得低低的，在一家海鮮燒烤攤前對俞靜使勁招手。俞靜走近了才發現她鼻青臉腫，手臂上還纏著紗布。俞靜瞥了一眼桌子，凌浩也在，俞靜心裡咯噔一下，一股不好的預感襲來。

「妳跟他說什麼了？」俞靜一把拽住齊傲雪的手臂，齊傲雪痛得叫了一聲，她滿臉內疚地低下頭。

「欸，急什麼呀？坐下慢慢說。」凌浩把齊傲雪輕輕拽到自己身邊的凳子上，指了指對面的小凳子。「坐。」

「又想來哪招？」俞靜悄悄亮出袖子裡的刀尖，抵在油膩膩的塑膠桌上。

「別激動，我們今天就純聊天，純聊，妳看，只有我，暹成都沒叫來。再說這旁邊這麼多人，我能幹什麼？」凌浩一副坦蕩蕩的架勢。

俞靜左右看了看，正值晚餐時間，又是週五，街上的人挨挨擠擠，桌子都坐滿了。俞靜想了想，拉開凳子坐下。

「老闆，再上十個烤生蠔！」凌浩招呼。

俞靜一言不發地看著他，等著他先開口。

凌浩吃了顆毛豆，盯著她：「我聽說，妳們有錄音？什麼錄音？方不方便交流一下？」

俞靜往後一靠：「我不知道你在說什麼。」

凌浩拍拍齊傲雪：「那妳說，我在說什麼？」

齊傲雪小聲囁嚅：「她們有……有錄音筆……」

俞靜一拍桌子：「妳有病啊？到底誰在幫妳啊？」

齊傲雪臉色慘白，好像隨時都要暈倒的樣子：「對不起……對不起……」

「嘖，妳嚇唬她幹什麼？」凌浩輕輕把手放在齊傲雪的大腿上摩挲。「小女生嘛，要臉。肯定不想讓她爸看到她以前傳給我的那些照片。」

齊傲雪瑟瑟發抖，頭都不敢抬。凌浩倒了一杯啤酒給俞靜，又幫自己倒了一杯。

「俞靜，其實我特別尊重妳跟何器，妳們兩個跟別的女生不一樣，我甘拜下風，我敬妳一杯。」凌浩知道俞靜不會喝的，所以自己仰頭喝了一杯，又給自己添滿。

「第二件事，就是跟妳道個歉。前幾天嚇到妳了，滿不好意思的。開個玩笑而已，別當真。」凌浩說完一飲而盡。

「第三件事，就是想跟妳商量一下，妳把錄音給我，我保證以後絕對不會招惹妳，以後沒有任何人敢招惹妳……還有何器。」凌浩剛要喝，俞靜伸手奪過酒杯，把酒潑到了地上。

凌浩和齊傲雪都愣了一下，凌浩的眼神瞬間冷卻，過了幾秒，笑容又重新回到他臉上。

「沒必要這樣吧，所以說商量嘛，那妳想怎麼辦？」

俞靜冷冷地看著他。

「生蠔來囉！」十隻肥碩的大生蠔擺在薄薄的不鏽鋼盤子裡，金黃的蒜蓉嗞嗞作響，蠔肉輕輕鼓動，彷彿還是活的。

「妳可能沒聽懂我的意思，」凌浩幫自己和俞靜各夾了一隻生蠔。「我的意思是，錄音給我，我就保證不碰妳們，不給我呢，就比較麻煩。還有不到三個月就大考了，我聽說何器能衝清北……」

「這件事跟何器無關！」

「對，要的就是這句話。」凌浩笑了一下。「這是我們之間的事，對吧？」

「你到底要幹什麼？」

「×，跟妳這種吊車尾說話真累！」凌浩扔下筷子，臉上恢復以往冰冷的神色。

「錄音現在在誰那裡？」

「我們藏起來了，你找不到的。」俞靜知道凌浩攤牌了，他比誰都怕這份錄音流出來。

「是妳藏起來了，還是何器？」

「我們，藏起，來了。」俞靜一字一句地說。「跟你這種資優生說話真費勁。」

凌浩的臉頰發紅，不知是因為酒意還是怒氣。

「俞靜，妳們要是敢把這個東西交出去，不管是警察還是誰，我敢跟妳保證，我會賭上我下半輩子搞死妳和何器。就算我進去了，還有遲成，妳想想，他爸會放過妳？」

「你以為我怕嗎？」俞靜握緊拳頭。

「妳不怕，何器不怕嗎？妳以為妳們的人生一樣嗎？」

俞靜沒有說話，凌浩指著盤子裡剩下的幾隻生蠔：「這十個，在這個攤子上，二十五塊錢，但是包上鋁箔紙，擠上檸檬汁，放到遲成他老爸的飯店裡，知道一隻賣多少錢嗎？一百六十九！妳看，一樣構造的東西，就因為生在了不同的地方，價格就差這麼多。俞靜，妳還沒想通嗎？妳的命跟何器的命生下來就不一樣，妳的人生有什麼好可惜的？妳爸？妳媽？妳家的破船？妳的成績？還是妳的未來？妳有哪樣東西，是值得犧牲何器的？她能考上大學，走出去，過上她想過的生活，妳呢？妳可以把下半輩子賭上來毀掉我，何器怎麼辦？妳替她想過嗎？」

俞靜兩眼通紅，死死盯著桌子上逐漸冷卻的生蠔。

凌浩慢慢幫自己倒了一杯酒：「把錄音給我，我保證這些都不會發生……」

俞靜一把奪過那杯酒，聲音壓得低低的：「大考之前，不准再幹那種事，對誰都不行，離我和何器遠遠的。一考完，錄音就給你。這件事就當沒有發生過……」

俞靜捏住酒杯，緩緩推到凌浩面前。

凌浩想了想，滿意地點點頭，舉起酒杯一口喝下。

週六海邊的風很大，沙灘上滿是放風箏的人。無數風箏在天上飛舞，什麼樣的都能看到。

何器穿著一條牛仔褲，一件白襯衫，破天荒地散下了頭髮，飛快地向俞靜跑來，在快撞上她的時候又敏捷地躲開，然後大笑。這是她們小時候常玩的把戲，俞靜露出一個慘澹的笑容。

「妳怎麼了？怎麼感覺這麼憔悴？」何器遞給俞靜一枝雪糕，兩人邊吃邊走。

「沒事，沒睡好。可能因為快大考了吧……」

「唉呀，別緊張！平常心！等考完，我們就一起出去玩。妳想去哪裡？」

「嗯……」俞靜無心思索。「妳呢？」

「我想帶妳去日本找我媽媽玩，」何器低下頭，笑得很開心。「我媽說，只要考上大學，就可以去找她，不過考上之前我不想聯絡她，所以我好想趕快考完……妳看，這是她寄給我的生日禮物，好看嗎？」她脖子上戴著一枚小小的貝殼銀飾，在陽光下閃閃發光。

俞靜點點頭：「那個記憶卡，妳放好了嗎？」

「放好啦，我已經想好怎麼對付胡謙了，等他願意做證，我們就報警，這樣勝算會比較大。妳有沒有看這兩天的新聞？那個女生沒有證據就去報警，結果還被反咬一口……」

「那個，不然，我們大考之後再報警吧……」俞靜抿緊嘴巴。

何器警覺地停下腳步：「為什麼？怎麼了？……凌浩找妳了？」

「沒有沒有！」俞靜連忙擺手。「我只是覺得，還有不到三個月就大考了，現在報警得不償失，萬一出現別的事耽誤複習進度，這三年不就白費了……」

「不會啊，報警之後交給警察就好了。」何器看著俞靜。「妳是不是……不想回憶那件事？」

俞靜沉默了一會，點點頭：「對，我想先好好考試。妳知道我底子差，心理素質也不好，雖然肯定不能和妳考上同個大學，但是我不想放棄。何器，妳放心，我不害怕，我只是想做一個對我們都好的選擇。」

俞靜坦然地接住了何器疑惑的目光，半晌，何器點點頭：「好吧，我聽妳的，妳讓我什麼時候把記憶卡拿出來，我就什麼時候拿出來。」

遠方的天空突然傳來一陣響亮的嗡嗡聲，一只巨大的七彩章魚風箏騰空而起，綿長的觸鬚在天空有序翻舞，其他風箏紛紛避讓。

兩人發現她們已經不知不覺走到了碼頭，一整排靠岸的漁船整整齊齊地排在岸邊，碼頭上漁民的叫賣聲伴隨著海風隱隱飄來。

俞靜看到一隻螃蟹正在奮力爬出一個塑膠盆。

「打個賭吧，如果這隻螃蟹能爬出來，我就能幸福。」

何器笑了一下，這也是她們小時候常玩的遊戲。

那隻螃蟹奮力一攀，啪嗒掉在了地上，兩人不自覺地歡呼雀躍，漁民疑惑地看著她們。

何器把目光投向遠方，來買海鮮的行人、電動車、自行車絡繹不絕，一隻小土狗追著一輛電動車飛快跑著。

「要是那隻小狗能追上那輛車，我就能幸福。」

電動車急剎，小狗像箭一樣躥了出去，把電動車遠遠甩在後面。

兩人再次擊掌，然後把目光投向別處。

「要是現在有一頂帽子被大風颳跑我就能幸福。」

「要是那兩只風箏纏在一起，我就能幸福。」

「要是現在有人大笑，我就能幸福。」

「要是……」

俞靜突然停下來，看向不遠處那一排停泊的漁船，喃喃自語：「要是我睜開眼，那艘船在著火，我就能幸福。」

何器趕緊拍拍她：「不要拿這種機率低的事打賭啊，會輸的。」

「因為本來就是機率低的事啊。」

何器若有所思地看向那排漁船：「好，那我們一起閉上眼睛吧，如果睜開眼，那艘船在著火，我們都能幸福。」

「三、二、一。」

我此後再也沒有見過那麼壯麗的晚霞。

火燒雲瞬間鋪滿天際，寬闊的海面灼成耀眼的紅色，那一整排微微搖曳的漁船燃起熊熊烈火，桅杆是晾晒千百年的枯槁枝枒，翻飛的漁網拽出海面甩出千萬點星火，銀魚雀躍，烈焰翻騰。

那一天，像是有種冥冥之中的恩慈在保護著我們，將我們的臉頰灼燒成飽含希望的顏色，一種婉轉的謊言把我從徹骨的寒意裡輕輕托起。

何器，這個城市似乎有種吸引我腐爛的引力，每當我想好一點，想追隨著妳往光亮處行走，這個引力就會再次加劇，把我一次次拉入深淵。

何器，倘若我的生命中還有一點值得留戀的東西，那必是知道這個世界上會有人無條件地保護著我，在每一個我想要放棄的關口，用盡一切可能把我輕輕帶離原地。

我無法接受妳的離去，當我反覆看著妳生前最後一支影片，發現除了「救我」，還有第二個手勢——右手像魚嘴一樣輕輕開合，手捏起來，扣在耳朵上。

我不知道那是什麼意思。

二〇二〇年七月那個漆黑的夜晚，海水漫到我的腰部，我突然意識到第二個手勢的意思。

——「記憶卡在海螺裡」。

我的雙腳停在一片輕柔冰冷的沙灘上，海水將我攔腰斬斷。何器，妳再次把我從垂直的泥淖中拉了出去，儘管是以這樣的方式。

我還不能死。

至少，那一刻我知道了，妳想讓我做什麼。

第四章

20 海鳥

我在家裡潮熱的涼蓆上醒來，是何器下葬後的第二天。

那天晚上，我站在齊腰的海水裡突然想通何器第二個手勢的意思，立刻從觸手般的沙灘中掙脫出來，狂奔回家，卻因為體力不支昏倒在家門口。之後的三四天我高燒不止，一直語無倫次，診所的醫生幫我打了針，說我就是精神壓力太大導致的疲勞，休息一陣子就好了。

於是接下來的幾天，我不分晝夜地昏睡，被無數夢境趕著奔走，全部都跟何器有關。我們在空無一人的大街小巷裡漫步，在小時候拆遷的廢墟裡找到一只壞掉的風箏，在空無一人的碼頭上看海水把道路和村莊點燃；我們站在掛滿被單的天臺上，又厚又大的雲朵在天上飛速變幻，何器輕輕哼著一首我沒聽過的歌，在我看不見的地方輕盈穿梭，我不停叫著何器的名字，不停掀開翻舞的彩色床單，何器的歌聲斷斷續續，陽光從雲朵裡掙脫出來，床單後面的影子時而是她，時而是一隻海鳥的輪廓，我說：「何器妳在哪裡？」聽到的只有一陣響亮振翅的聲音，然後「砰」一聲落地。

我瞬間驚醒，額角的頭髮和背心早已濕透。良久，我緩緩移動酥麻的手臂，身上的痠痛還未退去，屋裡一片漆黑，天空泛著一絲清冷的光亮，門縫裡傳來的交談聲和炸魚的香氣提醒我現在是晚餐時間。

我夢見何器死了。

按亮手機，班級群組裡幾千則未讀訊息提醒我那不是夢。

在我昏睡的這段時間，何器被她爸爸安葬在了西郊的千秋苑公墓，她的葬禮也很簡單，用的是千秋苑的公共靈堂，遺像是她高中畢業證上的照片，那件制服還是跟我借的。第一天很熱鬧，記者跟著周言陽的媽媽去靈堂，那個白髮蒼蒼愁容滿面的婦女並不熟悉公共靈堂的規矩，一見到遺像就跪下來號啕大哭，在冰冷的水泥地面上拚命磕頭。面對滿屋子的記者，何世濤沒做什麼，只是冷冷甩下一句「讓妳兒子償命就行」。學校禁止學生接受採訪，也不准去參加葬禮，一經發現就追回畢業證書，只讓老田代表學校送去幾個花圈還有何器的大考成績單，六七九分，加上她之前的履歷，去清北是板上釘釘。何世濤想都沒想就把成績單扔進火盆，所有人嘴裡的那句「可惜」也被一併燒成了煙灰。

直到何器下葬，她的媽媽都沒有出現。

這些都是根據群組裡瑣碎的訊息拼湊出的資訊。再往下翻，就都是報備大考成績、討論報考院校和科系、互相恭喜的內容了。凌浩傳了一千塊的紅包被瞬間搶光，他考得不錯，打算去上海讀金融；遲成準備出國，每個人都有著光明的前程。老田傳來一張全班的大考成績統計單，排名第一的是周言陽，但是總人數少了一個，沒有何器。

我問：「為什麼沒有何器？她又不是沒有參加大考。」

所有人都視而不見，繞過我繼續開著「苟富貴，勿相忘」的玩笑。

我退了群組，關上手機，在黑暗中坐著。

屋裡有股難聞的潮濕氣味，蚊帳鬆鬆垮垮，牆上有一隻小壁虎靜靜趴著。牆角堆放著糧食袋子、油桶和晒乾的海產，我的書包筆記本被隨意扔在牆角。門外傳來父親的笑聲，我很久沒聽過他笑了，所以留神聽了聽。

「二姑奶真靈啊……只是刺蝟確實不好找……妳以後別碰冷水了，好好養身子，等兒子生下來……」

「先別說，萬一不是兒子呢？」

「錯不了，二姑奶連小名都幫忙取了，叫多多。」

「多多好……」母親嗑著瓜子，語氣也掩藏不住喜悅。「唉，老俞，怎麼跟靜說？」

「不用特地說，她都那麼大了，該知道就知道了。」

「她要是不想要弟弟呢？」

「又沒要她養！……考那麼兩分也就上個技術學校，將來什麼時候可以賺錢養我們？我有等她那工夫，兒子早中用了，我看也別讓她上學了，還不如讓她在家幫忙幹活……」

「你小聲點，別讓靜靜聽見，小何剛死，她心裡不好受……」

「小何這孩子也是，」父親捏開一個花生。「成績那麼好，談什麼戀愛？大晚上的穿著裙子，還跟小男生出去，又喝了酒，不殺她殺誰？她爸爸真可憐，白養那麼大……」

我再也聽不下去，砰一聲撞開門，怒氣衝衝地盯著父親。母親趕緊站起身：「過來吃飯。」

我不知道哪裡來的勇氣，一下子衝到他的面前：「何器死了，你知道死了是什麼意思嗎？就是她現在應該高高興興在家吃晚餐看電視，結果現在燒成一把灰埋在山上餵蟲子！是她自己想死的？她談戀愛、穿什麼、去哪裡、喝不喝酒都不應該死！最可憐的是她，不是她爸爸！」

父親顯然嚇了一跳，巨大的怒意在他臉上匯聚，沒等他揚起巴掌，我自己猛地抽了自己一巴掌：「打！打死我！你不早就想打死我嗎？」我抄起桌子上撬海蠣子殼的小鏟刀架在脖子上。「你數三二一，我不用你動手，我自己死，我巴不得……」

父親一腳踹在我的肚子上，我手裡的鏟刀飛到遠處，母親嚇得叫了一聲。父親高大的身影擋住光線：「何器死了可惜，死的怎麼不是妳？」

我趴在地上，一下子失去了所有的力氣。

他當然不知道，如果那天晚上我去了，死的就是我了。

同學聚會的前一天，我去何器家找她，她以為我是考得不好出來散心，其實我是想說服她把記憶卡還給凌浩，這件事到此為止。

「什麼？」何器在社區的遊樂場邊緣停下腳步，不可思議地看著我。

「我已經答應凌浩了，我叫他不要煩妳，不要煩其他人，所以這段時間妳也看到了，他守了信用……」

「那是因為他害怕，不是他守信用！」何器有些著急，拉著我坐到一個並排溜滑梯的底端。「妳被他騙了，就是他理虧，他用大考來威脅我們，實際上最害怕因為這件事影響大考的是他自己。妳想想，他媽媽，做教育的，兒子是個強姦犯，他家補習班誰還敢報名？而且我們已經考完了，現在報警，受影響的只有他……」

「那之後呢？報警之後呢？就算證據成立，他被抓，判刑，坐牢，我查過，這種情況也就是十年以下，以他的性格，出來會放過我們嗎？要是證據不成立，或者他媽媽保他，他被無罪釋放怎麼辦？」

「還有齊傲雪，還有別人可以做證……這件事不能就這麼過去，憑什麼他好好地享受他的人生，妳要自己消化這些？他以後只會變本加厲！」

我沉默了一會，不遠處的空鞦韆輕輕盪著，咯吱咯吱的聲音分外刺耳。

「妳也知道鹽洋這個地方，他們把面子看得比命重多了。這件事要是傳出去，上電視上新聞，凌浩還沒被抓，我可能就被我爸打死了。」我撿起腳邊的一片新鮮的葉子，用指甲掐出印記。「說出來妳可能不信，我其實已經不記得那天晚上是什麼感覺了，只記得很冷，其他的都還好……我甚至沒那麼恨凌浩，就像我小時候，被我爸打得要死，我在牆上刻『我一輩子都不會原諒你』，晚上還是會坐在一起吃飯……」

「這是兩碼事，妳只是說服自己……」

「別說了何器，把記憶卡給我吧，這段錄音就當不存在，因為這從頭到尾都是我一個人的事。妳已經考上大學了，可以去找妳的媽媽，我會回去重考，爭取明年考到一個離這裡最遠的城市，我們讓這件事過去吧，我不想再提了……」我把葉子撕成碎片，撒在腳下。

「所以妳答應他，是不想連累我對吧？」何器的眼眶有些發紅。「妳說錯了一點，從頭到尾都不是妳一個人的事，我既然知道了，聽見了，它就是我的事。換作是妳，妳也不會袖手旁觀的。」

何器站起身：「錄音我不會給妳的，明天的同學聚會妳也不要去，我會讓胡謙出來做證，我要讓妳看著凌浩和遲成坐牢。」

何器往前走了幾步，回頭看我。路燈下，一群小飛蟲在她頭頂上方盤旋，她對我揮揮手，粲然一笑：「回去吧，有我呢。」

這是她跟我說的最後一句話。

何器屍體被找到的當天，我問遍了所有的人當晚發生了什麼事，他們只說在遲成爸爸的飯店吃完飯後就散了。當時是晚上十點左右，沒有續攤，因為每個人都喝了很多酒，大部分人直接叫車回家了。誰也不知道何器是什麼時候走的、跟誰走的。

那段影片是晚上十一點多上傳的，在凌浩的船上。代表何器散場後單獨找了凌浩，影片裡的何器雖然在笑著，但是她的手勢說明了兩件事：第一，她意識到自己有危險，所以要留下訊息；第二，這些手勢只有我能看懂，所以這件事只能由我來替她完成。

「記憶卡在海螺裡。」

海螺就是我們小學畢業那天她送的那一對。我的那個在家裡，跟我的舊物堆放在床底，落滿灰塵，她的那個海螺一定還在何家。

我從地上爬起來，拍了拍衣服上的鞋印，進去穿上鞋子和外套，沒有看父母一眼，出門叫了一輛車，直奔海韻花園。

我不敢細想是不是我的懦弱害死了何器，但我接下來要做的就是找到這張記憶卡，完成何器沒有完成的事情。

只要我去找何世濤，把事情講清楚，拿到那個海螺和裡面的記憶卡，然後去警局報警，就算周言陽是凶手，凌浩也絕對不是無辜的。一旦何世濤知道這些，一定會和我一起把凌浩送進監獄。我要當面問清楚，何器那天晚上到底發生了什麼事。在她被殺死之前，到底經歷了什麼？

計程車在海韻花園東門停下，我一路狂奔到何器家大樓下，突然看到一輛熟悉的黑色轎車停在空地上，閃爍的車燈讓我看清了車牌號碼，是凌浩的車。

我趕緊藏到分隔島植栽裡，我看見何世濤從樓上下來，兩人說了幾句什麼，何世濤笑著拍了拍凌浩的肩膀。

凌浩打開後車廂，裡面平放著兩尊半個人高的青銅白鶴。

21 寄居

我兩耳嗡嗡直響，難以置信地看著眼前這一幕。

何器屍骨未寒，為什麼何世濤會和凌浩有說有笑的？那對青銅白鶴一看就價值不菲，凌浩怎麼會送給何世濤？

周言陽到底是不是凶手？如果是，他為什麼要殺何器？如果不是，他為什麼要認罪？這件事的調查結果我總覺得哪裡怪怪的。

我努力釐清紛亂的思緒。現在最棘手的，是何器藏起來的記憶卡，那個海螺一定在她家裡，在她房間某個地方。我本來以為事情很簡單，只要去找何世濤講清原委，拿到記憶卡，再去報警，就算凌浩跟何器的死無關，他也要為之前的那件事付出代價，不會就這樣全身而退。但是現在，連何世濤都不能相信了。就算去找警察，也會被當成瘋子抓起來，那樣只會打草驚蛇。

何器，我現在該怎麼辦？

我失魂落魄地走在街上，想到我接下來要面對的，一陣恐慌從頭澆下。我本以為我可以毫無掛礙地離開這個世界，但是此時，我被一個巨大的謎團砸中。謎團背後生出的尖刺勾住了我求死的念頭，我懸在中間，忍受著巨大的疼痛。

那個暗號只有我能看懂，何器在那一刻試圖向我求救，我沒有看到。但現在我看到了，我不可能再次袖手旁觀。

如果我連死都不怕，還有什麼可畏懼的呢？最壞的結果就是賭上性命，但我起碼可以知道何器那天晚上究竟經歷了什麼。

我看了看天上的月亮，一團暗霧包裹著它的銀邊。

我突然想到了一個人。

「我為什麼要幫妳？」

一塊紅綢帷帳後，升騰起一股青煙。二姑奶乾瘦的影子在帷帳後面晃了一下，細長菸嘴在地上磕了磕，菸灰堆在地上，她伸腳踩平。

屋裡晦暗無比，有股老木船和檀香糾纏的味道。我跪在她面前的蒲團上，面前燃著一排蠟燭，但我的身體仍止不住發抖。

「二姑奶，您知道我身上有三個疤，是我爸弄的，我聽我媽說，他之後還想把我扔到海裡，是您讓人捎話，說我以後會大富大貴，做一番大事。不管是真是假，您都救過我一命……」

「那妳為什麼要換命？」二姑奶的長菸桿探出帷帳，用燭火引燃新填滿的菸絲。「做這種法事，會折壽的。」

「不是法事……」我頓了頓，鼓起勇氣說下去。「是請您演一齣戲……」

二姑奶停止吸菸，我不敢抬頭，一股腦說下去：「我想請您幫我演一齣戲，讓所有人都相信，我是何器，不是俞靜。除了您之外，我們這裡沒有人有這種能力，我爸我媽信您，俞家臺的人也信您……」

「有活人日子不過，幹嘛去當一個死人？」二姑奶語氣平靜，聽起來沒有生氣。

「活人日子？」我低下頭，近乎喃喃自語。「我現在的日子比死人還不如，我最好的朋友沒了，我爸也不可能讓我重考，往後有什麼呢？幫家裡幹幹活，到年紀相親，結婚，生孩子，跟我媽一樣。如果下半輩子只能爛在這裡，我一天都不想過……」

屋裡黑暗的角落響起敲鐘聲，門被推開，一個中年男人走進來看著我：「二姑奶要休息了，十二點之後不接活。」

我焦急地抬頭看了看二姑奶，她沉默了一會，然後揚揚下巴，示意男人出去。我趕緊說下去。

「二姑奶，我跟您認個錯，我本來想尋死，海水都到我脖子了，但是我心裡一點都不害怕，我現在不怕死。我回來是因為，我想完成何器的遺願，她是為了我才去那個同學聚會的……憑什麼她大好的前途沒了，那些人還能高高興興地去讀大學？我不能讓她白死……」

「那妳變成她要幹什麼？」

「去她家，拿到證據，然後搞清楚她爸爸和凌浩到底有什麼勾當，如果這件事鬧得夠大，說不定還能查出別的東西，因為我懷疑凶手根本不是周言陽……」

「妳一個人？」

「我一個人。如果您肯幫我，就是兩個人。」

二姑奶沉默一會，站起身走到一側，燃了三根香，閉著眼睛對菩薩拜了拜。

「要是被人知道是假的，不是砸我飯碗嗎？」

「不會的，」我急忙起身。「我想好了，就算出了岔子被人識破，也跟您沒關係，我就說是我裝的，因為我想離開這個窮地方，想體驗一下有錢人的生活，從頭到尾都是我一個人……」

二姑奶睜開眼睛，把香插進米碗，回頭看我。

「打算什麼時候開始？」

「年底，那時候他們都會回來過年。我還有很多事沒做，到時候我會來找您。」

我就地跪下，給二姑奶緩緩磕了三個頭。

我去村裡的澡堂洗了一個澡。晚上沒什麼人，我找了最裡面的隔間，靠著牆沖了很久。熱水從頭頂流下，像一張網把我貼身罩住。我閉上眼睛，想著我要告別的那些東西，膽怯、懦弱、恐懼、無聊、失控……它們從我身上一點點鬆動，混合著消毒水味黏在不遠處的鏡子上。鏡子水汽氤氳，貼著殘破的紅字「小心地滑」，幾行臃腫的水珠劃開裂縫，我看到了裡面的自己，她和我靜靜地對峙了很久。

回到家，父母已經睡了，桌上放著涼透的飯菜。我胡亂吃了一點，蜷在沙發上一覺睡到天亮，一夜無夢。

醒來的時候已是中午，父母都出去幹活了，陽光照著院子，像一汪暖洋洋的池水。我重新審視著這個家，這個看起來沒有我生活痕跡的家。

我活動了一下身子，開始翻找所有跟何器有關的東西。床底下有個鐵盒，裡面放著我和何器從小到大傳過的紙條，互相寫的信，有一陣子流行過的交換日記，還有手機裡的影片、照片、語音，她社群平台上的動態、網誌，社群紀錄裡看過的電影、書和聽過的音樂，我把這些全部整理到一本厚厚的綠色筆記本裡。

接下來的一段日子，我成了當地一所職業學院的學生，那個學校的課程形同虛設，沒有人讀書，也沒有人和我交朋友，我再一次成了一片透明的魚鱗。這很好，我有足夠的時間和精力去「成為」何器。我模仿她的筆跡，吃她愛吃的東西，看她看過的電影和書，聽她喜歡的音樂，每天都在腦海裡反覆描摹回憶她的口頭禪、走路姿勢、說話習慣。我留長了頭髮，換各種髮色，因為她說過，等她上了大學，絕對要把每個顏色都試一遍。

有一天我在麥當勞碰到一個高中同班的女生，簡單交談幾句之後，她略帶遲疑地說：「妳變好多，感覺跟何器有點像……」我聽完之後倉皇而逃，說不清是開心還是難過。

這段時間，我越發覺得，以前的自己彷彿變成了一個容器，有種東西在我體內緩慢而堅韌地生長著。當我學著用何器的口吻說話，用何器的視角看待這個世界，一切都變得有些不一樣了。

有天一個社團聚餐，儘管非常抗拒，但我還是被拉過去了。席間社長站起身逐一向女生敬酒，坐在我身旁的學姊表情痛苦，說她經痛，很不舒服。那個社長一聽，硬說冰啤酒可以以毒攻毒，逼著她喝。周圍響起起鬨聲，學姊推辭不過去，只好拿起來。我一把奪過，叫她不要喝了。社長看著我，有些挑釁地說：「那妳幫她喝。」我說好，然後把啤酒澆到他的頭上，轉身就走。

身後叫喊聲一片，社長氣急敗壞地說要讓我吃不了兜著走，不讓我畢業。我覺得可笑至極。

如果是以前，我絕不會做這樣不計後果的事，可是現在，我根本不在乎這些，所以這些威脅根本傷不了我。因為我知道，我是另一個人，我不需要延續之前的恐懼，也不需要為我以後的人生負責。

有趣的是，我的生活反而因此變得順利了許多——那個社長非但沒有讓我吃不了兜著走，反而時不時找我聊天，說那天冒犯了。還有很多這樣的事，包括我的父親。母親的肚子越來越大，父親更加看不慣我，我已經很少回家了，每次回去都會惹他不高興，爭吵和打罵在所難免。但我一點都不生氣，我發現那些所謂的「強勢」並非牢不可破，他們的威脅只是建立在篤定我不敢違抗的假設上。一旦這個假設不成立，他們就會虛弱得像一根單獨站立的筷子。

周言陽還在關押，我提交了幾次見面申請都被拒絕，不知道是不是被攔下了。判刑那天，當地的新聞又熱鬧了一陣，何器的名字被隱去，化名「何某」，語氣無一不是在談論一個面目模糊的死者，而不是一個曾經活過的人。

何世濤在鹽洋市一條老街上開了一家餐廳，我聽何器說過，這是她爸爸的夢想，在何器死後居然就這麼輕易地實現了。我設法買通了幫何世濤家做清潔的阿姨，請她幫我錄下何家的陳設，我幾乎每天都會看一遍，確保連沙發的紋路都了然於心。

冬天很快就到來了，白天還是暖洋洋的。儘管離過年還有段時間，但市集上已經開始出現新年的春聯，人們總是忙不迭地告別上一年，以為接下來的一年總會好起來。

整個碼頭都熱鬧起來，父親出海的時間越來越長。我找到二姑奶，說了我的計畫。二姑奶提醒我，這件事一定會被懷疑，她會幫我打長線掩護，但最好不要拖太久。

我原本打算在碼頭假裝摔倒，那裡人多，總會被送去醫院。我瞭解父親，如果我一直不醒，他不會捨得讓我住在醫院。但是被他當眾打暈完全是計畫之外，我看著他怒氣衝衝地抓起那條大黑魚，朝我臉上砸來，一股惡作劇式的快感油然而生。

打我吧！像以前一樣，用力一點，對準我的臉，對。

魚頭衝擊著我的太陽穴，魚尾抽打我的臉頰，我猛地栽倒在髒兮兮的地上。人群圍攏上來，對他指指點點，他大叫著喊我的名字，我拚命忍住才沒有冷笑出來。

接下來的一切都在計畫裡面，那個起風的夏夜，二姑奶做起「還魂儀式」。儘管我知道是演的，但是當我躺在冰涼的地上，眼皮感受火光的躍動，聞見火焰燒灼冥紙的焦糊氣味，猛然間，我彷彿看到何器向我走來。她穿著我們以前的制服，馬尾高高束在腦後，像以前一樣對我伸出手，像邀請我去參加一場派對，一次旅行。我忍不住伸出手輕輕握住，一股暖流從指尖開始蔓延，匯聚到我冰冷的體內。我聽見二姑奶開始呼喚我的名字，何器漸漸從我眼前消失，我忍住流淚的衝動，慢慢坐起身來，緩緩睜開眼睛。我看了眼周圍，父母、鄰居、破舊的院落沒有絲毫變化，只是今後的路我要自己走了。

我看著二姑奶，一字一句地說：「我不叫俞靜，我叫何器。」

之後發生的事都順理成章。鹽洋這地方沒有祕密，我一直說我要回家，何世濤自然會上門。接著就是八卦小報不遺餘力地渲染，這件事一層一層傳出去，該知道的人都會知道，包括已經在外讀書的遲成和凌浩。

我來到何家，雖然是第一次來，但我好像已經來過數百遍。一推門就看見那兩尊青銅白鶴立在玄關，我頓了頓。

「爸，它們什麼時候來的？」我假裝無意地問道。

「別人送的。」何世濤笑笑。

我忍住心中的怒意，對他笑了笑。

晚餐有驚無險地度過去，我等何世濤睡了，開始翻找何器的房間。聽何世濤說，自從何器死後，他沒有動過房間裡的陳設，所以應該還在原地。但是我找遍了書架、床底、抽屜，甚至衣櫃裡的每一個口袋，還是沒有。

我頹喪地躺在床上，何器的被子和枕頭散發著她特有的洗衣粉的氣味。我把臉埋進枕頭，在腦海中拚命思索。不知為何，我的耳邊好像傳來一陣海浪的聲音，鬼使神差地，我把手探進枕頭裡摸索，果然，我摸到了一個硬硬的東西。

是海螺，上面繫著紅色的絲帶。

我欣喜地把海螺拿到耳邊晃了晃，沒有聲音。

我趕緊轉開檯燈，調到最亮，但是海螺殼透不出一點光亮。

我有些慌了，看到旁邊有一座大理石的獎盃，是何器唱歌比賽的獎盃。我猶豫了一下，把海螺放到桌子上，墊上厚厚的書本，舉起大理石獎盃重重地砸了下去。

海螺變成一堆碎殼，但是裡面空無一物。

22

香灰

急促的下樓聲由遠及近，我趕緊把桌上的碎片粉末抹進垃圾桶。

「何器妳沒事吧？」何世濤拍了拍門。

我忘了，何器的門無法反鎖，只能從外面開。何世濤轉動把手的瞬間，我看到桌子上還有粉末沒有清理乾淨。

「別進來！我沒穿衣服！」我迅速閃進門後，何世濤驟然停手。「沒事，我把書碰掉了。」

那道門縫僵在那裡，過了一會，何世濤把門輕輕關上：「沒事就好，快睡吧，有事叫爸爸。」

「好。」我聽見何世濤慢慢上樓，喀嗒一聲關上門，我緊繃的身子才慢慢鬆弛下來。我突然想到，剛剛吃晚餐的時候，何世濤測試我的最後一個問題——「在家裡不可以做哪件事？」

對了，廚房，何世濤從來不會讓何器進廚房。這件事是何器偶然跟我提到的，她說她不喜歡回家，因為一點歸屬感都沒有，連廚房都不能進，尤其不能碰最下面那個櫃子。至於原因，何器沒說，我自然無從得知。

儘管我和何器無話不說，但是她很少和我談起何世濤，這也是我最害怕露餡的一個部分，我只能透過何器以前的隻言片語和反應去推斷一些事情，卻由此帶來了更大的困惑。比如何器明明更喜歡她媽媽，為什麼會被判給何世濤？比如，何世濤明明就是我夢想中的那種父親——穿白衣服，好聞的氣味，說話輕聲細語，會做飯，還會在自己的影片帳號裡表達對女兒的愛——為什麼何器對他總是有一種刻意的疏離？再比如，何世濤為什麼不讓她去廚房？

我看了看鬧鐘，深夜一點半，客廳一片寂靜，只有鐘錶走動的喀嗒聲。打掃阿姨特意和我說過，何家最詭異的一點，就是每條走廊都安裝了聲控感應燈，一丁點聲音都會讓屋裡燈火通明。

我輕輕打開一道門縫，抬頭看了眼二樓，一片漆黑。我赤腳踩在冰涼的地上，躡手躡腳地靠近廚房。水箱裡幽藍的燈光讓通體白色的開放式廚房顯得有些詭譎，氧氣管製造的細小水泡纏繞著碩大肥美的魚蝦，牠們在這方虛幻的「海裡」安然地游弋。

我慢慢蹲在地上，一點一點向左下角那個白色櫥櫃靠近，櫥櫃是按壓彈開式的，我的指尖碰到光滑的壁門，剛要用力，突然看到縫隙下方有一坨黑黑的東西。

我慢慢靠近，是香灰的氣味。

看來何世濤比我料想的還要謹慎，也表示這裡面的確藏著巨大的祕密。我決定不打草驚蛇，先回房間，找一個他不在家的時候再行動。

我剛要起身，突然，整個屋子燈光大亮，二樓傳來沉重的腳步聲。我迅速閃到一側水箱的後面，俯身趴下，屏住呼吸，雙眼藏在一隻巨大的龍蝦後面，死死盯著何世濤的一舉一動。這裡是二樓的盲點，只要他不下來，就發現不了我。

幸好，何世濤只是向下張望了一下，就轉身進了洗手間。我借機迅速回房，翻身上床。我聽見何世濤回了房間，過了一會，門縫透出的光，熄滅了。

因為有何世濤的幫忙，去監獄見周言陽的申請順利通過。我讓何世濤留在車裡，是因為我想用俞靜的身分問周言陽一些問題。但是在過安檢的時候，我發現了何世濤藏在我帽子裡的竊聽器。於是我將計就計，故意讓何世濤聽見我以何器的口吻和跟周言陽對話。

除了紅色密碼筆記本之外，周言陽還告訴我另一件事。那天晚上，他看到何器單獨找了胡謙，然後怒氣衝衝地跟著凌浩走出了飯店。再之後發生什麼，他就不知道了。

「那你為什麼要認罪？」我氣得脫口而出。

周言陽苦笑著垂下頭：「我在這裡，可我媽還在外面……凶手也在外面，要是我媽出了什麼事，我死也不會原諒自己。」

周言陽慢慢紅了眼眶：「我想上訴，但律師說，所有的證據和證詞都指向我，除非有新的證據出現，不然上訴也沒用。何器，妳現在回來了，不管妳是不是真的，我求求妳救我！」

去老田家拿到密碼筆記本之後，我故意讓何世濤帶我去他新開的餐廳。在鹽洋這種地方，辦任何一點雞毛蒜皮的事都要託人靠關係，「只要有關係就沒有辦不成的事」是這裡默認的生存法則。所以，開一間餐廳絕不是有錢就可以做到的，更何況是在這條人潮最多的老商業街。我偷偷調查過，何世濤只是一個普通的拆遷戶，背後並沒有什麼權力網路。

那這家店是怎麼開起來的？我決定當面問他，一是為了先下手為強，打亂何世濤的陣腳；二來，這樣做也符合何器的性格。

何世濤果然慌了，藉口幫我做飯走進內場。我把帽子裡的竊聽器拆下來放到桌子上，慢慢思考等一下要怎麼戳穿他的狡辯。

這時，最後一桌客人結帳離開，兩個男人走進店裡，繞到我身後抬頭看菜單。我突然看到馬路對面停著一輛熟悉的黑色轎車，沒等我反應過來，身後兩個男人用一塊手帕迅速捂住我的嘴巴，我雙腳一軟，不省人事。

甲板上，凌浩聽我斷斷續續地講完這些，滿意地挑了挑眉毛，示意手下把我扶到屋裡。

艙門關上，阻斷海風，我倒在沙發上，身體迅速回溫，同時在腦海裡快速梳理著現在的處境。

我料想到以何器的身分復活會驚動凌浩，但我沒想到他的膽子會這麼大，敢當眾綁架我。而且我已經被他識破了，如果他是真凶，我現在凶多吉少。但好在，記憶卡還沒有找到，凌浩應該不會輕舉妄動。

「妳知道妳為什麼找不到那張記憶卡嗎？」凌浩把茶几上亂七八糟的酒瓶拂到地上，一屁股坐在我對面。

我一言不發地看著他。

「因為在何世濤手裡。」

「什麼？」

凌浩聳聳肩：「我可以先告訴妳，我沒有殺何器，那天晚上她來船上，我們玩得很開心，影片妳也看見了……」

「你放屁！」

凌浩沒有說話，從口袋裡掏出手機，點開一段影片給我看。

畫面裡，三個人站在黑漆漆的甲板上，何器一臉嚴肅地看著鏡頭：「我的要求很簡單，只要你和遲成跟那些你們傷害過的女生逐一道歉，發自內心地道歉，尤其是俞靜，我就把那張記憶卡還給你們，不會留備份，不會曝光，這輩子老死不相往來。」

鏡頭轉到凌浩的臉上。「好，我答應何器的條件，用我的前途發誓。換你了！」

鏡頭轉到另一邊，遲成滿臉通紅，巨大的海風把他的話也颳得斷斷續續：「我……我也答應。」

何器轉過身，跳到一旁的礁石上：「那就一週之後，碼頭見。」

畫面定格在何器的背影上。

「妳看，她走的時候是活著的。」凌浩收起手機。

「這能證明什麼？她又不是在這裡死的，你肯定追出去了……」

「是有人追出去了，但不是我……」凌浩站起身，走到角落。「是遲成。」

凌浩轉開音響的開關，霓虹斑點瞬間填滿整個房間，凌浩漫無目的地挑著螢幕上的歌曲。「何器走了沒幾分鐘，遲成後腳也走了，說喝多了要出去吐，結果一直沒回來。我也沒多想，就出了趟海……」

「鬼他媽才信……」

「航海紀錄又不能造假，我這船裡也有監視器，我開到公海的時候何器還在周言陽家的船上呢……不然妳以為警察怎麼放過我的？」

我難以置信地盯著地上變換的光斑，〈たちまち嵐〉的前奏響起，凌浩跟著哼了兩句：「耳熟吧？何器最後唱的……」

「關掉！」我尖叫著捂住耳朵。「如果不是你殺的，那你為什麼綁架我？如果是遲成殺的，那你為什麼不跟警察說？」

凌浩調小了聲音，一屁股坐在我旁邊。「何器死了，我心裡其實挺難過的，但是凶手已經抓到了，是遲成還是周言陽有什麼差別呢？何器反正都死了……」凌浩看了我一眼。「妳先別生氣，聽我說完。何器一死，照理說那張記憶卡就無所謂了，但壞就壞在，她爸不是個好東西。」

「什麼意思？」我抬眼看著凌浩，他轉過臉來，臉上閃過一絲恐懼，但稍縱即逝。「他用那張記憶卡威脅我，古董、錢、店面，我都給他了，還不滿足！我不知道他拷貝了多少份！我不知道他之後還想要什麼！我他媽都快瘋了！」

凌浩緊緊握著麥克風，刺耳的電流聲讓他冷靜了下來。他深呼吸了一下，看著我，一字一句地說：「所以，我們做個交易吧。」

23 壁櫥

「你是說，我幫你解決何世濤，你就去警局指證遲成？」

「不是解決何世濤，是解決那段錄音。」凌浩關了音樂，船艙重新陷入寂靜，只剩下海水輕輕拍打鐵皮船身的聲音。

「你自己怎麼不去？」我覺得這是個陷阱。

「第一，我不知道他拷貝了多少份，我就算去偷去搶，也沒把握能徹底解決這件事。第二，這隻老狐狸太警惕了，我試了很多辦法去他家，沒用，連電梯都進不去。」凌浩臉上露出少見的無奈。「所以我很佩服妳，借屍還魂這招我怎麼沒想到呢，我今天跟了你們一天，不知道的還真以為你們是父女……」

「我憑什麼相信你會指證遲成？你們兩人幹過那麼多髒事，你就不怕他反咬你？」

「妳還沒明白嗎？」他用兩隻透明玻璃杯各扣住一個骰子。「只要沒有那段錄音，我就可以把所有的事都推到他頭上了！」他兩手輕輕一晃，兩個骰子都出現在一個杯子裡。「我們現在是一條船上的，知道嗎？我需要遲成進警察局，妳想替何器報仇，對吧？妳難道不想讓真凶坐牢嗎？」

「萬一遲成不是凶手呢？」

「他追出去是千真萬確的，我監視器也拍到了，到時候可以一起交給警察。」他抬頭看了眼牆角的鯊魚，我這才發現鯊魚的喉嚨深處一直有一個發光的紅點。「還有，發生這件事之後我們再也沒有聯絡過，結果妳知道他什麼時候找我的嗎？就是妳上新聞那天，他問我：『何器好像活過來了，怎麼辦？』妳聽這句話，能沒有鬼嗎？」

我要了一杯熱水，小口小口地喝著，同時腦子開始快速梳理現在的局勢。我和凌浩的目的都是那張記憶卡，只是我想留著，他想毀掉。但現在出現了一個更大的問題，如果遲成是凶手，唯一能做證的就是凌浩——等等，那張記憶卡就算交給他，我也可以留一個備份，當務之急是讓警察重啟調查，找到殺害何器的真凶，對付凌浩可以慢慢來。

「好，我答應你。」我放下杯子，示意凌浩再給我倒一杯。「但是你把我綁架了，我回去怎麼跟何世濤交代？他肯定覺得你把所有的事都告訴我了。」

凌浩拿起保溫壺，熱水衝擊玻璃杯壁，蒸騰起細小的水霧。「說謊這種事，有人能比過妳嗎？」

何世濤滿頭大汗地逐個病床找我，大喊何器的名字，我撐起身，拉開床簾。

「爸，我在這裡……」

何世濤朝我奔過來，一臉焦急：「妳去哪裡了？也不回訊息，妳知不知道我……」

「何器家屬！出來一下！」一個身材高大的護理師站在門口叫他，何世濤示意我別動，走出病房，站在能看見我的地方，認真聽著。

護理師長叫胡琪，是老田的老婆，老田偶爾會在數學課上吐槽他老婆強勢，現在我反倒要感謝她，也要感謝鹽洋這種人情關係社會。我來到醫院的時候身無分文，打聽到胡琪，然後說我是老田的學生，請她聯絡何世濤來接我。胡琪很熱心，幫我安排了病床，換了衣服，關切地問我為什麼渾身都濕透了，我故意露出剛劃傷的手臂，淚眼婆娑地跟她說：「我……我還是不敢死……我想活下去……」

「什麼都別問……也別刺激她……沒有生命危險……注意營養和休息……」我隱約聽見胡琪反覆叮囑何世濤。

何世濤面露擔憂，時不時看向我，好像生怕我又跑了。胡琪說完，何世濤連連道謝，走到我身邊，看了眼我手臂上的劃痕，緊緊抿著嘴巴，一副要哭的樣子。

「何器，爸爸不想失去妳第二次……」

我承認他的演技跟我不相上下。我垂下頭：「爸，我想回家。」

「好，我去繳費，妳在這裡等我，別走喔！」何世濤快步走出病房。

我舔了舔乾裂的嘴唇，慢慢穿好衣服，穿鞋的時候發現右腳鞋裡有東西。我疑惑地掏出來，是一張捏皺的紙條，上面潦草地寫著：「妳為什麼要扮演何器？」

我猛地抬頭在病房裡搜尋，無論是患者還是家屬都是一張張陌生的面孔，大家忙碌穿梭，沒有人注意到我。我趕緊抓住最近病床上的一個大嬸，抖著那張紙條說：「您有沒有看見是誰放的？」

大嬸搖搖頭。

我赤腳跑出病房，走廊站滿了神色焦灼的家屬，每個人都行色匆匆，沒有一張熟悉的臉。突然一個人大力抓住我的手臂，我痛得甩開。

是何世濤，他滿頭大汗地看著我：「不是要妳別亂跑嗎？」

回去的路上我一直在腦海裡檢索誰會放這張紙條，不可能是淩浩，那就有可能是遲成。但是遲成在國外還沒回來……一定是認識的人，並且一直在觀察我，說不定就是趁我睡著的時候放的……但這個人是怎麼發現的？他想幹什麼？如果想害我就不會留紙條了……為什麼要用這種方式？

我思考得太過投入，連什麼時候到的家都不記得。我神情恍惚地進了門，何世濤幫我煮了點粥，我肚子很餓，卻沒有胃口，吃了兩口就放下了。他欲言又止了幾次，都被我擋了回去，說我需要休息。

我躺在何器的床上，看到床邊放著一張她小時候在海邊的照片，她穿著一條藍色的洋裝，提著一個小紅桶，在陽光下瞇著眼睛，笑得無憂無慮。是啊，她不是為了被殺害才來到這個世界上的。

我把照片輕輕扣在桌上。鐘錶聲在漆黑的屋裡撞著牆壁，窗簾外的天黑漆漆的，沒有一絲光亮，現在是夜最黑的時候。我突然覺得前所未有地疲倦，目光逐漸失焦，一陣巨大的引力把我捲入了一場無邊的睡眠。

眼前一片耀眼的紅光，臉頰發燙，我猛地睜開眼睛，立刻被陽光刺得瞇起來，四肢和喉嚨都很痛，桌上的水杯見底了。我突然看到何器的相片又被立起來了。

我立刻警惕地翻身下床，門有被打開的痕跡。我趴在門上仔細聽著，門外一片寂靜，我輕輕打開門走進客廳，叫了何世濤幾聲，沒有人回應。我打開冰箱拿了一瓶可樂，關上的時候發現何世濤給我留的紙條——「我去店裡了，一點回來，飯在鍋子裡，熱一下就行。」

我掀開電鍋，是一大碗海鮮燴飯，我的肚子咕嚕叫了一聲。但是何世濤的電子爐我從來沒有見過，找了半天沒看到開關，索性端起冷飯，邊吃邊打量屋子。

我在找監視器。

以何世濤的警惕程度，他不會這麼放心留我一個人在家。剛剛在屋裡我特地換了一身衣服，避免身上有竊聽器。

客廳很大，但很整潔，窗臺上有幾株不需要經常打理的綠色植物，走近了才發現都是假花假樹，花盆下面塞滿捏在一起的菸蒂。除了這個，其他地方都很乾淨，中間擺著一張巨大的餐桌，彷彿吃飯才是這個家最重要的事。但我留意到，除了何器的房間之外，這個家沒有一絲一毫何器存在過的氣息，更不用提之前在這裡生活過的女主人了。

我找遍了各個角落，包括二樓何世濤的房間，沒有發現攝影機。我看了眼錶，十二點半，時間不多了。

我快步走到廚房，壁櫥下面還堆放著香灰，我小心翼翼地把香灰收集到一張紙上，深呼吸了一下，按開壁櫥。

櫥門彈開，裡面是一個Ａ４紙大小的黑色鐵盒。

我慢慢拿出來，很沉，有輕微金屬碰撞的聲音。我打開蓋子，赫然出現了一排密碼鎖。我氣得握緊拳頭，抬頭看了眼掛鐘，還有十分鐘。

我強迫自己冷靜下來，仔細觀察著密碼鎖，發現它的構造跟遲成那本密碼筆記本很像，都是左邊有個按鍵，右邊是數位齒輪，只是這個密碼有六位數。

我先試了幾個數字，何器的生日、門牌號碼、手機號碼，都不是。時間越來越少，我只好用之前的方法開始碰運氣，左手用力按著開關，右手迅速撥動齒輪，心裡默默祈禱一定要讓我打開。

啪嗒。我終於聽到了悅耳的開鎖聲。

我抑制住喜悅，趕緊打開盒子，卻一下子愣在原地。

裡面整整齊齊放著數百張一模一樣的記憶卡。

我移動汗涔涔的手指，隨便抽出幾張，上面貼著不同的標籤：「二〇〇七何器幼稚園小班」、「二〇〇九何器幼稚園大班」、「二〇一三四年級」、「二〇一五六年級」……

年份錄音到二〇一五年就戛然而止了，再往後都是一些關鍵字，我越翻越覺得不對勁，「何器唱歌」、「何器吃飯合輯」、「何器夢話合輯」……

我的耳膜咚咚直跳，觸電般地把盒子蓋上，用最後的理智恢復密碼鎖，把它扔回了壁櫥。

突然，我看到壁櫥深處有什麼東西晃了一下，我緩緩移開鐵盒。

那是一隻正在錄影的手機。

24 倒刺（上）

何世濤永遠不會原諒自己猶豫那麼久之後，還是選了母親右手那根竹籤。

一九九五年，何世濤和雙胞胎弟弟何世雲一起參加大學考，兩個人都落榜了，何世雲差五十七分，何世濤差一．五分，兩個人都不想讀專科，都想再來一年。

凌晨四點，鹽洋農貿市場大部分店面都沒開門，三個人已經在「雲濤製麵店」開始忙了。和麵、擀麵餅、壓麵條、裝袋、冷凍，三個人配合默契，除了壓麵機的轟隆聲，誰都沒有說話。

兄弟倆的爸爸五年前出意外死了，母親張秀梅用一袋袋麵條拉拔大了兩個兄弟。開製麵店是個勞力活，每天都要從凌晨做到天黑，張秀梅不捨得雇人，什麼都親力親為，兄弟倆放了學也會先幫店裡幹活再去讀書。但張秀梅的年紀越來越大，有嚴重的高血壓和腰部損傷，貼多少膏藥都不管用。再加上市場裡又開了幾家製麵店，人家用的電動麵條機據說是德國製造的，壓出來的麵條又快又好看，還有五顏六色的蔬菜麵和形態各異的貓耳朵麵，張秀梅見都沒見過。現在製麵店的收入只能勉強維持生計，根本供不起兩個人，更何況，也需要有人在家裡幫忙。

張秀梅停下轟隆作響的壓麵機，從一旁的竹籤桶裡抽出兩根，啪地折斷一根，放在背後。

「你們倆過來一下。」

何世濤和何世雲知道母親要幹什麼，兩人對視一眼，默默走到母親跟前。

「我們家的情況你們也知道……」張秀梅把兩隻手伸出來，手心向下，露出兩截長度一樣的竹籤，尖頭對著兄弟倆。「長的去重考，短的在家幫忙。」

誰都沒有動，張秀梅看了眼何世濤。

「世濤，你不是一直說我偏心弟弟嗎？這次你先選。」

何世濤握了握汗涔涔的手，想著「我才差一．五分，照理說就應該我去重考」，但是他看著母親布滿血絲的眼睛，還是把這句話咽下去了。他反覆猶疑了幾次，緩緩抽出了右手那根，不祥的預感瞬間湧上心頭，但是已經來不及了。

短的。

何世雲沒忍住歡呼一聲，被張秀梅瞪了回去。何世濤呆呆地看著竹籤被折斷後的細小尖刺，那些尖刺在他心裡一扎就是幾十年。

何世雲很爭氣，重考後成績一路突飛猛進，幾次模擬考都過了前段大學錄取門檻，考上大學板上釘釘。何世濤則越來越沉默，除了幹活，平時一句話都不說，整天把自己悶在店面後的加工處理室，他不喜歡去店鋪賣麵條，怕碰到以前的同學，也和所有人斷了聯絡。他每天的日子就是深夜三點起床，倒麵粉，和麵，等麵粉發酵，看機器循環往復地壓麵餅，看機器壓出拉麵、刀削麵、水餃皮、餛飩皮，再運到前面給母親賣。何世濤時常盯著麵條機發呆，有時候看久了會覺得有點可笑，麵條都有十幾種變化，但他的人生好像已經凝固了。

有天張秀梅出門進貨，何世濤不得不去看店，剛把幾袋麵條擺上架子，一個男人叫他：「何世濤？」

他抬頭，看到自己以前的班導老黃一臉驚訝地盯著他。何世濤想躲已經來不及了，只能訕訕地點頭。

這是何世濤最不想見的人，因為上學的時候，老黃曾經對他寄予厚望，經常誇他能幹一番大事，但是大考落榜後，何世濤覺得自己根本沒有臉再見老黃，一直躲著老黃。

「兩斤粗麵，一袋餃子皮。」老黃看著何世濤。

何世濤避開老黃的目光，臉頰發燙，把粗麵和餃子皮裝好放到秤上：「四塊三加一塊八，六塊一，跟您收六塊……哦，不，您不用給了。」

老黃摸出零錢，認認真真數了六塊一，放到秤上，拿起袋子走了兩步，又折回來：「何世濤，你不應該在這種地方。」

何世濤鼻子一酸，低頭鑽進店鋪後面，眼淚才啪嗒啪嗒掉下來。

從那天後，何世濤說什麼也不去店裡了，躺在家裡不吃不喝。他想去當地一所技能烹飪學校學西餐，他查好了，從那裡畢業可以拿到國家認證的學歷和技師證書，表現得好還能去瑞士交換，甚至畢業可以直接分配到北京的高級餐廳當主廚，薪水和就業前景不會比弟弟差。更重要的是，西餐主廚是一個聽起來還算體面的工作。

張秀梅熬不住他的絕食，終於同意。何世濤高高興興地去了這個西餐學校，跟著自稱從法國博古斯學院[14]畢業的老師從餐具禮儀開始學起，但是有一次何世濤用剛學來的法語和老師對話，卻發現他根本聽不懂。不過這也沒有阻止何世濤學習的熱情，他起早貪黑，品嘗和學習各種聽都沒聽過的調味料和食材，看各種料理影片，成了班上最認真的學生。但是直到畢業，說好的瑞典交換機會都沒有來，何世濤拿

14 Institut Paul Bocuse，由法國廚神保羅・博古斯創立，為歐洲最知名的廚藝學校之一。

著幾張專業證書和第一名的成績單詢問工作分配的事，被告知北京的西餐廳因為經營不善倒閉了，所以沒有辦法分配。

剛好弟弟何世雲考上了北京的大學，何世濤去北京送他的時候，順便找了這家西餐廳，結果發現這家店和那個學校壓根沒有關係，證書和畢業證書都用不上，何世濤這才意識到自己有多天真。

他回到鹽洋開始找工作，但是那個時候，鹽洋根本沒有幾家西餐廳，有的打著西餐廳的名號，賣的還是蛋炒飯。何世濤找了一家義式餐館開始做廚房助手，同事們都是些遊蕩街頭的小混混，做出來的牛排義大利麵總是亂糟糟地堆在盤子裡，一點都不講究。何世濤看不起他們，執著地擺盤、切花，撒胡椒粉會精確到算次數。他以為會換來老闆的賞識，卻沒想到因為總是出餐太慢，沒轉正就被辭退了。

從那時起，他就有了一個執念，一定要開一家自己的店。

二〇〇〇年，何世雲大學畢業留在了北京，何世濤想說服母親賣掉製麵店，但是張秀梅說什麼都不肯，他就背著張秀梅偷偷把店賣了。張秀梅發現後，氣到昏厥，送去醫院被查出肺癌，肺部的陰影已經很大了，張秀梅一直瞞著兄弟倆。

張秀梅住院那段時間，何世濤身心俱疲，賣店的錢被幾次大手術刮得乾乾淨淨。夜深人靜的時候，何世濤常常盯著母親的點滴發呆，他覺得，自己的人生似乎永遠都差那麼一點點。

只差一點點，就可以考上大學了；只差一點點，就能開店了；只差一點點，就能過上那種被人尊重的生活了。他時常想起老黃跟他說的那句話：「你不應該在這種地方。」前幾年，他是靠這句話活下來的；而現在，這句話讓他想死。

所有積蓄花光的那天，張秀梅還是走了。

何世濤把母親的遺體抱起來放到鐵床上，發現她比一袋麵粉還輕。那張白布蓋在她身上，平平的，好像什麼都沒有。

何世濤從太平間出來，站在門口點了根菸，一個護理師叫住了他。

「何世濤？你怎麼在這裡？」

何世濤回頭，發現是朱麗萍，他的高中隔壁同學，買了三年的飲料給自己，寫了三年的作業，每個週末都會去製麵店買點東西，就是為了看自己一眼，和自己聊一下天。但是何世濤一直不喜歡她，沒有別的原因，就是嫌她又土又醜。她身材矮胖胖的，乾黃的頭髮好像永遠都洗不乾淨，一張圓臉配著小小的五官，何世濤從不掩飾自己的嫌棄，天天叫她「豬八戒」。

「豬……」何世濤收住口，想到朱麗萍在這個醫院工作，應該混得不錯，他露出一個勉強的笑容：「朱麗萍，好久不見。」

「好久不見，」朱麗萍看了看剛剛關上的太平間。「誰啊？」

「我媽。」何世濤把菸丟到地上，踩滅。

「啊……節哀。」朱麗萍難過地低下頭。

不知為何，何世濤看著朱麗萍臉上的表情，突然有點想笑。他心裡閃過一絲好奇，這麼多年過去，朱麗萍是不是還像以前那樣喜歡自己？

「晚上有空嗎？我想和妳聊聊天，這麼多年沒見了……」

「當然有！」朱麗萍瞬間睜大了小小的眼睛。「我六點下班，東門見！」

聽自己添油加醋地講完這些年的事，朱麗萍一直在流眼淚，哭濕了一包衛生紙。這讓何世濤很詫異，因為他發現朱麗萍的臉上不是鄙夷和憐憫，而是崇拜和心疼，他已經很多年沒有見過這種表情了。更何況，和朱麗萍在一起，時常會給他一種自己很厲害的錯覺。她會認真品嘗自己做的每一道菜，變花樣地誇自己，還總是不厭其煩地聽他講當時抽錯竹籤的故事。

「你弟弟搶了你的命！要是你去讀大學，現在肯定是臨洋的名人了，別說開店，開公司都沒有問題！哪裡像他，幫人打工，有什麼出息？」朱麗萍言之鑿鑿，句句都說進了何世濤的心坎裡。

沒過幾年，兩人結婚了。何世濤跟著朱麗萍搬進大泉港，朱麗萍還在市醫院當護理師，何世濤在附近一個休閒農村當廚師。

一年後，女兒出生了，清秀的眉目像極了自己。

「女兒像爸爸有福氣。」朱麗萍也很開心，問他孩子要叫什麼，何世濤想了想：「叫何器，如何的何，成大器的器。」

不到兩年，大泉港開始拆遷。何世濤覺得，自己的人生終於要改頭換面了。朱家的宅子很大，換了兩間房子和一大筆錢，全家搬進海韻花園，是當時最流行的雙層住宅，何世濤也終於擁有了專門訂製的高級廚房，這一次，沒有「差一點點」，而是「剛剛好」。

何器上幼稚園的時候，老師發現她有點咬字不清，何世濤帶她去醫院，查出是「舌繫帶過短」，需要有人帶她一點一點矯正說話，再加上何器從小身體就弱，何世濤順勢提出，可以辭職在家照顧何器。那段時間，朱麗萍也從醫院辭了職，跟著一個親戚開始做外貿生意，忙得不可開交，巴不得何世濤可以「主內」。

何世濤原本以為，那會是他們幸福生活的開始，沒想到卻是結束。

因為房子是朱麗萍的，又是她在賺錢，所以她掌握著這個家的財政大權。大的開銷自然不必說，就連何世濤買菜的錢都要一個月清算一次。有次何世濤花了六百塊錢買了一隻龍蝦，被朱麗萍數落了好幾天。

與此同時，朱麗萍的外貿生意越做越大，人也越來越忙，回到家只會對何器展露笑顏。何世濤不知道她在外面忙什麼，也聽不懂她講電話時說的日語，甚至連家裡有多少存款都不知道。

總之，朱麗萍變了。

除了對自己的態度，還有很多東西。眼神、語氣都不一樣了，有次何世濤把「竹籤的故事」當成笑話講給小何器聽，朱麗萍剛講完一通電話，心情很不好，直接一拍桌子：「說說說！還要說幾遍？煩不煩？抽到那根短的就是你的命！你看你弟弟都在北京買房了，你呢？」

何世濤嘴角抽動了幾下，他想發怒，但是不知道該反駁什麼。

那根刺又回來了。

某天晚上何世濤起床上廁所，用冷水搓了把臉，然後靜靜審視著鏡子裡的自己。明明才三十歲，臉上的表情卻像一個暮年的老頭，他甚至看到自己的嘴唇上已經長出了幾根白色的鬍子。他拉開櫃子，發現裡面滿滿當當地擺著各種他叫不出名字的化妝品和保養品，屬於自己的東西只有一支電動牙刷和一把刮鬍刀。

何世濤這才注意到，朱麗萍開始打扮自己了。她的皮膚越來越好，頭髮也變得柔順烏黑，雖然身材還是矮矮胖胖的，但是裝在那些價格不菲的時裝裡，竟然形成了一種自己的風格。

錢真的是好東西，在外可以當皮，在內可以當脊梁。那個唯唯諾諾跟在自己身後的豬八戒變成了一個雷厲風行的女強人，而自己到了而立之年，只有一個廚房和一個女兒，還都是朱麗萍給的。

何世濤久違地想起了自己開店的夢想。

他試著跟朱麗萍提過幾次，賣掉一間海邊的拆遷房，讓自己開個店，反正何器開始上學了，自己在家也是閒著，還可以賺錢補貼家用。不出所料，朱麗萍每次都搪塞過去，有次講得急了，直接告訴他連門都沒有，就算離婚也不會給他一分錢，而且何器也不會判給他。

這反倒提醒了何世濤，一旦離婚，自己可能一無所有。

於是，一個計畫在他心裡悄悄萌芽。

25 倒刺（下）

何世濤想得很明白，只需要做到兩件事，就可以在這場不對等的戰役裡反敗為勝。

第一，找到朱麗萍出軌的證據；第二，成為何器的「好爸爸」。

第一個沒什麼懸念，他早就注意到朱麗萍時常跟一個日本人講電話，一開始以為是客戶，後來發現朱麗萍每次接到他的電話都會去陽臺，一聊就是一個多小時。何世濤聽不懂日語，就在陽臺悄悄放了一個錄音筆，每天都會把錄音檔拷貝下來，請一個懂日語的朋友逐句翻譯。

何世濤很早就發現錄音筆是個好東西。前幾年，怕何器因為口齒的問題在學校被欺負，他從網路上學到一招，買了一枚迷你錄音筆塞在何器的衣服裡。後來她的老師發現了，把他叫到學校訓了一頓。但何世濤並不覺得自己做錯了，為了避免麻煩，他變得更加謹慎，時不時換個地方，有時候塞在何器的小背包裡，有時候放在她的帽子裡。何世濤也不知道自己想聽什麼，何器整天只和俞靜玩，小孩子咿咿呀呀沒有什麼祕密。但偷聽帶來的快感就像毒品，你一旦碰過，就很難戒掉。他深深迷戀上了錄音筆帶給他的掌控感，那種「你不在場，但你知道一切」的掌控感。

就像現在這樣。

何世濤看著陽臺上的朱麗萍，她臉上浮現的笑意何世濤很熟悉，高中的時候，朱麗萍每天都這樣對自己笑。那時候他只覺得厭煩，現在還覺得反胃。

果然，沒過幾個月，何世濤就等到了自己想聽的內容。但他沒有立刻提出離婚，因為他還有另外一件事沒有做完，就是打造自己「好爸爸」的人設。

二〇一一年，何器升上三年級。那一年，新浪微博開始風靡全中國，何世濤註冊了一個帳號，叫「何爸爸便當」，幾年後抖音風靡，他又換成了影片。總之，他為自己開闢了一塊「種植基地」，「栽種」為何器做的每一頓飯，收穫那些誇讚自己手藝和父愛的網友留言。

一切準備就緒，何世濤信心滿滿地提出了離婚。照理說朱麗萍婚內出軌，理應居下風，但是沒想到她花大錢請了最好的離婚律師來打官司。官司持續了一年多，為了不影響何器，兩人還是彆彆扭扭地生活在一起，直到何器小學畢業那年，離婚的事才塵埃落定。

何世濤只分到了海韻花園的房子，但因為「好爸爸」的身分，何世濤順理成章地拿到了何器的監護權，朱麗萍每個月要給何器一大筆撫養費。何世濤死咬著又加了一條，只要何器考上大學，朱麗萍就要給她一間房子。那間房子自然會落到自己手裡。

於是從那時候起，何世濤的事業，就是何器。

為了培養何器，何世濤花一大筆錢讓何器進了一所私立國中金淼路中學，何器本來想申請住校，但被何世濤拒絕了。臨近開學時，何器要求何世濤不要再放錄音筆在她身上了，理由是她已經長大，要有自己的隱私。

失控的恐慌向何世濤轟然襲來。這些年來，他早已習慣知曉何器的一切，她如何起床、吃飯、上學、玩耍，每一個陰晴雨雪的日子都被他妥當安放到一張張小卡片裡，他當然不會每一張都聽，但他需要。這些記憶卡越來越多，與盒子一同充盈起來的，是他作為父親的滿足感。這世上還有哪一個父親能做到這樣？在他眼裡，何器明明還是一個口齒不清、永遠離不開他照顧的小寶寶，是在他一張張記憶卡的庇佑下，才成長為一個亭亭玉立的大女孩的。更何況，何器知道錄音筆，這是他們父女倆之間心照不宣的祕密，何器一直乖乖遵守著，怎麼突然間就有隱私了呢？

他想直接拒絕，但他瞭解何器，這孩子脾氣也像自己，既然提出來了，代表已經做出了決定。他想了想，先假裝同意，然後趁何器不在家的時候，在她的床底安裝了一枚有錄音功能的竊聽器。除非把床掀過來，否則很難被發現。

何世濤這麼謹慎也是為了防止何器和朱麗萍聯絡。

何器從小就比較喜歡朱麗萍，這一點讓何世濤一直耿耿於懷。朱麗萍明明很少管她，也不常在家，為什麼每次朱麗萍回家，何器才會露出那麼開心的笑容？可能女兒天生跟媽媽比較親吧，何世濤這樣安慰自己，但是法院宣布何器判給自己的那一刻，看到她眼裡掩飾不住的失落，還是讓何世濤不快了很久。不過也好，他可以利用這一點，於是他把「何器考上大學就能得一間房子」這件事換了一個說法，何器聽到的版本是——「只要妳能考上大學，妳媽媽就讓妳去日本找她，還能在那裡生活一段時間。」

「真的嗎？」何世濤到現在都忘不了那一刻何器眼裡閃過的光。

「當然是真的，但是在考上之前，她不讓妳聯絡她。」

「為什麼？」

「她說這樣約定才有意義，」何世濤想了想，又補了一句。「她想等妳的好消息。」

為了讓這個謊言看起來像是真的，之後何器每個生日，何世濤都會以朱麗萍的名義送她一份禮物。高一是一隻手機，高二是一件首飾，高三這年就是那條訂製的墨綠色長裙。

壞就壞在這條裙子上。

二〇二〇年七月一五日那天晚上，何器準備去參加畢業聚會，她穿上了這條一直不捨得穿的裙子，在鏡子前打量時，突然從裙子的皺褶裡掉出一張禮服現金禮券，何器撿起來一看，上面是中文。

何世濤明明說是從日本寄來的。何器覺得有些疑惑，打了上面的客服電話，對方確認了幾遍單號之後篤定地告訴她，這是「何先生」訂的，留的電話號碼也是何世濤的。

何器心裡一緊，一股不祥的預感湧上心頭。她遲疑地撥通了那支早就熟稔於心的電話號碼——她原本想拿到錄取通知書後再打的。

「もしもし？（喂？）」朱麗萍語氣輕快，背景有些嘈雜，能聽出屋裡有不少人。

「媽，是我。」何器的聲音有些顫抖。

朱麗萍沉默了一會，嘈雜聲逐漸退卻，她走到了一個安靜的地方：「有什麼事？」

語氣冷冰冰的，何器以為媽媽剛才沒聽到，又重複了一遍：「是我，何器。」

「我知道，」朱麗萍跺了跺腳。「找我有什麼事？」

「我……我今年考得不錯，有可能上北大！」何器努力讓自己的聲音高昂起來。

「哦，」朱麗萍聽起來沒什麼反應。「何世濤要妳打的？」

「不是……」何器緩緩坐到椅子上，猶豫著該怎麼問那個去日本的承諾，這時耳機裡傳來一個小女孩奶聲奶氣叫媽媽的聲音，還有一個男人跟她說了幾句什麼，朱麗萍的聲音離開聽筒，用溫柔的嗓音低聲回應。她以為何器聽不懂日語，實際上何器為了能夠去日本找她，一直在抽空自學。

何器聽到男人問：「是誰啊？講完快進來，大家在等妳說慶功感言呢！」

朱麗萍說：「一個客戶，馬上好。」

朱麗萍重新把手機放回耳邊：「妳跟何世濤說，離婚協議寫得清清楚楚，以後互不打擾，妳考上大學分的那間房子讓律師處理就行，我……」

朱麗萍的手機傳來嘟嘟嘟的聲音，她拿下來看了看，何器已經掛斷了電話。

「那天晚上何器跟我大吵一架就跑了……」何世濤背對著我站在廚房，看著鍋裡的奶油慢慢化掉。「早知道那是最後一面，我就讓她吃個飯再走。」

他旁邊放著兩塊醃漬好的牛排，那個裝著所有錄音記憶卡的鐵盒就放在一旁，裡面有我想要的那張。但我被何世濤用繩子綁住手腳，靠在水箱旁動彈不得，只能眼睜睜地看著他慢條斯理地處理牛排。

「教妳一招，牛排先這樣拍一層麵粉，再裹一層蛋液，然後沾上麵包粉壓實，這樣外酥脆，裡鮮嫩，何器最喜歡這樣吃。」

牛排嗞啦一聲入鍋，何世濤滿意地點點頭。

「別自我感動了行嗎？何器最討厭吃這種半生不熟的東西了。」我兩手在背後拚命解著繩結，但是沒用，是死結。

「我是她爸，妳還能比我瞭解她？」何世濤目光冰冷地看向我。

「何器小時候差點被你做的牛排噎死，你當時光顧著發動態，晚一步她就斷氣了……你都沒敢告訴她媽媽，對吧？」

何世濤沒說話，手卻不自覺地捏緊了牛肉錘。我心裡有了主意，繼續說：「這麼大的事情，你該不會忘了吧？還是覺得這不符合你好爸爸的身分，故意忘了？」

「妳胡說八道！」

我坐在地上艱難地往前挪了挪，背靠著水箱，繼續刺激他：「這可是何器親口跟我說的，她還說，有時候她覺得你根本不是她爸爸，而是那些便當的爸爸，你看手機的時間比看她還多。何世濤，你自己想想，這個世界上也就那些什麼都不知道的網友覺得你是個好爸爸……」

「妳閉嘴！」何世濤低吼一聲，錘子直直地朝我丟來，我頭一閃。

嘩啦！

背後的水箱碎了一地，裡面的魚蟹海參一湧而出，在地上劈哩啪啦跳得很高。我被從頭到腳澆透了，大聲咳嗽起來，同時趁他不備迅速在手心裡藏起一片碎玻璃。

何世濤懊惱地啐了一口，把我拖拽到廚房另一側，心疼地撿拾著地上的昂貴海產。

我不動聲色地割著手腕上的繩子，被劃破的手指發疼，鮮血讓我幾乎抓不住玻璃，但我根本顧不了。我死死盯著爐灶旁的黑色鐵盒，只要把它拿到手，逃出去，一切就都結束了。

爐灶的火焰舔舐鍋底，牛排發出嗞嗞的聲音，一股灰白的濃煙沿著鍋沿升騰起來，何世濤聞到焦味轉過身來的瞬間，我解開腳上的繩子一躍而起，把鐵盒抱在懷裡，手裡抓著玻璃碎片，拿尖端對著他。

「你別過來！我現在不怕死，也不怕拉你一起死！」

誰知何世濤一點都不緊張，不急不徐地關上火，把燒焦的牛排倒進垃圾桶，換了一個鐵鍋，轉開火，繼續等鍋預熱。

我突然覺得不對勁，趕緊打開盒子。

果然，我還是低估了這隻老狐狸。

盒子裡面只剩下貼著何器標籤的錄音記憶卡，最下面空了一排。

何世濤輕輕晃著鍋裡緩慢融化的奶油。「妳聽過七色花[15]的故事吧？我特別喜歡那個故事，但是有兩點我一直想不通。第一，明明可以做更有意義的事，為什麼那個小孩許了那麼多亂七八糟的願望？第二，為什麼不用其中一片許願，要無數朵能許願的七色花呢？是吧？這個故事一點都不符合人性，所以妳看……」何世濤從口袋裡掏出一個透明塑膠盒，輕輕晃了晃，十幾張黑色小卡片發出清脆的聲響。

「第一張，我換了那對青銅白鶴，不貴，就是想試試凌浩的誠意，還有他有多害怕這張記憶卡。第二張，我就要了家店，也不貴，就是辦手續有點麻煩，不過對他們那種有錢人來說也不是難事。剩下的我還沒想好，但我可以慢慢想……」

15 蘇聯作家瓦連京・卡塔耶夫的作品，講述小女孩珍妮得到了有七種不同顏色花瓣的花，每片花瓣各能實現一個願望。

何世濤把第二片牛排放進鍋子裡，熱騰騰的油煙遮著他冰冷的眼神：「誰知道妳突然冒出來了。有天我一睜眼，所有人都過來跟我說什麼何器回來了，嚇我一跳，要是真回來，那就麻煩了……」

何世濤把塑膠盒放進口袋：「借屍還魂？滿有創意的……如果不是知道妳在演，我真的就信了。」

「你是怎麼知道的……」我的手一直在流血，疼痛讓我咬緊牙關。

「就是妳開口說的第一句話，」何世濤瞥了我一眼，眼底盡是嘲諷。「上高中之後，何器就不叫我『爸』了。」

這一點我從來沒有想過。

濕透的衣服一點一點帶走我的體溫，徹骨的寒意從腳心一直蔓延到頭皮，連帶著我的嗓音都是顫抖的：「難道你就不想知道是誰殺了何器嗎？」

「就是周言陽啊！就是他媽的周言陽！」何世濤帶著怒氣打斷我。「人證物證口供時間動機全都有！還有他媽媽的態度，要不是心虛，她跪什麼？妳怎麼就是不信呢？啊？就憑妳說，他不是這樣的人？我告訴妳，人是最靠不住的……」

何世濤深呼吸了一下，語氣柔和下來：「不過妳演得確實很像，好幾次我都覺得真的是何器在跟我說話。也多虧了妳，現在所有人都覺得，我女兒回來了。」

「你什麼意思？」

「我女兒何器，借屍還魂，受了刺激，所以這裡出了點問題……」何世濤敲敲太陽穴。「不能見人，不敢出門，只能待在家裡被我照顧……就跟牠們一樣。」何世濤撿起一隻在地上苟延殘喘的龍蝦，喀嚓一聲扭斷了牠的鉗子。

我咽了口唾沫，緩緩靠著一旁的檯子，審度著我現在的處境。

這是個半包圍的死角，何世濤擋著唯一的去路，再加上我失血的緣故，現在沒有什麼力氣，就算拿著玻璃碎片也不是他的對手。

何世濤轉身轉開大火，煎著牛排的邊。「妳放心，待在我這裡，肯定比回妳自己家好……我看妳爸媽也不是特別想要妳。」

趁他說話的間隙，我的右手緩緩靠近檯子上敞開的麵粉盒。

「是嗎？」我語氣一冷，把麵粉盒緊緊抓在手裡。「你不是廚師嗎？怎麼這麼沒有常識？」

「什麼？」何世濤沒反應過來。

我迅速拉起濕衣服的下擺護住頭，右手掐起麵粉盒朝火焰使勁一揚，粉霧和火舌接觸的瞬間，一團如獅口般的大火朝何世濤的臉轟然襲去。

海韻花園消防通道上停著一輛消防車和一輛救護車，幾個穿睡衣的鄰居站在院子裡，仰頭看著何世濤家的窗戶，伴隨著些許燒焦的氣味，一些黑雲一樣的煙緩緩彌散到霧黃色的夜空裡。兩個醫生把一個擔架抬上一二〇車廂，車上的女醫生熟練地固定住，快速做著止血包紮。

「什麼情況？」

「粉塵爆炸，還好規模不大，人沒死，只是……」男醫生看了眼滿臉焦黑的何世濤。「離火太近，眼睛應該保不住了。」

女醫生點點頭，剛準備拉上車門。

「等等！好像還有一個人。」男醫生看著兩個消防員從黑漆漆的走道裡快步走出來，消防員收著水管，對他們擺擺手。

「沒人了！就他一個！」

第五章

26

寒慄

從何世濤家逃出來時已接近午夜，俞靜渾身是傷，身心俱疲。

她想回家。

這是她從未有過的念頭，卻是此刻唯一的念頭。

剛走到俞家臺村口，天上突然下起雪來，不大，落在地上就化了，路面像浸著一層薄薄的水霧。俞靜這才想起，快過年了。

她身上只穿著一件從何器衣櫃裡隨手拿的薄睡衣，雙腳泡在濕答答的棉拖鞋裡，烏黑的外套被她緊緊纏在右手上，暫時止住了血。她被淋濕的頭髮在寒風裡凍成一根根鋒利的硬條，原本衣服上的水氣還未乾透，落在身上的雪又結成小水珠罩在外層，把她僅剩的一點體溫都帶走了。

當俞靜一瘸一拐地走在熟悉的水泥路上，遠遠看見家裡那扇刀砍斧刻的舊木門不見了，取而代之的是兩扇新裝的不鏽鋼大門。如果不是門口那雙熟悉的黑色雨靴，俞靜差點就和自己家擦身而過。

她難以置信地看著這兩扇陌生的大門，上面貼著電信公司贈送的嶄新福字和春聯，橫批寫著「家和萬事興」。俞靜轉了轉蓮蓬形狀的把手，紋絲不動。大門在路燈下閃著寒光，她看到自己映在門上的扭曲面龐，數條水痕滑落，讓她的臉支離破碎。

「開門！」

俞靜使勁拍了幾下大門，忘了右手受著傷，她痛得扶住手臂，帶著怒意連踹幾腳，大門上水珠震落，她依舊咬緊牙關。俞靜氣喘吁吁地把耳朵貼在門上，試圖聽清裡面的動靜，但是除了門縫裡透出的風聲和微弱的光，裡面沒有任何回應。

幾塊沾著髒泥碎屑的破舊磚頭在牆邊高高壘起，俞靜小心翼翼地踩在上面，掀開搭在圍牆上的塑膠遮雨布，左手緊緊扣著牆沿，包著衣服的右手也搭了上去。她深呼吸一下，兩手同時用力，痛苦地大吼一聲把左腿搭在牆上，然後翻身掉進院子，好在牆邊堆放的舊漁網和幾個紙箱給了她緩衝。俞靜看見紙箱掀開的一角，露出裡面已經泡爛的高中課本。

俞靜右手抑制不住地抖動，傷口的鮮血緩緩滲出。

她疾步走向客廳，剛要推門，聽到裡面隱約傳來笑聲。客廳門旁，兩束柔和的黃光透過窗戶照在院子裡。俞靜停住手，慢慢走到窗外，她愣住了。

俞靜當然想過，有一天她會被這個家遺忘，但沒想到是這個時候。

她看到客廳整飭一新，一張嶄新的「多子多福錦鯉圖」替換了之前的「仙鶴送子圖」，牆上自己的高中畢業照也被取下來，取而代之的是二〇二一新年畫曆，傢俱都換成了新的，角落裡的陳年漁具都被清理出去，換成了一個嶄新的搖籃和一堆五顏六色的積木玩具。

老俞背對著俞靜，懷裡抱著一個鼓鼓囊囊的嬰兒，戴著虎頭帽，手裡拿著一個波浪鼓，粉嫩的臉頰像剛蒸出來的饅頭，老俞時不時把他高高舉起，又輕輕放在自己腿上，用低沉而溫柔的聲音教他喊爸爸。房玲往爐子裡添著煤塊，爐火燒得通紅，她皴紅的臉頰滿是笑意，看著父子倆輕聲說了句什麼，兩人大笑起來，嬰兒不明所以地左顧右盼，眼睛突然撞上了窗外的俞靜。

素未謀面的姊弟倆隔著起霧的玻璃靜靜對視。此時，電視上播放起可口可樂的新年廣告，人們歡聲笑語地圍坐在一桌熱氣騰騰的飯菜旁邊，〈恭喜發財〉的音樂響起，配合著屋裡蒸騰的暖意。

嬰兒的眼睛一寸不移地盯著窗外，忽然笑了。

老俞覺察到兒子的視線，順著他的目光轉頭看去。

那裡已經空無一人。

俞靜滿臉淚痕，一瘸一拐地走向俞家臺通往大馬路的十字路口，幾輛車從她身邊疾馳而過，像劈浪的郵輪，撕揭起路面的水花。路兩邊都是些拉著鐵捲門的破敗店鋪，路燈和紅綠燈被碎雪晃得有些迷離，殘缺的霓虹燈、LED燈映嵌進濕漉漉的地面，如同兩個對峙的水世界。

俞靜突然感到一陣頭暈目眩，一頭栽倒在路邊的草叢裡。紅綠燈變換成紅色，籠罩在她的身上，像是披著血。

俞靜再醒來是第二天中午，太陽照著她的眼皮，一個女人在旁邊痛苦地號叫。俞靜緩緩睜開眼，發現自己躺在白花花的病床上，所有傷口都被包紮好了，被單上印著「鹽洋市醫院」。號叫的女人在隔壁床，兩條腿打著石膏，臉扭曲得像塊乾毛巾。一袋敞開的小籠包放在她的床頭，散發著熱騰騰的香氣。俞靜咽了口唾沫，肚子咕嚕叫了好幾聲，女人短促地嘶著氣，看了她一眼：「妳吃吧，我沒胃口。」

俞靜抓起那袋包子狼吞虎嚥起來。

女人看著她：「妳爸爸媽媽呢？」

俞靜嘴裡塞著包子，搖搖頭。

「誰送妳來的？」

俞靜努力想了想，搖搖頭。

「有人接妳出院嗎？」

俞靜還是搖頭。

「朋友也沒有？」

聽到這兩個字，俞靜一下子失去了咀嚼的力氣，艱難地把包子咽下，眼淚也跟著掉了下來。

女人嚇得撇撇嘴：「別哭，我們差不多，我比妳還慘點……」她指了指兩條高高吊起的石膏腿。「剛剛護理師來查房，說妳沒什麼大礙，醒了就能出院，我這腿剛包起來，還不知道什麼時候能出去。」

俞靜看了看手裡的包子，還剩一個，她不好意思地遞回去，女人擺擺手。

「妳有地方去嗎？」

俞靜搖搖頭。

「正好，妳幫我個忙。」

女人說她叫安姊，在市海洋公園的海生館當售票員，海洋公園就建在旅遊度假區的中心，拆遷以前，大泉港就在那裡。

安姊想請俞靜幫她餵貓。因為車禍出得太突然了，她平時又獨來獨往，不喜歡麻煩人，所以貓已經餓了一整天。她翻遍通訊錄也找不到一個能幫忙的人，看到俞靜倒有幾分親切。她把自己家的鑰匙和工作證給了俞靜，讓俞靜餵完貓可以順便去海生館玩一下。

俞靜剛好需要一個人冷靜一下。她幫安姊餵完貓，來到海洋公園門口。儘管這個地方離自己家很近，但她從來沒有進來過。俞靜以前總覺得，明明真正的大海就在旁邊，為什麼要花錢來看這種人工搞的假海，都是哄騙外地人的把戲罷了。但是今天，她無處可去，只好邊逛邊梳理現在的處境，思考接下來該怎麼辦。

何世濤沒有死，但受了重傷，一時半刻也出不來。所有的記憶卡都在他身上，俞靜檢查過，全都燒壞了。按照何世濤的說法，正本和備份都在裡面，也就是說，雖然解除了何世濤對凌浩的威脅，但凌浩能不能幫自己指證遲成還是個未知數。最棘手的是，自己手裡一張牌都沒了——沒有那天晚上的錄音，沒有其他證據，沒有人證，又過去那麼久了，就憑自己的口供，警察也很難幫自己，說不定還會被凌浩、遲成扣上人格汙蔑的帽子。

想到這裡，俞靜自責到喉嚨發緊，難道這件事就這麼結束了？難道自己永遠也完成不了何器想做的事了嗎？

不知道是神經太緊張還是沒睡好，在海洋公園亂轉的時候，俞靜總覺得有一雙眼睛在背後盯著自己，回頭看時又找不到任何可疑的人。她快步穿過海洋館門前的廣場，故意選了一條長隊伍，排隊進「海底隧道」，利用一旁的反光玻璃觀察身後的人。

今天是週末，來海洋館的基本上是一家人，一個、兩個小孩的都有，很少有形單影隻的人，所以俞靜一眼就看出有個戴漁夫帽和口罩的男人有些奇怪，看身形覺得熟悉，但又無法準確地想起。

俞靜故意猛地回頭看去，男人立刻低頭躲避。

沒錯了，就是他。

俞靜趁他低頭的間隙，拿出安姊的工作證走了員工通道，男人發現後有些著急，但沒有辦法，只能乖乖等著。

俞靜轉進「海底隧道」。這是海洋館的招牌打卡點，號稱有著全亞洲最長的仿海底壓克力觀光隧道，全長一百多公尺，只能一條道走下去。俞靜選了一個人多的轉角休息處，靜靜等待男人的出現。

這會是誰呢？為什麼要跟蹤自己？俞靜盯著面前翩然翻舞的螢光水母，突然想起上次在醫院，鞋子裡莫名出現的那張紙條——「妳為什麼要扮演何器？」

難道放紙條的就是這個人？

可是，除了凌浩、何世濤之外，還有誰會知道自己是扮演的？俞靜的心裡突然咯噔一下。會在這個節骨眼關注自己、懷疑自己的，就只有凶手了。

想到這裡，俞靜飛快起身，朝門口跑去，無論如何也要抓到這個人，無論如何也要弄明白。

就在俞靜衝出轉角的瞬間，那個男人慌慌張張地跑進隧道，迎面撞了上來。俞靜一把扯下他的口罩。

是老田。

「所以，真的是你放紙條的？」

俞靜和老田並排坐在一個雙人椅上，面前是一個直徑五六公尺的碩大獨立壓克力水體景觀柱，五顏六色的珊瑚礁魚在蔥翠碧綠的海草和珊瑚叢間穿梭游弋，海馬、鸚鵡螺、大海蟹、水母、刀片魚也被一股腦地塞在裡面。一個套著亮片美人魚尾的工作人員戴著氧氣罩，在景觀柱中間上下翻舞，氣泡不斷升騰上去，有種詭異的熱鬧。

「對，我那天去醫院找我老婆，她說妳受傷了，我去看的時候妳還沒醒，我就放了張紙條……說實話，我只是懷疑，沒想到真的是妳演的……」

「為什麼跟蹤我？」俞靜不想和他廢話。

老田不安地轉著手裡的礦泉水瓶，欲言又止。

「要是筆記本的話就別想了，那天晚上就被凌浩搶走了，我連翻都沒翻開……」

「我想跟妳承認一件事。」老田下定決心似的，把礦泉水一飲而盡，然後掏出一隻螢幕碎裂的舊手機，點開一段影片給俞靜看。

影片是從一扇窗戶內俯拍的，畫面中心從操場聚焦到外側的小樹林，一輛黑色轎車停在那裡，後車廂如蚌殼一般鋒利地開著。

俞靜瞬間明白了一切。她雙耳嗡嗡作響，一條灰白色的巨大沙虎鯊從她頭頂轟然劃過。

「這不是……你……你是怎麼……」俞靜兩眼失焦，不知道先問哪一句。

「其實那天晚上的事，我在樓上看見了……」

「那你為什麼不管！你他媽還錄影?!」俞靜瞬間提高音量，唰的一下閃開身子，怒視著老田，周圍人紛紛側目。

「妳先冷靜，聽我說完……」老田抿了抿嘴。「如果知道是妳，我肯定會管的……真的！」

俞靜的眼裡瞬間噙滿淚水，一言不發地看著老田，等他說下去。

「那天晚上不是校慶嗎？我先回家一趟，幫我女兒換尿布，然後我在廚房看見了……」老田心虛地看了一眼俞靜。「因為經常有學校的小情侶在那裡搞來搞去，我看過不只一次，也……也拍了不只一次。不過沒什麼燈，只能看個大概……但這支影片稍微清楚點，有後車廂的燈。」

俞靜克制著自己去回想那一幕，繼續盯著老田。

「錄的時候我真的沒想那麼多，那麼遠，又看不見臉，我錄完也沒再點開了。但是那天妳來找我要筆記本，我突然想起這件事了，就找出來，放大就看清楚妳了……還有車牌號碼，我一看，怎麼是凌浩的車……」

「什麼？」俞靜一驚。「能看清楚車牌號碼？」

「能！妳看！」老田找出一張局部放大的截圖，粗糙的色塊堆疊出幾個模糊的白色字母和數字，跟俞靜的記憶對上了。

這是新的證據，甚至比錄音還要有用。

「遲成也拍到了嗎？」

「遲成也在？」老田愣了一下。「後面確實又來了一個……是遲成？這個小畜生……」

俞靜看了他一眼：「那第三個人呢？」

「還有第三個人？」老田整個人都呆住了，俞靜第一次從他的眼睛裡看到一種羞愧和震撼交疊的神情。半晌，他低頭想了想：「沒拍到，影片裡只有兩個人。我當時急著回去顧晚自習。對了，我還在辦公室碰見何器了……」

提到何器的名字，兩人都陷入了一陣沉默。

「其實，何器死了之後，我沒有一覺睡得踏實過，有一件事我怎麼都不敢繼續想……」

老田抬頭看了看懸在頭頂的海底隧道，魚群在他臉上投下稍縱即逝的陰影，藍色的水紋波光像一片深海壓在他略顯疲憊的臉上。「我一直在想，如果當時我看到那本筆記本，第一時間就管了，叫家長也好，報告教務處也好，懲罰懲罰他們，讓他們知道這是不對的，而不是讓他們寫寫悔過書就算了……我明明可以做，但我就是沒有！我一直在想，如果我當時那麼做了，會不會後面就沒這麼多事了？何器是不是就不會死了？」

老田低下頭：「我知道這兩件事沒有直接關係，但是我總覺得對妳、對何器都有愧。尤其是那天妳來我家找我，看著我女兒問我，要是將來有人這樣對好月怎麼辦？我……我……」

老田說不下去了，把臉埋進兩隻大手裡，雙肩微微抖動。

俞靜噙著的眼淚也跟著掉了下來：「所以你現在想怎麼辦？」

老田抬起頭，用手指抹去眼淚，把舊手機放到俞靜手裡：「這個妳拿著，妳想怎麼處理就怎麼處理，我都支援。」

「可是……」俞靜看著手機想了想。「如果我要公布出來，所有人就都知道你的祕密了。你老婆、同事、校長，還有你的學生、學生家長……他們都會知道，你確定嗎？……你不怕嗎？」

「我怕，我當然怕。」

老田看了看面前的景觀柱，一個兩三歲的小女孩靠著透明管壁和身後的美人魚合照。老田臉上浮現出溫柔的笑意。「但是我更害怕，以後等好月長大了，有一天知道她有一個懦弱的爸爸。」

俞靜鼻子一酸，低下頭，把手機放進口袋裡，站起身來：「謝謝你，田老師。」

「等一下，還有一件事……」老田看著俞靜。「在妳之前，還有一個人來找我要過筆記本。」

「誰？」
「遲成。」

27 活殺

遲成收到老田發來的見面訊息時心裡咯噔一下。

他怎麼知道自己回來了？怎麼偏偏是兩天後？

一週前，鹽洋市政府藉由中日合作二十周年的契機，舉辦了一個「鹽洋—東京沿海經濟交流與創新合作交流會」，說白了就是招商引資，推進外貿出口，是拉動下半年經濟的一著大棋。市政府特別重視，幾個主要的長官帶著日本考察團前前後後參觀了一週，卯足了勁展示這些年沿海開發的成效，順利通過了不少合作專案，最後的簽約儀式就訂在了遲家的「海鮮凶猛」大飯店，時間就是兩天後。

當初能把飯店開在寸土寸金的旅遊園區，遲宗偉上上下下沒少忙，再加上市政府祕書長趙剛是自己的兒時玩伴，這些年也省去了不少麻煩。「海鮮凶猛」主打高級宴客，剛開張那幾年，鹽洋市有頭有臉的人都在這裡出入過，大廳右邊一整面牆都掛滿了遲宗偉和各種長官、明星的合照。遲宗偉大手一揮，花重金重新裝修店面，光門口的巨型帝王蟹雕塑就花了十幾萬，還把整個一樓大廳打通成左右兩個宴會廳——左「天宮」，主打當地傳統炒菜系；右「龍宮」，研發推出自創品牌的高級海鮮菜色。那幾年賺得盆滿缽滿，甚是風光。

然而，二〇一三年限制政府官員公款的大風颳過，重點整治的就是餐飲行業，再加上擺在照片牆正中央的某官員因貪汙落馬，連帶著掀掉了半面牆的合照。那段時間，海邊休閒農村成了城市特色宣傳的重點，「海鮮凶猛」肉眼可見地冷清下來，平時多是承接一些商務活動、婚壽宴客、同學聚會，勉強維持。雖然說瘦死的駱駝比馬大，但除了租金電費，還有員工、海鮮日日夜夜養著，這麼耗下去也不是個辦法。為了讓飯店重回昔日風光，去年遲宗偉去了趟泰國，回來之後就開竅了。

「龍宮」重新裝修，宴會大廳被一條寬一公尺、長二十幾公尺的巨型玻璃養魚池一分為二，半個人高的養魚池分為蝦類、蟹類、貝殼類三大區域，推出海鮮自助套餐「大鬧龍宮」，噱頭就是「活殺」——廚師砧板分列兩側，食客親自挑選想吃的海鮮，廚師當場宰殺烹飪，下鍋燉煮，吃的就是「新鮮」。

當然，這個規劃還沒正式對外營業，遲宗偉跟趙剛拍胸脯保證「絕對有面子」，費了好大的勁終於拿到了這次承辦宴會的資格。這是個千載難逢的宣傳機會，如果能把這次活動辦得漂漂亮亮的，必然是一個響亮的彩頭。而且當天，鹽洋市的大小官員也都會在，遲成又在日本留學，這是拓展人脈的絕佳機會，所以遲成被遲宗偉逼著回了國，要他那天必須出席。

想到這裡，遲成納悶了，自己上午剛下飛機，下午就去飯店待了一下，老田怎麼知道自己回來了？沒等他問清楚，老田的訊息又來了——「你上次不是要筆記本嗎？我找到了，這兩天抽不開身，四號見面給你。」

遲成回：「四號人太多，不方便。」

老田：「我不進去，給你就走。」

四號當天，北方小年夜。

「海鮮凶猛」上上下下一片忙碌，所有人都如臨大敵，穿著整齊制服的廚師、服務生列陣兩側，龍王銜珠造型的時鐘顯示七點，遲宗偉把自己塞在一套昂貴的西裝裡，遲成也穿著一身新訂製的西裝。他不停地調整著領結，想要揪下來，被遲宗偉用眼神嚴厲制止。

幾輛黑色商務車接連停在飯店門口，車門打開，遲宗偉忙不迭地上前迎接。孫市長和幾位副市長帶著日本考察團走進「海鮮凶猛」金碧輝煌的大廳，剛踩上地板所有人就吃了一驚。

從大廳到「龍宮」的地板是一片波光粼粼的深藍色海面，全部安裝了電子感應器，一步步踩上去會帶動一圈圈模擬漣漪。「龍宮」寬敞明亮，三面牆壁也是LED感應牆，電子魚蝦在腳下倏然游弋，環繞一圈，彷彿真的置身於海底龍宮。沒等眾人落座，宴會廳中央一條巨龍從海底直衝而上，有人嚇得尖叫起來，巨龍在逼近眾人的瞬間滑游到右側牆壁，懸停在正中央的LED螢幕前，兩行中日文字緩緩從氣泡中變幻出來——「熱烈歡迎東京考察團蒞臨本市」。

眾人呆立半晌，考察團面面相覷不知該做何反應，孫市長帶頭鼓起掌：「好！好！」大家的表情這才鬆弛下來，跟著鼓起掌來。祕書長趙剛悄悄朝遲宗偉點了點頭，遲宗偉像一直憋著氣似的，這才敢大大地呼出來。

冗長的長官講話，遲成心不在焉地站在點心區狂吃了幾口小蛋糕。遲宗偉悄聲跟他介紹著在場官員的稱呼和關係，要他好好記在心裡，待會過去敬個酒，介紹一下自己。遲成敷衍地聽著，這樣的場合他從小就在經歷，縈繞耳邊的都是這局長那書記，他記不住單字公式遲宗偉從來不罵，但是記錯了酒席座位、喝酒規矩，遲宗偉就會數落他一整晚，說什麼這才是關係前途的事。一開始他覺得很厭煩，後來發現有時候報出這些稱號反而比錢有用，也就沒那麼反感了。但是現在，他無心顧及這些。老田一直沒回訊息，這讓他有點不安。

雖然覺得老田在這個時候還筆記本怪怪的，但是他也沒有多想。在他心裡，他最瞧不起的就是老田這種人，像狗似的，給錢就搖尾巴，上學的時候他沒少給老田好處，這次大概又是有什麼事來求他。

這時，一個紅棕色頭髮的服務生跑過來悄聲跟遲成說：「小老闆，有人找你，在大廳。」

遲成點點頭，放下盤子，順手在她屁股上掐了一把。

老田站在大廳，正踩著地板上的水波玩，見到遲成後捂著肚子一臉焦急。

「唉呀，你可出來了，我今天中午吃壞肚子了，找半天都沒找到廁所……」

遲成想翻白眼，忍住了。

「內場有。」

「內場在哪裡呢？」

遲成指了指「天宮」。

「穿過去，一直走到後面就看見了。快點喔，那邊不讓人進去。」

老田點點頭，遲成叫住他：「筆記本呢？」

「等一下，急什麼啊，我還有點事想跟你說呢。」

老田疾步走了幾步，又折回來：「你能不能帶我過去？我怕我找不到還得出來。」

遲成的白眼終於翻出來了，他猶豫了一下。「龍宮」宴會廳內掌聲雷動，遲宗偉的聲音傳出來：「下面有請黑田清隆先生為我們分享一下……」

遲成不耐煩地撇撇嘴，對老田一點頭，推開了「天宮」緊閉的大門。

大廳沒開燈，也沒有人，所有服務生都去「龍宮」廳忙了，相較於對面的熱鬧，這裡安靜得有點可怕。桌子都蓋著塑膠布，幾塊明星代言布景板立在黑漆漆的角落，看起來有點嚇人。

借著窗戶透進來的路燈燈光，可以勉強看清道路。遲成在前面飛快走著，老田亦步亦趨地跟著。

「你怎麼知道我今天回來的？」

「啊？」

「我回國的事誰都不知道，你是怎麼知道的？」

「我……」老田頓了頓。「你爸社群帳號！我不是加他了嗎？這段時間天天洗版，說要接待外國使節啥的，又快過年了，肯定得叫你回來，是吧？」

遲成皺眉想了想，有道理。

兩人穿過大廳停下來，遲成推開一扇厚重的消防門，按開燈，指著面前一條狹長的走道：「走到底就是。我在這裡等你。」

老田想了想：「行，你幫我拿一下包包。」

遲成接過老田的包包，剛轉過身，毫無防備地被老田勒住脖子，蒙上外套。遲成嚇呆了，等反應過來的時候已經被老田死死按住，雙手雙腳被塑膠束帶緊緊鎖著，倒在地上動彈不得，什麼也看不見。

「老田你幹什麼？你他媽的放開我！」

遲成像個蠶蛹一樣在地上蠕動，束帶紋絲不動，怎麼掙扎都無濟於事。「你知不知道你在幹什麼？找死是不是？活膩了吧？敢綁架老子！」

沒有回應，老田彷彿消失了一般，遲成眼前一片黑暗，耳邊只有電流吱吱的聲音，遲成有點慌了：「老田？老田？田萬里，你想幹什麼？你想要錢是不是？……你說，這本筆記本要多少錢，你說個數字……你他媽說個數字！」

突然，遲成聽到一陣雜亂的腳步聲，接著他被一股力量拖拽著進了一個房間。腥臭、冰冷，地上有一層濕答答的冰水，他薄薄的西裝立刻浸透了。他忍不住打了個寒顫，接著被人一把揪起，綁在一張鐵椅子上。

這是哪裡？空曠到腳步聲都有迴響，這房裡有幾個人？現在是什麼聲音？突然，他聞到一陣熟悉而黏膩的油煙味，兩手在椅背上抹了一把，有魚鱗。

內場，這裡是內場。

遲成定了定神：「老田，你說句話，我們師生一場，沒必要這樣……」

頭上罩的衣服一下子被摘下，一道刺眼的光近在眼前，遲成閉上眼睛的瞬間，又被貼上了兩條不透光的膠帶。

遲成愣了一下，是女孩的手。

「妳是誰？」剛問完，遲成心裡立刻有了答案。「俞靜？」

「我是何器。」

一股溫熱的鼻息近在臉前，稍微有點咬字不清的冷靜語調確實像何器。

遲成咽了口唾沫：「妳別裝神弄鬼了，我知道妳是演的！」

「是嗎？……那你抖成這樣幹什麼？你在害怕什麼？還是……」聲音繞到了身後。「還是你想起來是怎麼殺我的了？」

「我沒殺人！」遲成聲音顫抖。「我沒殺人，我什麼都沒幹！不是我殺的！」

「哦？是嗎？看來你也不記得了？」

聲音有點走遠，遲成努力辨認著聲響，不遠處傳來一陣刀器碰撞的聲音，聽起來像正在挑揀。

「妳要幹什麼?!」遲成用力掙扎起來，手腕被勒得發疼，他齜牙咧嘴。「妳快放了我！我告訴妳，我爸有看見我出來，我這麼久沒回去，他肯定會來找我的，他找到我你們就死定了！這裡是我家！！」

砰！

孫市長和黑田清隆一起開了一瓶香檳，全場熱烈鼓掌歡呼，香檳緩緩倒入一旁的酒杯塔中，眾人觥籌交錯。遲宗偉在一旁忙得不可開交，一邊用手機拍著照片，一邊指揮著廚師、服務生各就各位，馬上進入今晚的高潮大戲「活殺宴」橋段。

遲成聽見「何器」拉了張椅子，在對面坐著，不急不徐地說：「釣上來的魚，正常提回家，二十分鐘就死了。但是把眼睛蒙上，牠能離開水活十幾個小時，你知道是為什麼嗎？」

遲成用力喘息著，不接話。

「因為人也好，魚也好，突然被綁起來都會恐懼，恐懼太強烈的話，命就不長，但是把眼睛蒙住，看不到外面的東西，就會幻想自己還有救，有一個生的期待就會死得慢一點……」

遲成抿緊嘴巴，一句話也不說，打算盡量拖延時間。

「不說是吧？好。」

遲成聽見「何器」站起來，一陣金屬刀具碰撞的聲音之後，一個尖端突然抵住自己的手臂，尖端鋒利，帶著冰涼的寒意緩緩滑到太陽穴停住。

遲成一陣顫抖，是殺魚的長釘。

「你知道，我爸也是個廚師，他喜歡吃魚，也喜歡做魚。他曾經跟我說，日本有一招殺魚的方法可以讓魚肉保持最鮮嫩的口感，叫『活締』，就像這樣……」

長釘立在遲成的頭頂，「何器」緩緩用力，遲成能感覺到長釘正慢慢刺入他的頭皮。

「先用釘子在魚頭中間穿洞，再把一條鐵絲穿進去，反覆搗一搗，這樣可以先把牠的神經弄斷，減少肌肉運動，但魚還是活的……」

啪啪啪！

主廚砧板上剛剛殺完一條東星斑，魚嘴還在有規律地開合，身上的魚肉已經被切成了透明的薄片，整齊地排列成魚身的形狀。另一側，青殼的大帝王蟹被人從水裡撈起，拚命掙扎的同時，一陣快刀唰唰唰斬斷八腳，刀鋒劈進蟹殼，一轉一撬刮掉鰓絲，蟹腳還在抽動，蟹身已被大卸八塊。

數雙筷子夾起生魚片，蘸料，放入嘴中，一片交口稱讚。遲宗偉總算鬆了口氣，他又瞬間眉頭緊縮，目光在熱鬧擁擠的宴會廳焦急搜尋著。紅棕髮色的服務生從他身邊匆忙經過，遲宗偉抓住她的手臂輕聲問：「還沒找到？」

服務生搖搖頭。

「繼續找。找到了跟他說，躲著沒用，必須過來跟市長打招呼！這個機會錯過可就沒了。」

服務生點點頭。遲宗偉的目光回到餐桌上，立刻舒展開一張討好式的笑臉。

遲成用力縮著脖子，想減少刺痛，但是長釘隨著他的移動而逐漸增加力道，他終於忍不住了。

「妳……妳要是敢殺我，妳也活不成……」

「你殺我一次，我殺你一次，剛好扯平。」

「我說了我沒殺人！我求求妳放了我吧……我真的什麼都不知道……」遲成快崩潰了。

「噓噓噓！」「何器」按住他的肩膀。「我今天就問你三個問題，答對了，放你走，答錯一個，讓你爸直接過來收屍。相信我，我已經死過一次了，不怕再死第二次。」

遲成垂下頭，絕望地捏著手腕，手腕已經被塑膠束帶割出血來。

「準備好了嗎？第一個問題，我那天晚上是怎麼死的？」

遲成低著頭，雙肩劇烈抖動著，沉默良久才緩緩開口。「我……我真的沒想殺妳……那天晚上，凌浩放妳走了，我……我不放心，就追出去了……」

二〇二〇年七月一五日晚上，何器下了凌浩的船，感到一陣強烈的睏乏，她在沙灘上慢慢走著，突然感覺身後有人，一回頭，是遲成。

「不是說好了嗎？你們道歉，我還記憶卡，你還想幹什麼？」

「我……」遲成頓了頓。「我不相信妳。」

何器冷笑一下，不想理他，轉身繼續走著。

遲成不依不饒地跟在後面：「我不相信這麼簡單……妳們就要我們一句道歉？妳們肯定是想讓我們自投羅網，然後拿這個證據去告我們……」

「簡單？你覺得道歉簡單？」何器冷冷地看著他。「如果簡單的話，你們為什麼一個人都做不到？」

遲成被噎得說不出話來，他滿身酒氣，渾身燥熱，看著何器走遠的身影，突然狂追過去，一把把何器推倒在沙灘上，一邊扯著她的裙子，一邊不停說著：「我不能道歉……我不能讓妳說出去……妳們……妳們肯定是想說出去……只要妳和她們一樣就好了……妳就不敢說了……妳要臉，妳不會說的……」

何器瘦弱的身軀被遲成死死壓在身下，拚命掙扎，力氣還是抵不過遲成。眼看著遲成就要扯爛自己的裙子，她抓起一把泥沙用力拍進遲成的眼睛和嘴巴，遲成大叫一聲。何器趁機翻身逃走，沒跑幾步就被追上來的遲成重重撞倒在地。

何器的腦袋撞上一塊嵌在沙灘裡的岩石，瞬間不動了。遲成愣了一下，叫了她幾聲，沒有回應，一道細長的血從她的腦後緩緩流出。遲成的酒氣一下子化作一身冷汗，來不及檢查就落荒而逃。

「我發誓……我發誓我不是故意的……我不知道妳有沒有死……我走的時候真的沒檢查……」

「那我是怎麼去周言陽船上的？最後怎麼掉進海裡的？」「何器」聲音顫抖，抑制住怒意。

「我最後看到妳的時候就在沙灘上，我都不知道周言陽的船長什麼樣子，怎麼把妳拖過去啊？」

「何器」沒有說話，遲成繼續說著：「都這個時候了，我真的沒必要說謊……

當時警察也問了，我……我後面有不在場證明……真的！我只是……只是沒說這一段……」

「你為什麼不說！你要是說了，說不定凶手還能抓到！」

「我……我真不知道……」遲成撇撇嘴角，裝出要哭的樣子。

「何器」努力讓自己平復下來：「好，第二個問題，如果你不是凶手，你回來要那本筆記本幹什麼？」

「對對對！那本筆記本！那本筆記本可以證明我的清白！老田？你快把筆記本拿出來！」

「什麼意思？」

「是這樣的，當時寫這本筆記本純粹是好玩嘛……」遲成頓了頓。「不不不，不是好玩，不好玩！就……就是無聊，亂寫……兩個宿舍的男生都寫了，就周言陽不寫，這不是跟我作對嗎？我就……就想了點辦法逼著他寫，誰知道他從一本恐怖小說上抄了一篇，還把名字空下來了……」

遲成皺著眉，努力回憶著：「雖然給我的時候寫著『何器』，但是那兩個字一看就是模仿的，我又不笨……只是當時沒想那麼多。」

「你是怎麼看出來是模仿的？」

「周言陽寫字妳看過吧？橫平豎直的，全是稜角，像用尺畫出來似的，但是『何器』那兩個字，所有的『口』都寫得像那個字母『D』一樣，雖然感覺已經很努力在模仿了，但還是很明顯……」

遲成抬起頭，漫無目的地轉著腦袋：「老田呢？我跟你要筆記本，就是想找出這個人，你現在把筆記本拿出來，跟前面每一篇比對一下，說不定就找到了……他肯定就是凶手！最後妳死在船上，也是那篇文章寫的結尾……」

還是一陣沉默，遲成聽見兩人竊竊私語的聲音，他鬆弛下來：「前兩個我都說了，最後一個問題是什麼？快點吧，我快凍死了……」

「何器」站起身，走到他的面前，聲音從頭頂傳來：「最後一個不是問題，而是完成我當時要你做的事。現在，就在這裡，跟俞靜，還有其他被你侵犯和傷害過的女生道歉。真心誠意地道個歉，說完就放你走。就這麼簡單。」

「我不道歉！」遲成突然暴怒。「妳又在給我下圈套是不是?!有完沒完？妳肯定是想套我的話當證據，好去告發我！妳做夢！」

宴會已進入尾聲，市長臉頰通紅地站在中央，慷慨激昂地講述著這段時間的感悟和收穫，展望著未來的發展與願景，眾人立在臺下，認真聽著。

「最後，我們也要感謝為這次簽約提供完美場地的遲老闆，非常盛大，我也預祝你的『活殺宴』一炮打響，成為我們鹽洋美食的新招牌。」

眾人鼓著掌看向站在舞臺一邊的遲宗偉，他激動得手足無措，連連鞠躬，對市長舉起酒杯。

突然，整個宴會廳的環形ＬＥＤ螢幕閃爍了幾下，電子波浪和自由游弋的巨龍熄滅，取而代之的是遲成那張因恐懼而扭曲的臉，他帶著哭腔的怒吼聲從四面八方的音響裡傳出來。

「我告訴妳，我不管妳是何器還是俞靜，都休想讓我道歉！妳知道我爸跟市長祕書從小就認識嗎？妳知道妳惹到什麼人了嗎？我諒妳也不敢殺我，妳等我出去，我早晚弄死妳！」

整個宴會廳沉默了幾秒，立刻陷入嗡嗡的討論聲中，有人拿出手機開始錄影，遲宗偉臉色煞白，對呆立原地的保全大吼：「愣著幹什麼！在他媽內場！快去！快去！！」

遲宗偉和保全連滾帶爬地衝出宴會廳。螢幕上，眼睛上貼著膠帶的遲成還在肆無忌憚地說著：「……強姦妳們怎麼了？是凌浩帶我一起的。我爸說了，不能惹比我們有權勢的人，他們說什麼就是什麼。所以不關我的事……我就算被抓了，也關不了幾天，我爸有的是辦法把我弄出來……妳們給我等著！」

內場的大門從裡面反鎖了，怎麼拉都拉不開。

「都給老子閃開！」

遲宗偉大吼一聲，用盡全身的力氣撞向大門，門鎖被撞斷，眾人推門擁入，環視四周，整個內場只有遲成一人。

遲宗偉揭開遲成眼睛上的膠帶，遲成看見爸爸瞬間大哭。遲宗偉啪一聲甩了他一個大耳光。

「誰幹的?!給我找！」

所有人開始緊急搜尋，遲宗偉突然發現不遠處的砧板上架著一隻螢幕碎裂的舊手機。

遲宗偉顫抖著拿起來，畫面正在直播，帳號就是有著數萬粉絲的「帥爸便當」，現在改名為「想念何器」，觀看人數已經突破了十萬，無數網友留言在下面飛速劃過——

強姦犯遲成、凌浩！向所有女生道歉！！！

我×，我認識凌浩，凌典教育公子哥！

妳們不要怕！姊姊來了！

小女生保護好自己！妳是好樣的！

人渣坐牢！人渣去死！

下半輩子吃牢飯啊！

抵制海鮮凶猛！倒閉吧！

就是這個老畜生養出了一個小畜生！

……

遲宗偉嚇得把手機一扔，癱倒在冰冷的地上。

在「海鮮凶猛」大飯店後門的消防通道，俞靜和老田先後爬了下去，紅棕色頭髮的服務生把背包扔給兩個人：「我男朋友正在登出存取系統，放心，查不到的。」

「謝謝學姊！麻煩妳了。」俞靜對她揮揮手。

「應該的！當時還多虧了妳幫我擋酒，算是還上這個人情了！」學姊笑了笑。

「而且，我們都恨死遲成父子倆了，平時老是對我們毛手毛腳的，今天謝謝妳幫我們報仇！」

俞靜露出一個釋然的笑容，晃了晃手機。

「這才剛剛開始呢！」

28

鱗片

攝影機紅點閃爍，正對著一個女孩清晰而堅定的面龐，她清了清嗓子。

「大家好，我叫徐勤勤，是鹽洋市實驗高中高三二七班的學務股長。二〇二〇年三月一九號晚上第二節晚自習下課，凌浩以給我內部講義為由，把我騙至操場，在他的後車廂進行強姦。事後威脅我，如果敢告發，就不讓我考大學。我當時很害怕，因為我爸身體不好，我只有這一年的機會，所以……所以就沒有……」徐勤勤低頭看了看手裡的稿子，突然讀不下去了。

女主持人看了看不遠處的攝影師，攝影師心領神會，準備關掉攝影機。

「不用關，」徐勤勤迅速從桌子上抽了一張衛生紙，把眼淚抹乾。「我在哭這件事情上已經浪費很多時間了，今天來，是想把這件事從頭到尾說出來，憤怒、害怕、崩潰，一點都不剩地說出來……」

女主持人點點頭，攝影機繼續錄著。

「妳剛剛說，妳現在還是會害怕，對嗎？」

「對。哪怕是現在，我坐在離家鄉幾千公里的地方，坐在這個全是人的咖啡館，天氣晴朗，你們在我對面，我還是會害怕……妳知道嗎？我大考之前都沒有因為這件事大哭過，有個念頭堵著我的眼淚，就是『只要考完就好了』。但是當我來到這個城市的第一天晚上，我在宿舍哭到半夜，我以為一切都可以重新開始，結果發現沒用，那件事對我的影響是無孔不入的。比如說，我現在在哪裡都要靠著牆，特別討厭有人站在我後面，就算是坐地鐵，我都會找個靠牆的地方緊緊貼著。我總是夢見，有人突然從背後衝過來捂住我的嘴……」

「既然這樣，為什麼還要站出來呢？妳不怕被更多人知道之後，妳的生活就被打亂了。」

「因為俞靜，因為她先站出來了，我不能讓她一個人面對這些……」徐勤勤低下頭。「說實話，我也是看到那段影片才知道，原來受害者不只我一個人……他們當時也是利用這一點吧，篤定我們不會跟別人說，篤定我們這些只能靠大考走出那裡的人，會把前途看得比什麼都重要……」

「妳一開始的時候就說，希望我們後製不要把妳的名字處理掉或者變成化名，為什麼？」

「因為害怕名字被曝光的人不應該是我們，而是凌浩和暹成。」

「據我所知，這次舉報行動是三天前開始的，為什麼現在站出來？」

「因為我知道網路的力量有多強大，也知道一件事從發酵到消失有多迅速，所以，我選擇現在站出來，就是希望這件事的熱度不要降下去，希望越來越多的人去關注和討論這件事。」

徐勤勤把目光轉向攝影機的正中間，目光像利劍：「我在此請求大家，幫幫我們，這一次，不要再讓他們跑掉了。」

凌典教育大門口被記者和市民圍得水泄不通，空蕩蕩的大廳站著一排保全，沒有任何人要出來的跡象，一位穿著「鹽洋民生頻道」工作背心的攝影師扛著攝影機，女記者面對鏡頭說：「我現在所在的位置，是本市明星企業凌典教育的辦公室，因為在網路上熱議的『實驗高中性侵案』的主犯凌浩正是凌典教育創始人龐恩典的兒子，因情節極其惡劣，本市市長孫軍輝做出重要批示，必須給所有遭受侵害的受害者一個公正正義的結果。據悉，警方已經對涉案人員依法進行了傳喚，事件還在調查之中。我們可以看到，大批學生家長聚集在這裡，要求退課，還有一些社會熱心人士想要為遭受侵害的受害者們討一個公道……」

「我們要是連孩子都保護不了，還有什麼臉活！」一個臉頰皴紅的中年男人突然擠到鏡頭前，語氣因激動而略有些顫抖。「這個公司老闆的兒子就是強姦犯，我女兒十七歲，你讓我怎麼放心讓孩子繼續在這裡上課啊？」

「就是說！自家兒子都管不好！有什麼臉教育別人家孩子！」

這些憤怒的父母揮舞著拳頭，七嘴八舌地喊著：「退課退錢！」、「給說法！」、「賠償！」、「學校倒閉！」

「出來了！」

一個眼尖的記者看到身穿黑色大衣、戴著墨鏡和口罩的龐恩典低著頭疾步走出大廳，人群瞬間散開，又像蜂群聚攏而上。兩行保全手把手拚命擋出一條窄窄的通道，龐恩典彎腰迅速走過。

攝影麥克風摻著各種聲調的詰問相互碰撞——

「妳一直知情嗎？妳有沒有故意替兒子隱瞞罪行？」

「妳覺得學生在妳這裡上課安全有保障嗎？」

「市長要求徹查這件事，並撤銷凌典教育優秀企業的稱號，會對凌典教育上市造成影響嗎？」

「妳有什麼話要對受害者說？」

「妳覺得妳是一個成功的企業家還是一個失敗的母親？」

「妳如何看待網路上……」

龐恩典鑽進汽車，砰一聲關門，把一切都隔絕在外面。麥克風敲撞車門，手掌拍擊玻璃，像冰雹砸在棺材上的聲音。

她深深嘆了口氣，摘下墨鏡，露出一雙疲憊而憤怒的眼睛。

車子開到轉角，凌典教育的標誌——她的「頭像」被憤怒的人群扯下，踩在地上。

格林壹號七〇七龐恩典家。

保姆手足無措地站在凌浩房間門口，見龐恩典進來，連忙迎上去，輕聲說：「一個小時了，怎麼敲都不開門。」

龐恩典點點頭，示意她先出去，然後趴在門上聽了聽，裡面沒有聲音，龐恩典輕輕敲了敲門：「凌浩，開門，是媽媽。」

還是沒有聲音。

「凌浩，有什麼話先出來說，聽到了嗎？這個世界上沒有解決不了的事，但是你得先面對……」

裡面傳來輕微的喀嗒聲，接著是窗戶拉開的聲音。

「凌浩！你要幹什麼！」

龐恩典左右看了看，掄起一旁展示架上的一塊天然太湖石，高高舉過頭頂，用力砸向門鎖。

喀嚓一聲，石頭碎成好幾半，鎖也掉了，龐恩典立刻大力撞開門。

屋裡一片狼藉，目光所及的東西都砸碎了剪碎了，電腦開著，不停地彈出訊息。

凌浩赤身裸體地站在穿衣鏡前，一臉平靜地打量著自己的身體。他從鏡子裡看到龐恩典因憤怒而漲紅的臉，笑了一下，轉過身，向龐恩典舉起雙臂。

「媽，妳知道現在多少人想要我的身體嗎？」他的目光停留在自己的指尖。「有人想把我的手指頭切下來餵狗，有人想把我的皮扒了，筋抽出來，把血放乾，還有人想凌遲我，剮三萬刀……」

凌浩咘咘地笑起來：「我只是有點納悶，網路上那麼多人，就這麼點肉，夠分嗎？」

「凌浩，你冷靜，你冷靜，你先把這件事從頭到尾跟我說一遍……我們再想辦法。」

「我很冷靜，非常冷靜，現在不冷靜的應該是妳……」凌浩背過身，繼續看著鏡子。「……選兒子呢，還是選公司，好煩啊……」

「凌浩！你在說什麼！」龐恩典怒而上前。

「妳別過來！」凌浩不知道從哪裡抽出一把水果刀，放在自己的大腿動脈處。「妳靠近一步我就劃下去！」

龐恩典立刻停步，慢慢後退，靠在桌子上，把他的電腦合上。

「兒子，你聽我說，你的人生還長，這件事沒有你想的那麼嚴重，媽媽會幫你的……你是初犯，再加上自首，很快就可以重新開始的……」

凌浩冷笑一聲：「我果然沒猜錯，還是要公司。只要我道歉，公司聲譽還能保住一點，只要我坐牢，還是妳龐恩典的功勞……」

龐恩典難以置信地看著他。

「妳先聽我說完，」凌浩抓抓頭，走到凸窗坐下，手裡玩著刀。「其實妳一直很恨我吧？從我出生開始。我爸跟我說過，妳當時差點就評選上主任了，結果我出生了，妳就丟掉資格了，不然憑妳的能力，早就當上校長了。哦，對了，要不是為了輔導我上學，妳怎麼可能會把一手打下來的公司讓給我爸管理啊，那個人比我還沒用，如果不是他鬧的那齣，凌典教育也早就上市了……妳也就不用動手殺他了。」

「你在說什麼？」龐恩典面容冷峻。

「心肌梗塞？他天天健身，每隔幾個月就做全身體檢，要是心臟有問題早就檢查出來了，怎麼可能因為心臟問題掉下去？」

「難道這麼多年，你一直覺得是我殺了你爸？」龐恩典的聲音有一絲顫抖。

凌浩沒有說話，死死盯著她看。

「你爸確實不是心肌梗塞，」龐恩典向前走了一步。「他是自殺的。」

凌浩的刀頓在手上，靜靜聽著。

「你想聽真相是吧？好，我告訴你，那段時間因為他自己搞出來的破事，公司一落千丈。說實話，哪家公司不會經歷一些風風雨雨啊？我想不通，就是一個醜聞而已，有什麼過不去的，崩潰成那個樣子，還說是因為我……」

龐恩典冷笑一聲，挽起褲管，指著一道長長的傷疤說：「這個，用花瓶砸的；鼻子，骨折三次；頭髮扯禿了好幾塊……你不知道吧？因為你一回家他就停手了，所以喝醉頭腦不清楚都是放屁！」

龐恩典深呼吸，試圖冷靜下來：「就這樣，我都沒離開他，還鼓勵他從頭再來，大不了先申請破產，養精蓄銳東山再起，他就瘋了，說我要害他……」

龐恩典低頭冷笑：「出事那天，全公司的人罷工，我勸他去跟大家當面道歉，先度過內部的危機，他說讓他想想，然後在陽臺抽了三根菸，我一回頭的工夫就跳下去了。凌浩，我不告訴你真相，是知道你從小就崇拜他，我不想……不想讓你失望。」

凌浩雙手顫抖，緊緊抿著嘴巴，大顆的眼淚掉在刀刃上。

樓下突然傳來由遠及近的警笛聲，凌浩忍不住回頭張望，龐恩典趁機上前一步。

「先把刀給我，兒子，」龐恩典慢慢伸出手。「別像你爸爸一樣，好嗎？」

凌浩慢慢抬起頭：「媽，妳愛我嗎？」

「我當然愛你。」

「如果我說，我跟我爸是一樣的人，妳還愛我嗎？」

龐恩典的手停在半空中，沒有說話。

半晌，凌浩笑了一下，把刀扔到地上，像是鬆了口氣一樣大口呼吸了幾次，回頭指了指樓下：「媽，妳看，我從來都沒有收過這麼多花，真好看。」

凌浩突然踏上陽臺，拉開窗戶：「媽，妳不是最喜歡看我變魔術嗎？我再變一個給妳看吧！」

沒等龐恩典反應過來，凌浩瞬間仰面跌下陽臺，急速墜落，重重地摔在一堆寫著「凌浩去死」的花圈上。

俞靜和老田因為「綁架」遲成並直播的事，被拘留了幾天。他們從派出所出來那天，街道上站滿了前來支持他們的人。

那天很冷，每個人都穿著厚厚的衣服，戴著口罩，耳朵和手被凍得通紅，大家沉默而有序，高高舉著標語和布條——「性侵可恥」、「妳不是一個人」、「我們都在」、「Girls Help Girls」、「正義會來」、「受害者無罪」……

俞靜邊走邊朝大家鞠躬，她的目光突然停在一個女生的臉上，是齊傲雪。

齊傲雪摘下口罩，無聲地用嘴型說：「謝謝妳。」

俞靜坐上老田的車，目光失神地看著外面。老田時不時從後視鏡看看她。

「回家嗎？」

俞靜垂下眼睛：「我沒有別的地方去。」

「妳之後打算怎麼辦？」

「什麼怎麼辦？」

「繼續回那個學校，還是……重考？」

俞靜沒有說話，她看到一隻小蟲子困在車窗玻璃邊緣，走投無路的樣子。她剛要伸手碾碎，又停下了，打開車窗把蟲子放了出去，一陣寒風哨聲一樣鑽進車裡。

「何器應該希望妳繼續讀書，把她其他沒做完的事做完，沒去過的地方都去一遍。」

俞靜朝手心哈了口氣，從口袋裡拿出手套戴上，習慣性捲了一下邊。

老俞家的不鏽鋼大門開著，俞靜推門進去，看到房玲做了一桌熱騰騰的飯菜。老俞坐在爐火旁沉默地添煤。屋裡暖烘烘的，熱得俞靜的耳朵有些發癢，小嬰兒在一旁的搖籃裡靜靜睡著。俞靜沒說話，轉身走向臥室。

「這麼大的事怎麼都不和我們說呢？」老俞冷不防問了一句，俞靜的背一僵。

「哪件事？」俞靜轉過身，冷冷地看著老俞。「是我變成何器去報仇那件事，還是我被凌浩強姦那件事？」

聽到「強姦」，老俞眉頭一皺，用鐵鉤把爐火蓋覆在炭火上，壓上燒水壺。「過去了，都過去了，以後別提了，好好在家……」

「什麼過去了？怎麼就過去了？你連聽都不敢聽，知道我這幾年是怎麼過來的嗎?!」俞靜還是忍不住紅了眼眶。「就是因為我知道，我就算說了也沒人會相信我，就連生我養我的爸，都不可能幫我做什麼！我只能忍氣吞聲地活著。只有何器，她不想讓我白白受這些委屈，她幫我卻把命賠上了，那我也不能讓她白死！」

俞靜抿緊嘴巴，好像用完了所有的力氣：「我累了，先睡一會。」

俞靜推開門，發現房間竟然被收拾成了自己的臥室。牆上掛著她的高中畢業照和獎狀，何器送自己的那個海螺擺在床頭，桌子上放著她破破爛爛的課本和一本沒有拆封的《鹽洋市實驗高中二〇二〇屆畢業紀念冊》。

俞靜關上門，坐在床上，聞著屋裡熟悉的氣味，耳邊傳來一陣若有若無的風聲，她走到窗邊，把窗戶關好，屋裡瞬間一片寂靜。

俞靜癱在床上，盯著一束光靜默了一會。她發現自己已經很久沒有這樣靜靜地躺一會了。空氣中細小的灰塵和纖維毫無掛礙地輕輕翕動，陽光灑在她的手臂上，像一塊乾燥的熱毛巾。她突然覺得很累，又很輕鬆。

這是種怎樣的感覺？從決定成為何器的那一刻起，到現在，發生了太多不可思議的事情。像蒙著眼罩毫無防備地上了戰場，耳邊只有風聲，無數利器藏在風聲的後面，一開始以為無法戰勝的敵人竟是巨蟒身上的一個鱗片。而現在，摘下眼罩的現在，居然看到這條巨蟒癱在地上苟延殘喘，血流成河。

何器，妳看，我們並非孤身一人。

俞靜戴上耳機，拆開那本畢業紀念冊，耳邊傳來何器最後唱的那首歌。

踏上一個人孤獨的旅程
夥伴什麼的暫時不需要啦
在小道的角落裡遇到了一隻貓
牠那雙無依無靠的眼睛在哭泣著
好像在說：讓我看看你的夢想吧，拜託了
雖然我也不怎麼可靠
但也不是在放空話哦
你就跟我一起走吧，雖然前方肯定會遇上暴風雨
但是有我在就沒問題哦
就這樣一直走向大海吧
就算碰上怪獸也沒什麼大不了的
到時候我會用我不怎麼可靠的爪子
拚命保護你的哦
要是能夠說出這樣的話
我們肯定可以變得更堅強的
這次一定要一路向前

向那些在陰霾中度過的日子說再見
如果還是感到害怕的話
能否讓我枕在你的懷中睡一覺呢
迎面而來的暴風雨
深深刺進我的眼睛
就算殘酷的現實
使我們遍體鱗傷
原本無趣的日子竟變得如此驚奇
就讓旅途永遠繼續下去吧

……

俞靜翻到二十七班那一頁，正面是全班的畢業合照，所有人都在陽光下燦爛地笑著。背面是二十七班課堂俯拍，對應著座位和姓名。再往後翻幾頁就是全班的畢業留言和簽名。

俞靜看著自己的手指滑過一行行手寫留言——

「未來見！——周言陽」

「祝大家前程似錦，勇攀高峰。——徐勤勤」

「希望我的兄弟們吃嘛嘛香，身體倍兒棒！[16]——暹成」

「我來，我見，我征服。——凌浩」

「大考快點結束吧！我想去看看外面的世界！——俞靜」

「希望我和俞靜考上大學，當一輩子好朋友！——何器」

……

俞靜嘴角露出微笑，翻到俯拍的課堂照片細細看著，突然她的手指一頓。

第二排靠牆的桌子上靜靜放著一個暗綠色的小盒子和兩枚螢光綠的耳塞，這正是當初她和何器、齊傲雪找遍全班都沒有發現的米度狗耳塞。

俞靜指尖顫抖，停在那個名字上——楊百聰。

她往後翻了一頁，在手寫留言頁面，目光死死釘在「心懷恨意才能志向遠大——楊百聰」這一行字上。

每一個「口」都寫成了「D」的形狀。

16 出自中國牙膏廣告詞「牙好，胃口就好，身體倍兒棒，吃嘛嘛香」。「吃嘛嘛香」指吃什麼都覺得好吃、吃得很香。

29 擰緊

離大考還有兩個月，晚自習，黑板上寫著密密麻麻的作業，連後排的人也開始翻書了，整個教室瀰漫著一種默哀的氛圍。

老田從後門走進教室，把聯合模擬考排名貼在了黑板旁邊，悄無聲息地晃了一圈，撂下一句「在每一道寫錯的題目旁邊寫清楚犯錯原因，拿回去給家長簽名」就出去了，教室裡的抱怨聲像風吹荷葉，凌亂乍起又很快恢復平靜。

楊百聰盯著自己的考卷看了五分鐘，然後從筆袋裡拿出馬克筆，把「鹽洋市高三校際聯合模擬考數學考卷」這行印刷字塗成一條黑黑的粗杠，在上方一筆一畫寫了兩個字——「遺書」，接著又在下面寫了一行小字——「如果有一天我死了，凶手就是這張考卷」。

他認真地對折，疊成一個方形的小信封，從抽屜裡拿出一個阿爾卑斯棒棒糖的小鐵盒，把「遺書」放進去。

裡面已經有十幾封「遺書」了。

下課鈴聲響起，很多人瞬間衝到黑板旁邊看排名，楊百聰默默收拾書包，推開人群走出去了。他不想看也不用看，因為周言陽肯定又是第一，自己又在十名之外。

經過學生餐廳的時候，楊百聰買了個肉夾饃放進書包。他知道，今天晚上的飯他吃不好的，母親會各種使臉色抱怨，父親楊順民會拿筷子一下一下敲著他的碗沿，說：「楊百聰啊楊百聰，你就是洋相百出，百無一聽。」這還不是最可怕的，最可怕的是下半句：「你看看人家周言陽，吃穀糠吞野菜聾一隻耳朵都能考第一，我們家雖然不怎麼有錢，但也沒讓你少吃少穿吧？你考這兩分對得起誰？」

每次聽到這句話，楊百聰的耳朵都嗡嗡的。他寧願父親打他一頓，往死裡打，也不想聽見父親拿自己跟周言陽比。然而楊百聰知道，只要他活著，這種比較就不會停止，還會變本加厲。現在和周言陽比成績，將來就會比大學、工作、收入、房子、老婆、孩子、孩子的成績……永無止境。

因為周言陽是楊百聰的表哥。

幸好沒有人知道他們的關係，兩個人也都很有默契地沒有跟別人說過，周言陽大概是覺得沒必要，而楊百聰是怕這種「比較」還要蔓延到學校、課堂，那他就真的要窒息了。

這種窒息是從什麼時候開始的呢？大概是從國中，因為在國中以前，他們表兄弟倆的位置是倒過來的。

老楊家有兩個孩子，大姊楊順芳就是周言陽的母親，從小就長了一副苦相，乾巴巴的，吃多少玉米糊地瓜乾也胖不起來，上完小學就跟著母親在碼頭上賣貨，寬闊的薄衫長褲罩在身上，海風一吹就只剩頭和腳還在原地，其他部分都在呼啦作響。二十歲出頭就認識了船員周亞軍，周亞軍天天往楊順芳的貨攤上送船隊剛打上來的新鮮海產，一來二去兩人就好上了。

那是船隊最風光的時候，船員待遇也好，周亞軍提親給足了老楊家面子。誰知道結婚沒兩年船隊就解散了，周亞軍用補償款和這些年存下的錢買了一艘木質漁船，當起了漁民。憑著精壯的體力和經驗，前兩年還算可以，但是單幹畢竟不如團戰，又累又苦，風險也大，周言陽出生後開銷又一下子多了好幾倍。再加上木質漁船在水裡泡久了，木縫吸飽海水，船身就不穩，一個大浪過來比海盜船還晃，有時候還會把剛拉上來的海產掀回海裡，日子就更緊繃了。好在楊順芳是個會過日子的女人，精打細算，幾年下來，沒存下什麼錢，但也沒欠錢。結果周言陽三歲那年查出來右耳失聰，不管是治耳朵還是戴助聽器都要十幾二十萬。

那段時間，周亞軍經常一個人躲在船上喝悶酒，皮膚晒得跟老漁船同個色，喝多了就要出海，說要多賺點錢讓兒子治耳朵，誰勸都不聽。周言陽五歲那年，周亞軍出了趟遠海，三四天沒聯絡上，海警都出動了。沒過幾天，船找到了，但人沒了，船底破了個大洞，船艙裡的鍋碗瓢盆被掏得一乾二淨，掛滿了海藻螺殼，泥沙淤積，腥臭瀰漫，像個從深海裡撈出來的墓碑。

按照楊順芳的意思，這船還是留下了，用好幾條鐵鍊拴在離碼頭不遠的廢棄漁場，那裡鮮有人去，清靜得像個墓園。楊順芳從小就跟周言陽說，你爸人沒了，這船就是你爸的墳，他是因為你死的，爭口氣，別讓他白死。

周言陽越長大，越明白母親話裡面的另一層意思——別讓楊順民那家人好過。因為父親出海那天晚上，先帶著兩斤鹹魚乾去了趟楊順民家，想借十萬塊錢，這是他這輩子第一次開口求人。結果不知道楊順民說了什麼，周亞軍那天喝得酩酊大醉，非要出海不可。

雖然說周亞軍不是楊順民殺的，但人死了，總要有個地方安置恨意。再說這口氣，楊順芳已經憋了幾十年。

楊順民只比楊順芳小一歲，從小就是個大胖小子，家裡唯一一張全家福上，他裹得像隻菜蟲，坐在父親的腿上，跟竹竿似的父母和姊姊相比，像是撿來的孩子。

小學的時候，楊順民成績不算好，唯獨算數算得快，一百以內的加減小胖手一掐就算出來了，一到過年有親戚來串門子，楊順民就要被叫出來表演算數。「神童」

的帽子一扣，老楊就下了個決心，砸鍋賣鐵也要供楊順民上大學。所以楊順民從小就沒洗過一個碗一件衣服，他只需要讀書，哪怕犯了天大的錯，只要說一句「我晚上還要寫作業」，老楊的巴掌就會收回去，碗裡還能多一塊肉。

就這樣一路寵到大考，楊順民使出吃奶的勁考上了本市一所大學，會計系。拿到通知書那天，老楊老淚縱橫，宴請全村，說這麼多年辛苦沒白費。那一天，楊順芳跟著母親在院子和廚房穿梭了一整天，連口熱飯都沒吃上。

楊順民畢業後，老楊託關係把他送進當地一家小銀行當櫃員，熬了幾年終於熬到了一個管理部負責人的位置。老楊去世的時候，立了遺囑，所有遺產給楊順民，還給他留了一句遺言：「以後，多幫襯幫襯你姊姊，她命苦。」

楊順民聽了父親的話，這些年沒少「幫襯」。在楊百聰上小學那陣子，每到逢年過節他都會帶上楊百聰去送東西給楊順芳一家。楊百聰穿不下的衣服鞋子、部門多發的油鹽米麵、用不到的傢俱電器、不值錢的掛曆贈品，每次都轟隆隆裝好幾大袋。楊順芳會收，嘴上也說著謝謝，但兩家人都心知肚明，這種幫襯並非出於承諾或是同情，而是一種優越感。楊順民每次上門，都會特地帶上楊百聰的成績單和他這一年參加某某演講比賽、書法比賽、畫畫比賽的證書，花上半天時間誇兒子像自己，從小就愛學習，爭氣，說不定是個畫家苗子。

他當然知道楊順芳沒錢送周言陽去培養專長，他想看的就是姊姊臉上那種羨慕與嫉妒交織的複雜神情。這種神情伴隨他長大，戒不掉了。

每到這個時候，周言陽就會默默躲到一邊，故意用右耳朵對著他們。這樣既可以保持禮貌，又可以遮蓋這些不想聽的聲音。兄弟兩人也幾乎從不交流，在楊百聰為數不多的記憶裡，周言陽家總是很臭，白衣服走幾步就蹭髒了，沙發也是潮潮的，有股鹹魚和爛蘋果交織的腐味，以致他每次待一下下就要跑出去透透氣。

他不知道，這些微小的蹙眉和看似正常的舉止，都如鋼刺般默默刻在了周言陽的眼裡。

周言陽是聽著母親的抱怨長大的，一度他也非常痛恨不公的秤錘為什麼要砸在他們家。但是他越長大越覺得，這些都沒有什麼意義，他當然理解母親的恨意，也理解舅舅的傲慢，可那是上一輩人留給他們的恩怨種子，不澆灌自然就會死掉，為什麼還要日夜栽培成傷人傷己的荊棘？可他不敢和母親說這些，他知道那些毫無新意的絮叨是母親給自己心裡那道傷口貼的ＯＫ繃，沒什麼用，但總比沒有好。

所以周言陽想得很清楚，既能治好母親心病，又能把自己帶離這種境地的唯一途徑就是讀書。讀書，是一件不需要被出身決定的事情。只要考出去，就能跟母親永遠離開這裡。

楊順民從來沒有想過，有一天自己的優越感會斷在兒子這裡。

國中之前，楊百聰還一度戴上了資優學生會幹部標誌，畢業考試考得也不錯，和周言陽進了同一所公立國中，排名前十，而周言陽的排名第二頁都找不到。但是從國二開始，楊百聰的成績一度掉到了幾十名外，然後就像老牛拉破車一樣，怎麼拉都拉不動了。周言陽卻恰恰相反，國二之後，成績跟個子一樣突飛猛進，不僅遠遠甩下楊百聰，還時不時能衝到前三名。

國三開學，全校升學考動員大會，學校為全體國三學生分了類，以現有成績為基準，升學考穩過的發綠徽章，需要拚一把的發黃徽章，可能要考慮去高職的發紅徽章。

楊順民從教室出來，看了看手裡的黃徽章，連同楊百聰的成績單一起扔進了垃圾桶。楊百聰低著頭跟在他身後，迎面撞上了戴著綠徽章的周言陽母子倆，兩家人隨口寒暄了幾句，還沒聊到成績，楊順民就找藉口走了。那種自豪和揚眉吐氣的神情他太熟悉了，只是他從未想過，這個表情有一天會出現在楊順芳的臉上。

那天以後，楊順民對楊百聰的失望終於引爆成焦慮。兩家人的來往也變少了，但「周言陽」這三個字卻越來越多地出現在了楊百聰的耳邊——

「周言陽數學能考滿分，你為什麼連個公式都記不住？」

「買衣服？周言陽有幾套新衣服？你就是腦子裡淨想這些成績才不好的。」

「還看電視！還偷偷畫畫！有這個工夫能不能學學周言陽？人家吃飯都在看書！」

「你能不能給老子添點面子？你想下半輩子被周言陽壓著？」

「周言陽升學考第一志願是實驗高中，你要是考不上就別回來了！」

「人這一輩子就是在一棵樹上爬，往下看都是臉，往上看都是屁股，你想看臉還是看屁股？」

…………

楊順民似乎找到了一個極好的出口，無論是被主管打壓、被同事強迫、被客戶羞辱，還是買菜少找了錢、天氣不好、飯太鹹，都可以一股腦地扔進「都是因為你成績不如周言陽」這個深不見底的大缸裡，再扣上一個「就等著你出人頭地」的水泥蓋，跺兩腳。這種畸形的恨意一圈圈擰下來，越擰越緊，成了楊百聰一想就能疼一身冷汗的緊箍咒。

升學考前夜，楊百聰跪在自己的課本前，把能叫得上名字的神仙都求了一遍，甚至願意拿出一半的壽命去換考進實驗高中的資格。不知道哪個神仙好心，被他的恐懼打動，讓他壓線進了實驗高中。

可是高中的課業壓力和風起雲湧的競爭是國中的數倍，想要擠進班級的婆羅門階層，絕不僅僅是努力就可以達到的。楊百聰感覺自己就像一個一輩子沒下過水的人，突然要和一群游泳冠軍搶一條魚，而那條魚時不時就會自己游到周言陽的手裡。

有那麼一陣子，他甚至羨慕起周言陽的苦難。他覺得周言陽的優秀就是苦難帶來的，失聰的耳朵、早逝的父親、苦難的童年、沾滿泥點子的布鞋。書上不是說嗎，「天將降大任於斯人也，必先苦其心志，勞其筋骨，餓其體膚」。周言陽那種置之死地而後生、絕無退路的拚勁，平順長大的人很難靠想像獲得。一定是這裡出了問題。

所以楊百聰也開始了某種隱祕的「自虐」——不讓自己吃飽以保持清醒，大夏天跑完操場故意不脫外套，走到哪裡都抱著書，晚上躲在被子裡開著手電筒寫題目到凌晨。他甚至想過要不要把耳朵也弄聾一隻，這樣就可以遮蓋雜音，讓自己更加專注，後來覺得太痛就放棄了。他在網路上搜尋到一個叫「米度狗」的耳塞最好用，所以囤了好幾盒，走到哪裡都戴著。

這樣持續了一段日子，他的成績果然有所回報，一度擠進了前十，這讓他看到了一絲希望。為了能加快這個進程，他又想到了一個辦法，那就是讓周言陽的成績下滑。

他知道周言陽和何器談戀愛的大部分時間都是在討論題目，所以偷偷寫了小紙條給老田打小報告。沒過幾天，何器的爸爸來學校找了周言陽好幾趟。這件事確實對周言陽造成了影響，但他除了話越來越少，臉越來越陰沉之外，成績依然像鋼鑄鐵打般紋絲不動。

那就只能利用遲成了。

遲成一般而言不惹好學生，色情文章徵文一開始只挑了幾個宿舍的男生來寫，原本繞過周言陽了，結果楊百聰跑去說周言陽罵遲成猥瑣。遲成最討厭別人說自己猥瑣，所以找人把周言陽堵在廁所打了一頓，還逼周言陽必須寫一篇出來，命題作文，就叫〈海邊姦殺日記〉，女主角是何器，寫不出來未來一個月都不會讓他睡好覺的。周言陽默默權衡了一下，還是寫了。他在網路上隨便找了一篇，但是沒寫名字。楊百聰趁他交之前，偷偷模仿他的筆跡，把何器的名字寫上去了。

沒過幾天，這本筆記本被俞靜和何器發現。就算她們不發現，他也會想辦法讓何器看到。果然，兩人徹底分手，周言陽為此消沉了很久。楊百聰的成績史無前例地逼近了周言陽，為此楊順民破天荒地誇了他，還說，要是大學考也能超過周言陽，就不干涉他填志願。

勝利的喜悅從未如此逼近，再逼自己一把，擰到大考，未來的人生就會和自己的期待嚴絲合縫地咬合在一起。

但他萬萬沒有想到，這所有的一切，都會毀在一枚小小的耳塞上。

30 海霧

操場外面那片小樹林是楊百聰在某節體育課上偶然發現的。當時他正一個人對著牆練習打排球，一下子用力過猛，球越過矮牆消失了。臨近下課，楊百聰沒時間繞一大圈出去，於是他想找幾塊磚頭墊腳翻過去，走到鐵柵欄附近的時候，發現了那個被藤蔓遮掩的缺口。

楊百聰也沒多想，鑽進去在小樹林裡找到了球，還發現了一個蘑菇形狀的小涼亭，一桌一凳，靜謐隱蔽，桌上平整的灰塵顯示這裡沒人來過。楊百聰心裡一動。這兩天他正心煩晚自習沒辦法好好學習，因為臨近校慶，班上同學空前浮躁，只要老田一走，教室就亂得像菜市場似的，連耳塞都無法隔絕，要是在這裡讀書就完全不用擔心雜訊，這也是一個非常適合「苦其心志」的地方。

於是當天晚上他就帶著書和手電筒來上了一整晚的「自習」，除了蚊子有點吵之外，戴上耳塞簡直完美，效率空前地高。所以第二天校慶結束後，他早早搬完架子，提前離開，想趁最後一節晚自習還沒下課多讀一會。

楊百聰看見有輛車停在小樹林邊，但他沒在意，以為是哪個老師的車。結果剛坐下沒一會，就隱約聽見有人爭吵的聲音。他看見淩浩掐著俞靜的脖子，一下子把她摔進後車廂。

楊百聰趕緊按滅手電筒，心臟怦怦跳，他緩緩摘下耳塞，俞靜的哭號像梳篦一樣一下一下刮著他的耳膜，刮走了他的呼吸，他難以置信地聽著，只覺得渾身發緊，僵在原地。

「性」對那時候的楊百聰來說，是和「龍」一樣的存在——他知道那是什麼，也瞭解具體的細節，只是沒有親眼見過而已。他也沒那麼好奇，因為遲成的筆記本已經滿足了他很多想像。他只是沒有想到，有一天這條「龍」會以如此恐怖而爆裂的方式出現在自己眼前。

當遲成也參與進來的時候，楊百聰徹底坐不住了，他悄悄起身，想趕緊離開這裡。誰知手電筒啪嗒一聲掉在了石桌上，又「啪嗒」一聲滾到了地上，短促的撞擊像有人對著他的心臟連開了兩槍。

這一次神仙沒有幫他。

淩浩把他從黑暗中揪出來，他第一次覺得淩浩無比高大，肚子挨了一拳之後，他痛苦地跪在地上，嘴裡滿是泥土的腥味，才意識到自己正趴在一個土坑裡。

那天晚上究竟是怎麼結束的，楊百聰記不清了，只記得自己除了點頭之外一句話都不敢說，還有指尖的虛汗在皮製座椅上留下的幾道濕痕，夜晚的涼意纏住了他每一個毛孔。那條「巨龍」騰空而起，隱沒在縱深的寒霧中，俯瞰著那個如破布般瑟瑟發抖的自己。

他原以為俞靜至少會請假幾天，誰知她從保健室回來就繼續上課了，像什麼都沒發生一樣。但俞靜手臂上的瘀青和偶爾失焦的眼睛還是提醒他，那不是一場噩夢。每當他的目光在俞靜臉上多停一會，凌浩那刀鋒一樣的眼神就會把這道視線劈斷。他知道，他必須隱藏得更深才行。但楊百聰無法停止後怕和猜疑，尤其是他看到俞靜、何器和齊傲雪開始湊在一起，他立刻就明白一個隱祕的聯盟正在形成，他們三個男生的處境並非像凌浩所說的那麼安全。

某節體育課，楊百聰看到三個女生從小樹林裡出來，便悄悄跟在後面，一路上了教學大樓的天臺，他躲在一個遮陽板後面，隱約聽見三人在說「錄音筆」、「比凌浩矮」什麼的，接著，他看見俞靜手裡的那枚螢光綠耳塞，它像一顆子彈一樣釘進了他的眼睛。

「只要找到這個耳塞是誰的，我們就有把握了。」

楊百聰連滾帶爬地下了樓，衝回教室，把自己所有的耳塞都扔進了廁所，又偷偷潛回到小樹林，把那個土坑填平。然後他把看到的一切都原原本本地告訴了凌浩，並壯著膽子「威脅」了一句：「你們要是把我的名字說出來，我就會先自首，大家同歸於盡！」

凌浩當然不會傻到把他的名字說出來，就楊百聰這個膽子，說出來不就是送人質給俞靜她們嗎？

那段時間，楊百聰再也無心讀書，雖然凌浩說他已經把事情解決了，只要大考結束，俞靜就會把那些錄音歸還，這件事就會永遠消失在這個世界上。凌浩也確實沒有把自己供出去，因為俞靜她們並沒有來找自己。但是楊百聰還是像被施了魔咒一樣，上課再也無法集中精神，時常盯著課本發呆，身體因為慣性寫著一張又一張考卷，但已經理解不了那些公式和單字的意思了。

第一、第二、第三次模擬考，他的成績就像繃太緊而徹底失去彈性的彈弓緩緩射出的一顆石子，石子重重落地，連弧線都沒有。

大學考的成績單也不出所料地成了楊順民甩在他臉上的一記脆響，但是楊百聰發現，無論楊順民罵什麼，他都已經不害怕了，也不覺得厭煩，他甚至有點懷念那些因為分數和排名而惴惴不安的日子。那種恐懼起碼是明確的，是一個個數字，站在明處，只要多做幾份考卷就可以戰勝。而現在，他根本不知道自己在面對什麼。

那天晚上那團黑漆漆的寒霧一直縈繞在他的周圍，目及之處只有他自己，隱沒在迷霧深處的東西是什麼，會在什麼時候、以什麼樣的方式將他獵殺，他連想都不敢想。唯一確定的是，會引爆這一切的引線，將永遠握在俞靜和何器的手裡。

同學聚會那天，「海鮮凶猛」大飯店的頂樓錦繡廳，全班同學都來了，除了俞靜。那一天，大家看起來都很開心，沒有了制服的拘束，每張臉都顯得獨一無二。老田尤其開心，畢竟是他第一次教出狀元。那一天，周言陽出盡風頭，每個人都過去向他敬酒，一張張稚氣未脫的臉學著大人的樣子說著「友誼地久天長」、「莫愁前路無知己」之類的話。

楊百聰已無心在意這些，他全部的心思都在何器的身上。如果真如凌浩所說，他已經跟俞靜達成交易，那俞靜為什麼沒來？為什麼只有何器來了？而且何器看起來心情很不好，一整晚都心事重重地坐在角落，中間跟胡謙出去了一趟，回來時臉色就不對了。是不是凌浩有什麼事沒告訴自己？

楊百聰越想越不安，幾次暗示凌浩出去，凌浩都沒理他。他只好不停地喝酒以撫平焦躁，卻在廁所吐得天昏地暗。等他從廁所回來，聚會已經散場了，剛剛熱鬧非凡的宴會廳只剩周言陽一人趴在桌上酣睡。他趕緊追出去，終於在一處樓梯轉角聽見淩浩的聲音：「我的船就在附近，到那裡再聊吧。」

「做夢！」

楊百聰看見何器轉身就走，突然間，一把匕首在她的腰間一閃，匕首的另一端握在遲成的手裡。遲成噴著酒氣，得意揚揚地說：「喊也沒用，這裡是我家。就隨便聊聊，不會怎麼樣的。」

淩浩的小遊艇停泊在一塊巨大的礁石邊上，還未漲潮，大礁石附近有幾叢矮礁石嶙峋交錯。楊百聰在岸邊躲了一會，才悄悄靠近，找到了一處可以落腳的碎礁石，極力靠著船身。這是個完美的死角，雖然看不見船艙，但聲音清晰可辨。

「……喝多了，到海邊散心，不小心失足墜海，定格在最美的年華，多好的故事……」這是淩浩的聲音。

「你就算殺了我，我也不會告訴你記憶卡在哪裡的……」何器的聲音聽上去有些顫抖。

「你看，我就說她聊不通，非得魚死網破，何必呢？」淩浩的鞋底敲擊著空蕩蕩的船板。「妳以為我真的不敢殺妳對吧？妳知道我們這個海邊每年淹死多少人嗎？妳以為多妳一個會多嗎？」

「凌浩，這些事遲早會被人知道的，你殺了我就要付出代價……」

「什麼代價？有人看見妳上我的船了嗎？再說看見又怎麼了？只要他敢出來，我連他一起殺！」

船身搖晃，楊百聰差點沒扶住，失重讓他不小心叫出聲來，他趕緊捂住嘴巴。

這時船艙裡突然傳來一陣雜亂的響動，有人重重地倒在地上。

「放手！」何器短促地尖叫了一聲，一個酒瓶摔碎。

海風夾雜著喘息呼嘯而過，一陣漫長的沉默之後，何器的聲音聽起來空前冷靜：「這樣吧，我想在死之前留個遺言……也不算遺言，只是想唱首歌，當作我最後的一段影片，給我爸留個紀念……可以嗎？」

「也行，畢竟同學一場，這點要求不滿足也太小氣了。」凌浩打了兩個噴嚏，不急不徐地說。

「用我自己的手機錄吧。放心，我要是說了什麼不該說的，你們可以隨時刪掉。」

凌浩走到角落，過了一會，〈たちまち嵐〉的節奏響起，何器清清嗓子，輕快的歌聲傳來。楊百聰驚訝地聽著，何器彷彿一下子變了一個人，彷彿在她面前的不是生命的末路，而是一條通向糖果屋的鮮花小徑。死亡倒計時的和絃卻一下下敲在楊百聰的神經上，他感覺自己像一條攀附在岩石縫隙裡的海葵，此時正皺縮成一團醜陋而渺小的黑色陰影。

「畢業快樂！」何器語氣輕快地喊出最後這句，把楊百聰重新拉回神來。

「妳要幹什麼！」遲成突然大喝一聲。

「發動態啊。」何器的聲音沒有一絲溫度。「你們蠢嗎？航海記錄儀不會騙人，你這船停在這裡這麼久，我又剛好在這個時候淹死，就算是意外，不覺得太巧了嗎？我把影片傳出去是幫你們洗脫嫌疑，證明我在這裡的時候一點事都沒有。」

凌浩和遲成沉默了一會，把手機還給了何器。

幾十秒後，手機閃著一道寒光，咕咚一聲掉進了深不見底的海裡。

凌浩和遲成慌亂地跑向甲板。楊百聰趕緊捏住鼻子，把身體浸到黑漆漆的水裡，雙手緊緊攀住礁石壁。上面傳來嗡嗡嗡的爭吵聲。

「妳他媽想幹什麼?!」凌浩作勢要跳下去。

「撿上來也沒用，已經進水了。」何器冷笑一聲。「我剛剛在影片裡發出了求救暗號，如果我今天晚上沒有活著回去，會有人不計任何代價替我報仇的。」

「誰?!」凌浩氣得大吼一聲。「妳爸？周言陽？……總不會是俞靜吧？就她一個女的能怎麼樣……」

「不信你可以試試看，賭一把，用你們兩個的命賭。」

楊百聰憋住氣，一點一點挪到大礁石的另一側，攀在一處略為平坦的岩壁上，才敢小心翼翼探出頭來，仔細聽著甲板上的動靜。

「這樣吧，」凌浩長長地嘆了一口氣。「我們不搞這麼複雜好不好？我的目的其實很簡單，就是那張記憶卡，妳的目的也很簡單，活著回家，對吧？不如我們各退一步，說說妳要我們怎麼做，才會把記憶卡給我們。」

何器想了想，剛要開口。

「等一下，」凌浩掏出手機。「我錄下來，我們誰也別耍賴。」

何器點點頭：「我的要求很簡單，只要你和遲成跟那些你們傷害過的女生逐一道歉，發自內心地道歉，尤其是俞靜，我就把那張記憶卡還給你們，不會留底，不會曝光，這輩子老死不相往來。」

「好，我答應何器的條件，用我的前途發誓。」凌浩咬牙切齒地說，然後把手機轉向遲成的臉。「換你了！」

遲成的聲音很小：「我……我也答應。」

「那就一週之後，碼頭見。」何器轉過身，跳到一旁的礁石上。

「哦，對了，」何器突然停腳，楊百聰趕緊縮起身子，一陣海風把何器的話撕得粉碎，但還是一片一片砸進了楊百聰的耳朵。「那天晚上第三個人是誰？」

凌浩頓了頓：「是楊百聰。」

「那他也得一起道歉，不然我不會還的。」

「好，那個孬種交給我就行。一言為定。」

「一言為定。」

楊百聰突然感到一陣巨大的涼意裹住全身，低頭發現海水不知什麼時候漫到了胸口的位置。他呆在原地，感到雙手一陣劇痛，他這才發現自己的手指被岩石上的粗礪貝殼劃出無數道細小的傷口，幾道血絲隨著海水的流向不斷湧出。但他顧不了了，他現在滿腦子都是何器那句話。如果自己的事被知道了，就完了，一切都完了。以他對楊順民的瞭解，把他剁了餵魚都是有可能的。

想到這裡，楊百聰的目光冷卻下來，他緊緊盯著何器逐漸離開的背影，那條裙子在他通紅的眼裡搖晃成一條墨綠色的絞索。他輕輕躍下礁石，兩腳踏上柔軟的沙灘，弓著腰，雙手垂在兩側，起伏的海浪往他手心裡送了一塊尖銳的石頭。

他在心裡默數，本想等何器走遠一點再跟過去，誰知遲成突然從礁石的另一側衝出來，一路狂追上何器，兩人爭執了幾句，遲成猛地把何器推倒在地，一陣扭打之後，何器突然不動了，遲成癱倒在一邊，一邊叫一邊連滾帶爬地跑了。

楊百聰在海水裡待了好一會，才敢確認剛剛發生了什麼。他看了看四周，確認沒有人過來，才快速朝那裡走去。

何器一動也不動，頭枕在一灘絾默橫移的血水邊緣，已經沒了鼻息。那條墨綠色長裙的皺褶在風裡瑟瑟發抖，像一叢集體死亡的葉子。

楊百聰轉頭望向黑黢黢的海面，淩浩的船已經不見了，一大團海霧從深淵處逼近，如臨終巨人緩緩吐出的最後一口煙圈。

要漲潮了。

他突然覺得這個場景似乎在哪裡見過，這所有的一切都像預言般從無數個遠方趕來，讓他不得不想起周言陽寫在遲成筆記本上的那篇文章。

大海，沙灘，少女，鮮血。

是啊，反正都已經死了，為什麼不幫幫我呢？

楊百聰把何器放到一塊厚重的防水布上，拽住一角在漲潮海岸上一點點拖行。那個拴著周言陽家破木船的廢棄漁場就在不遠處，只要何器的屍體在那裡被發現，周言陽就脫不了關係。就算最後被證明清白，也可以給他留下汙點和夠大的心理陰影。

海浪的聲音蓋過了拖行的沙礫雜音。楊百聰不敢回頭，悶聲拉扯著。他知道，接下來的日子，他再也不能回頭了。

那艘木船略微傾斜，幾條生鏽的粗鎖鏈斜插進厚厚的沙中。船篷低矮，早已裂開漏風，船艙依然空蕩蕩的，手指寬的木板縫隙和積水的凹槽裡有貝類安穩地憩著，曝晒後的溫熱與沙土蒸騰的濕氣相遇，讓這裡瀰漫著一股深井的氣息。

楊百聰彎腰把何器的屍體搬上漁船，安置到船艙中，輕輕鞠了一個躬，然後猛地扯開她的衣服，想要製造強姦未遂的假像。

突然間，何器的睫毛動了一下，緩緩睜開一道眼縫。

「救我……」

楊百聰嚇得瞬間彈起身子，頭猛地撞上了篷頂，一陣細沙簌簌落在何器的臉上。

「救我……」何器輕輕移動手指。

楊百聰渾身發抖，難以置信地看著眼前的一切。突然間，他的手像不受控制一樣卡住了何器的脖子。

「對不起！對不起……何器對不起……對不起！我不能讓妳說出去……對不

起！我不是故意的……對不起……」楊百聰邊哭邊喊，緊緊閉著眼睛，雙手聚集了此生最大的力氣，彷彿他正在和一隻深海的巨獸搏鬥。

不知過了多久，周圍再次恢復寂靜，耳邊就只剩風聲了。楊百聰一眼都不敢看，拖著發軟的雙腿爬出船艙，一頭栽倒在沙灘上，用盡最後一絲力氣逃離了現場。

儘管何器的屍體不是在船艙裡被發現的，但是船艙裡的搏鬥痕跡，還有卡在縫隙中的貝殼項鍊都讓周言陽成了第一嫌疑人。為了不查到自己頭上，楊百聰做了周言陽不在場證明的偽證，再加上凌浩和遲成的幫腔和指證，以及他們私底下對楊順芳的威脅，周言陽認命了。

但是楊百聰的人生並沒有因此好起來。那天之後，他總是會做一個噩夢，夢境裡，有一條巨大的觸鬚從黑霧中緩緩探出，纏住他的脖子和全身，把他往深海裡急速拽去。

楊百聰拒絕重考，楊順民只好把他送去省會一所技職學校學會計。學校的教學和住宿環境都不好，十個人的大通鋪，無論冬夏，屋裡的詭異氣味都散不出去。但是楊百聰很喜歡這樣人多的地方，甚至只有聽著周圍的雜訊才能入睡。

沒事做的時候，他會坐在床上盯著那扇咯吱作響的木門發呆，他在腦海裡預演了無數次警察撞門進來給他戴上手銬的場景，所以當這一幕真正發生的時候，他一臉平靜，從床下拿出自己最喜歡的一雙鞋子穿上，然後伸出雙手，釋然地笑了一下。

警方再次勘驗了那艘漁船，發現除了船艙兩側有指甲抓痕之外，還有一處。它位於船艙篷頂的上側邊緣，之前被淤積的海藻遮蔽，不仔細看很難發現。但這個劃痕的位置和方向都很奇怪，像是有人抱著何器試圖離開船艙，何器拚命掙扎用力摳住篷頂造成的。但是根據楊百聰的描述，何器自始至終都沒有站起來，也不可能有力氣摳出這麼深的痕跡。

直到警方核對了當晚的天氣和潮水情況，這個謎底才被揭開。

當晚，楊百聰離開之後，海霧消散，明月高懸，潮水一點一點漫過船艙，悄悄裹住這座乾涸的「墓碑」，將何器輕輕托起，直到她浮到靠近篷頂的位置，海浪縱向推移，試圖把何器帶離船艙。

也許就在那一瞬間，何器再次醒了，她發現自己躺在一片沒有邊際的海水中，像一隻攤平的紙鶴，破碎的銀光與她隔著薄薄的水面對峙，周圍氣泡升騰，四肢浮游，像忘記了生長。突然，她的指尖觸摸到了那個堅硬而粗糙的篷頂，那是這個世界留給她的最後一個確定的東西，她用盡渾身的力氣摳住了邊緣，如同用盡最後一絲生的意志，與整片無辜的海洋角力。

人們再也不會知道，最後帶走何器的，究竟是哪一股潮水。

31 盛夏

親愛的何器：

展信佳！

盛夏又來了，在妳去世一年之後。很多東西還和以前一樣，四季還是四季，海也在原來的地方，只是我們經常坐的三七路公車漲到了兩塊錢，司機大叔的模樣又老了一些。前幾天我去了北京，這個我們約定好要重逢的地方，現在只剩我一個人。

去年那件事結束之後，網路上好多人找我，他們經常留言給我，說很多鼓勵的話。有一個重考學校找到我，說只要我願意，就可以免費在那裡準備重考。地點不在鹽洋，我想都沒想就答應了。

收拾行李箱的時候，我幾乎把我所有的東西都裝進去了，我爸好像感覺到什麼似的，一直在旁邊幫我收拾，說一些「好好吃飯好好睡覺」之類的話，我不知道該說什麼，所以就什麼都沒說。倒是那個小男孩，突然在車開的時候叫了我一聲「姊姊」，我說不上來是什麼感覺，不是心酸也不是難過，反倒有種輕鬆的感覺。聽起來是不是有點冷漠？我不知道，這一年我最大的改變就是，我不想假裝做任何我不想做的事。

重考還是滿苦的，我都不知道妳以前是怎麼做到背下那麼多單字還有公式的。那段時間我幾乎不怎麼睡覺，沒日沒夜地學。對了，周言陽也在這個學校，他從監獄出來後，律師幫他申請了很多賠償，他和媽媽搬出了鹽洋。他還是想考清華，所以比以前更加努力，話也比以前多了很多，還時常借筆記給我，我們偶爾聊天，但都很默契地沒有聊過關於妳的事。

半個月前，周言陽跟我說他考上了，以他的性格和努力，應該會有一個美好的人生在等著他。但我的大考成績不算太好，勉強上了中段大學，好在還是考上了北京的一所學校，我才能在這樣一個漫長的下午，坐在空無一人的宿舍寫這封信給妳。

宿舍窗戶正對著一條河和一個小公園，可惜被兩棟高樓擋著。這兩天的晚霞都很漂亮，總是能從樓縫裡露出金燦燦的光來，現在剛好有一束光打在地板上。

突然寫這封信給妳，是想告訴妳一些好消息。

前兩天老田打電話給我，說凌浩醒了，他從七樓跳下去，摔斷了脊椎，一直昏迷，所以沒辦法判刑。他現在還不能說話，但是對周圍有反應，聽到妳名字的時候還哭了。我和齊傲雪、徐勤勤正在準備起訴資料，放心，他要付出的代價一點都不會少。

楊百聰被判刑了，故意殺人未遂，判了八年。他爸爸提了幾次上訴，都被駁回了。不過已經沒有什麼人關注這件事了，網路上的報導都很短，圖片也很小，據說他的精神狀況不太好，照片上看已經瘦得沒了人形。

還有妳爸爸，他沒有失明，但是視力退化很嚴重，沒辦法做飯。餐廳賣出去之後就在家裡寫食譜。我剛剛看了他的社群帳號，好像過段時間就會出版。

至於老田，他過得也不太好，學校把他辭退了之後，老婆也跟他鬧離婚，他正在竭力挽救，希望能夠留下好月。

遲成家的飯店下個月就要拆，聽說之後要建成一個海洋圖書館，感覺妳會喜歡。總之，這些事情接二連三地發生，讓我恍然覺得命運好像是公平的。但只要一想到妳，這句話又充滿矛盾。

那天，我偶然讀到一本寫奧斯威辛的書，書裡有一段話讓我深受震撼——

「你會不會感到慚愧？因為自己替代他人而活下來？特別是，死去的那個人比你更慷慨、更敏感、更有用、更聰明、更具有活下去的意義？」

我盯著這幾句話久久不敢移開眼睛，因為它們完整地拓印下那個一直折磨我的心病：某種程度上，我是代替妳活下來了，但我並沒有變成一個和妳一樣優秀的人。

我無法停止想像那個有妳的世界，電影院新出的海報、某一個旋律開始流行、商場的洗衣粉打折、一個巨星去世、幾頭大象遷徙、咖啡潑在身上留下痕跡，即使妳在，這些還是會出現。但我們無從得知那些再也不會發生的事，比如一隻尚未出生的游鯨墜入深淵，一朵雲彩變成一個沒被命名的字母，苔蘚長在地球的中央，人們吃蓼藍，說著松鼠的話，在海平面上搭建家園，這些再也不會發生了，還有妳漫長的、理應浪費的一生。

我記得妳以前常跟我說一句話：人要是能活兩次就好了，一次用來聽話，一次用來反抗。

我當時並沒有聽懂妳這句話背後的無奈，直到現在，經歷了這麼多，我似乎也回答了妳這個問題：就算只活一次，也可以擁有兩次生命——一次是我，一次是妳。因為有很多事情，我是成為妳之後，才開始想的。

如果是以前，我絕對不會獨自一人來到一個陌生的城市生活，不會反思很多東西是否合理，現在的我甚至不再害怕死亡。這也不是勇敢，而是某種隱祕的「超能力」，就是只要想到妳，想到「如果是何器，她會怎麼做」，很多問題就會迎刃而解。即使是現在，妳離開整整一年之後的現在，這個超能力依然保護著我。

聽樓下賣菜的阿姨說，這個夏天意外多雨，和以往的北京很不一樣，沒那麼大的太陽，卻讓我覺得熟悉而安心。

我喜歡在臨近天黑的時候，沿著學校旁邊的那條河行走。河水並不清澈，是深不見底的墨綠色，盯著看很久才會發現它在流動。乾涸的灰白河床上有許多一踩就碎的螺殼，垂釣的人錯落坐著，揮手驅趕蚊蟲。晚上七點路燈就會亮起，每到這個時候，附近的居民都會舉家出來遛狗或者散步。空氣裡的潮濕腥氣，帶動葉片簌簌而來的微風，會讓我恍然有種還在鹽洋的錯覺。

妳爸爸從妳小時候錄的那些記憶卡我拿走了一些，還有一部分被燒毀了。我想妳的時候就會隨機拿出一張，點開裡面的一段錄音去聽。大部分都是妳走路的聲音，有時候是我們一起，有一搭沒一搭地聊著天。吱吱啦啦的雜音後面有踢踏舞一樣的雨，皺在一起的雪聲，落葉碎成冰渣，蟬鳴忽明忽暗。我時常邊走邊聽，好像妳就在不遠處，隨時會像以前一樣從後面追上來，幫我整理衣領，或者靜靜地拉住我的手。

昨天下午出門，太陽還未落山，餘溫照得所有人都是黃燦燦的，連水波都是金色的。我站在橋上向下看，身後突然傳來一陣笑聲，兩個六七歲的女孩互相追逐，從橋的另一頭飛快地奔向我，快撞上我的時候又敏捷地躲開，然後拍著手咧開嘴大笑。那一瞬間，真的像極了我們童年的某個場景。耳機裡剛好傳來我們小學五年級放學一起回家時的一段對話，那好像是我們第一次聊到死亡，妳含著牛奶糖一樣的聲音問我：「俞靜，妳下輩子想當什麼？」

我說：「一盞路燈吧，開心就亮，不開心就不亮。」

妳過了很久才說：「我想當一隻海鳥。」

何器，願一切已經成真。

俞靜

二〇二一・七・十六

番外／燈火

俞靜，告訴妳一個祕密，其實早在我爸爸帶我找妳之前，我就想和妳做朋友了。

那時候妳是班長，所有人都聽妳的，費老師都沒辦法讓我們喝牛奶，妳總是能想出各式各樣的小遊戲讓我們喝。我還記得妳總是喜歡穿一雙藍色的帆布鞋，跑起來像踩著兩隻藍色火焰的風火輪，兩隻大眼睛藏在碎髮後面，好像時刻都在想著什麼。而我吃的那些藥總是讓我暈暈的，時常記不清自己在哪裡，更別說學黑板上的那些數字和字母了。

那時候我爸媽一點都不指望我能考上大學，覺得能識字就行。所以回想起來，那是我人生中最輕鬆的一段日子吧，不是為了某個目標活著，可以肆無忌憚地睡覺，不想聽課就趴在桌上，看陽光穿過樹葉打在牆上形成的亮片圓洞，或者盯著亂糟糟的積木在腦海裡搭著，抑或是找「臉」——我能從桌子的花紋、窗櫺的鐵鏽、剝碎的蛋殼、牆上的髒汙裡看出各種各樣的「臉」，這後來也成了我們之間最喜歡的遊戲之一。

我時常看到妳在窗外跑來跑去，就算是一個人也玩得很開心，現在的妳已經忘了吧？長大之後妳沉默了很多，像俄羅斯娃娃一樣，把這個快樂的小孩裝進了沉悶的木殼裡。那時候，我喜歡閉著眼睛，從一堆結著汗水的笑聲裡辨認妳的聲音，直到有天，妳的聲音清晰地傳到我的耳朵裡：「妳吃的是什麼藥？我可以嘗嘗嗎？」

我慌張地看著妳，不知道該怎麼回答，只好搖搖頭，繼續趴著。我好後悔沒有和妳多說幾句話，幸好後來我爸爸帶我去找妳，我才沒有錯失和妳成為朋友的機會。

那時候我還不理解什麼是朋友，只能一點一點辨別妳出現後我生活裡的變化。比如以前我玩遊戲總是落單，只好默默躲到一邊去，而現在，會有人第一時間衝到我身邊，把我拉到最中央的位置。比如妳得知我因為舌頭短發音不清楚，不僅沒有像其他人一樣逼著我練好，反而告訴我：「妳說不清楚也沒關係啊，妳可以唱歌，唱歌就沒必要咬字那麼清楚了，說不定還能比別人唱得好。」如妳所見，我現在唱歌很好聽。再比如放學後，我也不是一個人在教室裡等到天黑了，妳會趁著這段時間拉我去附近的地方冒險，去廢墟撿「破爛」，或者再遠一點，去沙灘教我用鏟子挖蛤蜊。

有一件事妳一定忘記了，因為我跟妳提過幾次妳都沒有反應，但那是我們第一次接近死亡。

那天放學，我們在廢墟撿馬賽克瓷磚，我因為撿得太過專注，走到了一個偏僻的土坑後面，根本沒有注意到周圍的環境。當時有一片藍色的馬賽克瓷磚嵌在泥土裡，我撬了半天，終於鬆動，正準備拿起來的時候，一隻髒兮兮的大手搶先一步把它捏在手裡。我緩緩抬起頭，發現是一個身材高大的流浪漢，瞪著血紅的眼睛看著我。我嚇得一動不敢動，他突然伸出左手，死死捏住我的臉頰強迫我張開口，右手舉著那片鋒利的瓷磚。「吃下去，」他說。「吃了它。」

他的左手越捏越緊，我用力揮舞雙手，臉頰通紅，像隻垂死的龍蝦，他把瓷磚遞到我的嘴邊：「很好吃的。」

我絕望地尖叫一聲，然後看到妳不知何時已經站在他的身後，惡狠狠地盯著流浪漢的後背，臉上只有恨意，沒有恐懼。妳緩緩舉起手裡的磚頭，我嚇得閉上眼睛。接著我聽到一聲哀號，是那個流浪漢發出來的，他的左手鬆開，我一下子跌在地上，不等我反應過來，妳已經拉著我的手大踏步向前跑去。我什麼都沒想，大腦一片空白，眼前只有妳瘦小堅定的背影。我們一直跑，跑到嘴裡都是鐵鏽味，跑到涼鞋斷了都沒發現。夜幕低垂，路燈一盞盞亮起，我們對視一眼，這才大笑起來。

到了晚上我才開始後怕，妳那麼瘦小，舉起磚頭才到流浪漢的腰，要是妳沒打到他怎麼辦？要是他追上來怎麼辦？妳明明也很害怕，手心都是汗，為什麼還會毫不猶豫地引開危險，堅定地拉著我的手跑在前面？

總之那天晚上，我默默做了一個決定，我以後也要像妳一樣，在妳遇到危險的時候，永遠站在妳的身前。

這是一個漫長的練習過程，請原諒我的兩次膽怯，一次是小學畢業典禮，明明是我的災難，最後卻害妳挨了打，我只會哭，但無法替妳做什麼，也不知該如何彌補。另一次就是國中那條小巷，儘管不知道是妳，但我還是像個膽小鬼一樣，躲起來祈禱正義降臨。從那以後我知道，正義不會自己降臨，它就在那裡，需要我們勇敢靠近。

好在，我還是做到了。我本無野心對抗什麼黑暗，只是不想讓這些人和事繼續腐蝕妳的餘生，我希望為妳做一些事，讓妳可以像小時候一樣無憂無慮。

只可惜，沒辦法親口告訴妳了。

大海吐出一口氣，沉重而炙熱。我感到五官空前地敏銳，甚至提前聞到了夏末的氣息，海水輕車熟路地漫延進這條木船的縫隙，海藻舒展漂蕩，如同我投降的裙擺。海浪帶來了死亡靠近的聲響，奇怪的是，它並不刺耳，反而讓我恍然有種漫步童年的錯覺。窗戶外賣豆腐的吆喝，拆糖果紙的脆響，風扇吹動海報嬉戲，鐵鏟在熱油裡穿過，樹影揉碎在日記本裡的淚滴，孩子們互相追逐笑鬧，夜幕降臨在電線桿上，空中一片嘈雜，這些聲音勾勒著我的生命紋路，模糊了記憶與幻想的結實壁壘，平凡而靜寂。

這就是死亡嗎？

我們想像過的「總有一天」，難道就是今天嗎？

可是俞靜，我好想活下去。如果現在給我力氣離開這個船艙，我寧願大病一場，失明失聰，斷手斷腳，我也想再次回到那個有溫度的地方，餘生當一個鋪床單的、澆花的、縫釦子的、磨鑰匙的人，而不是成為一句「可惜」、一場演講、一個化名和一個數字。

但是妳問我後悔嗎？

俞靜，以我對妳的瞭解，今天之後的某些日子妳一定會深深自責，反覆追問，究竟在哪個時間點停下腳步，可以讓我不出現在這裡。

倘若阻止我來這場同學聚會？倘若從一開始就不讓我知道這件事？倘若高中

沒有和我重逢？倘若沒有那一場在小巷的錯肩？倘若不把刀片抵在遲成的脖子上？倘若五歲那年拒絕和我做朋友？倘若我們一出生便幸福、被愛、被保護，這一切是否就不會發生？此刻的我們或許正坐在離這裡不遠的沙灘上，聊著跟未來有關的事。

不，都不會。

回到任何一個時間點，我們依然會做出和現在一樣的決定，因為導致這一切發生的不是我們。所以，這一幕可能已經發生了無數次。但我有種盲目的樂觀，覺得這個夜晚不會是整件事的句號，而是開端。我知道妳會在接近真相的那一刻理解我此刻的心情，知道我即使對人間有著千般眷戀，也從未後悔成為那個站在妳身前的人。終有一天，妳的勇氣會戰勝悔意，因為妳相信我，如同我相信妳一樣。

所以這就是死亡嗎？不留餘地，執著而緩慢地靠近，但會給妳足夠的時間去思考那些尚有遺憾的事。我想再吃一頓蒼蠅街的燒烤，看完那部美劇的結尾，再看一次火燒雲，再唱一首歌，或者去大學的古樹下坐一坐。我忘記了和妳說的最後一句話是什麼，早知道那是最後一面，我或許會緊緊地抱住妳，親口告訴妳要好好活著，永遠不要難過。

但是死亡唯一的好處，就是即使再給我一次機會，我也想不出最完美的告別。

所以這個時刻，我躺在這裡，靜靜地接受大海把我所有的痛感一點點鬆開，木質篷頂的幾道刻痕像一張微笑的臉。遠處的跨海大橋上，一排整整齊齊的路燈亮著，它們眨著魚鱗一樣的眼睛，穿過逐漸厚重的海水，睡眼惺忪地與我告別。我突然記起妳曾經說想當一盞路燈，多好啊！

妳亮著，黑暗就缺了一塊。

妳熄滅，黎明就真的來了。

高寶書版集團
gobooks.com.tw

YS 033
魚獵

作　　者　史　邁
責任編輯　陳柔含
封面設計　黃馨儀
內頁排版　賴姵均
企　　劃　何嘉雯

發 行 人　朱凱蕾
出　　版　英屬維京群島商高寶國際有限公司台灣分公司
　　　　　Global Group Holdings, Ltd.
地　　址　台北市內湖區洲子街 88 號 3 樓
網　　址　gobooks.com.tw
電　　話　（02）27992788
電　　郵　readers@gobooks.com.tw（讀者服務部）
傳　　真　出版部（02）27990909　行銷部（02）27993088
郵政劃撥　19394552
戶　　名　英屬維京群島商高寶國際有限公司台灣分公司
發　　行　英屬維京群島商高寶國際有限公司台灣分公司
初版日期　2024 年 2 月

Original title：魚獵 By 史邁
由中南博集天卷文化傳媒有限公司授權出版

國家圖書館出版品預行編目（CIP）資料

魚獵 / 史邁著 . -- 初版 . -- 臺北市：英屬維京群島商高寶國際有限公司臺灣分公司 , 2024.02
面；　公分 .--

譯自：時間はくすり

ISBN 978-986-506-892-9（平裝）

192.1　　112021966